AF190622

A.W. BENEDICT

BARRINGTON

KLEINE MORDE

UNTER Gangstern

Band 2

Ähnlichkeiten mit lebenden oder toten Personen in diesem Buch wären reiner Zufall und nicht beabsichtigt. Den legendären Piraten Captain Kidd gab es allerdings wirklich. Viele Orte im Buch entspringen meiner Fantasie, einige sind tatsächlich zu finden. Alle Unternehmen, Institutionen, Polizeibehörden oder Pubs, die in meinem Buch erwähnt werden, sind fiktiv. Jede Ähnlichkeit mit realen Ereignissen wäre rein zufällig. Ich habe mich bemüht, einige Dinge möglichst genau zu recherchieren.

Fehler sind menschlich.

Facebook: A.W. Benedict
Instagram: @awbenedict_autorin
Webseite: awbenedict.de

Cover und Schrift: T. Wieduwilt
C. Wieduwilt
Zeichnungen: A.W. Benedict
Marketing: C. Wieduwilt

Häkelanleitung: Anja Behrs

Korrektorat: SchriftWerk - Jona Gellert

Herstellung und Verlag: BoD – Books on Demand, Norderstedt
ISBN 9783757853631

Bibliografische Information der Deutschen Nationalbibliothek:
Die Deutsche Nationalbibliothek verzeichnet diese
Publikation in der Deutschen Nationalbibliografie;
detaillierte bibliografische Daten sind im Internet abrufbar.

A.W. BENEDICT

BARRINGTON

KLEINE MORDE

UNTER
Gangstern

„Hat mich das Schicksal
auch betrogen, das wenig hielt
und viel versprach,
hat Liebe, Freundschaft,
Glück gelogen,
ein mutig Herz gibt nimmer
nach."

Robert Burns
(1759-1796)

Glasgow 1940

Tagelang überwachten sie das Gebäude bereits. Es war eine langweilige Tätigkeit und keiner der vier drängte sich danach.

Man konnte nur im Auto sitzen, einem dunkelblauen, unscheinbaren Kleinwagen der Marke Ford, unbequem und nicht einmal mit einem dieser neuartigen Radios ausgestattet. Zeitung lesen und die mitgebrachten Sandwiches essen, waren die einzigen Möglichkeiten, Zeit herumzubringen.

Es gab nichts in dieser Gegend außer diesem Gebäude und dem Park dahinter. Noch nicht einmal ein Pub lud zum Ausspannen ein. Außerdem hatte der Boss unter Drohungen angeordnet, den Posten nicht zu verlassen.

Der Boss. Er hatte gut reden. War er doch aus dem Überwachungsplan ausgeschlossen. Er hatte sich um wichtige Dinge zu kümmern, war seine Aussage gewesen. Billy, der Jüngste aus der Gruppe, wurde natürlich für diese Aufgabe öfter eingeteilt als die anderen.

Jimmy redete sich mit seiner schwangeren

Freundin und seiner Sonderaufgabe heraus.

Patty war eine Sache für sich. Niemand wollte gern nach ihm im Auto sitzen. Patty hatte nicht nur ein überaus aufdringliches Rasierwasser, dessen Geruch tagelang im Inneren des Wagens hing, sondern kaute auch den lieben langen Tag irgendwelche Nüsse, deren Schalen überall im Wagen herumlagen. Kritisieren durfte man ihn nicht. Seine Explosionsschwelle lag ziemlich tief und er konnte sehr aggressiv reagieren. Billy hatte das am eigenen Leib erfahren müssen.

Manchmal, wenn das Wetter es gestattete, konnte man sich auf eine Bank setzen, von denen am Rande des nahe gelegenen Parks einige standen. Billy nahm dann sein Comicheft und ließ die Sonne sein Gesicht wärmen. Zum Glück war es Sommer, auch wenn der schottische Sommer eher einem frühen Herbst ähnelte.

An heutigen Tag war er so vertieft in die Abenteuer seines Comic-Helden, dass er nicht bemerkte, wie sich jemand neben ihn auf die Bank setzte. Erst der Schmerz an seinem Kopf ließ ihn erkennen, dass der Boss gekommen war, um nach den Fortschritten zu fragen.

Er hatte den Observierer Billy vertieft in eine seiner Bildergeschichten vorgefunden, die Zeitung in seiner Hand zusammengerollt und dem jungen Mann damit ordentlich auf den Kopf geschlagen.

„Was denkst du, warum du hier aufpassen sollst, verdammter Idiot?", flüsterte der Boss dem jungen Mann zornig ins Ohr.

„Tut mir leid, Boss, kommt nicht wieder vor",

sagte Billy und duckte sich wie ein verängstigtes Kind.

„Was hast du zu melden?", fragte der Boss, ein hagerer Mann mit vollem bräunlichem Haar und einem weißen Schnauzbart, der sein Markenzeichen war. Darum war er unter dem Namen *Whitebeard* in der Glasgower Unterwelt bekannt.

Das war eine Anspielung auf den bekannten Piraten *Blackbeard* und war gar nicht so abwegig, wenn man *Whitebeard* erst näher kannte. Er selbst fand es überaus passend. Der Boss der kleinen Bande kam aus den Highlands und lebte seit einer halben Ewigkeit in Glasgow.

Billy schloss sein Comic-Heft sorgfältig. Dann verstaute er es in der Innentasche seiner Jacke, griff in seine vordere Jackentasche und holte einen Notizblock heraus. Er schlug ihn auf und las.

„Es lief genau wie in der letzten Woche und in den zwei Wochen vorher ab. Der feine Kerl kommt mit Mantel und Zylinder immer mittwochs um genau sechzehn Uhr aus dem Gebäude, Haupteingang, steigt in das wartende Auto, Rolls Royce vom Feinsten und fährt los. Laut Patty, der ihm mehrmals gefolgt ist, fährt er in die Innenstadt, geht in seinen alten *Gentlemen's Club* und kommt vor Mitternacht nicht wieder raus. Ich frage mich, was der Kerl da drin die ganze Zeit macht. Danach lässt er sich nach Hause fahren", sagte Billy und schloss seinen Notizblock. Er sah den Boss fragend an.

„Gut. James Peartflower, der Jüngere, ist also ein Gewohnheitstier. Was ist mit Miller?"

„Sobald Peartflower fort ist, verlässt der die

Fabrik, steigt eilig in seinen Wagen und verschwindet. Patty meinte, er würde entweder zum Wettbüro oder in seinen Pub fahren. Der ist gleich um die Ecke von seinem Haus. Manchmal ist er aber auch in einem Hotel am Stadtrand, dem *Morning Inn.* Bleibt dort etwa eine Stunde und fährt dann nach Hause. Keine Ahnung, was der dort treibt."

Whitebeard grinste.

„Ich weiß, was er dort treibt. Hat eine Affäre mit einer der Sekretärinnen. Das ist eine gute Möglichkeit, ihn für unsere Zwecke einzuspannen. Er wird seinen guten Job als rechte Hand vom Chef der Firma Peartflower und Sohn kaum aufs Spiel setzen wollen. Gut. Es reicht. Jimmy wird uns heute Abend erzählen, wie es im Inneren der Fabrik abläuft, und uns den Plan des Gebäudes bringen. In einer Woche geht´s los. Wir treffen uns heute Abend im Hinterzimmer. Du weißt schon." *Whitebeard* stand auf, schlug dem jungen Mann nochmals leicht mit der eingerollten Zeitung auf den Kopf und ging davon.

Billy Pew atmete auf. Er setzte sich in das Auto und fuhr in seine Wohnung, wenn man sie denn so nennen konnte.

Die Gegend, in der er wohnte, zeichnete sich durch das vollkommene Fehlen von Grünflächen aus. Nur Steine und nochmals Steine, einfach gebaute, mehrstöckige Häuser ohne jeglichen Komfort, meistens um einen winzigen Hof herumgebaut, in dem den gesamten Tag Kinder lärmten. Man musste durch einen dunklen Tunnel gehen, wenn man im Hinterhaus wohnte. Dabei hatte Billy noch Glück gehabt. Nachdem seine Eltern gestorben waren, bewohnte er die beiden Zimmer allein. Diesen Luxus konnte sich nicht jeder im Viertel leisten.

Seitdem Billy sich der Bande *White-Fist* angeschlossen hatte, hatten auch die dummen Sprüche seiner Nachbarn aufgehört. Alle Gangs hier in diesem Stadtviertel bildeten ihren Namen nach der bevorzugten Waffe, mit der sie hantierten. Bei ihnen war das ein Hinweis auf den Boss der Bande, der durch seinen weißen Schnauzbart auffiel und gern mit der Faust zuschlug.

Man respektierte Billy nun. Das gefiel ihm und sein Selbstwertgefühl war gewachsen. Endlich sah er Licht am Ende des Tunnels. Der Boss versprach lukrativere Jobs als die, mit denen sich Billy bis jetzt über Wasser gehalten hatte. Er war bereits als Kind ein Langfinger gewesen. Dabei war er geblieben. Aber eine Brieftasche hier oder eine Handtasche dort brachten kaum viel ein. Die Leute, die er beklaute, hatten selbst nicht genug und an die feine Gesellschaft kam er nicht heran.

In den sogenannten *Gorbals,* wie man hier die alten Mietskasernen nannte, machte das Gerücht die Runde, dass die Regierung die Häuser in den nächsten Jahren abreißen und neue Häuser bauen wolle. Die Mieten würden sich die bisherigen Bewohner dann sicher nicht mehr leisten können. Aber Billy Pew hoffte, bis dahin das Land in Richtung einer Umgebung mit viel Wärme, Palmen und hübschen Mädchen verlassen zu haben. Vor allem weit weg von diesem unsäglichen Krieg und mit dem nötigen Geld in der Tasche.

Der Boss hatte ihm die Hoffnung gegeben. Nur noch dieser eine Bruch und sie würden sich davonmachen. Der Safe in der Teppichfabrik war, nach neuesten Informationen, an einem bestimmten Tag gut gefüllt. Am Freitag des jeweiligen Monats wurden die Lohngelder ausgezahlt. Am nächsten Tag kam das Fahrzeug einer Sicherheitsfirma und brachte das restliche Geld in eine Bank.

Billy war gespannt, was Jimmy am Abend berichten würde. Er war in der Fabrik seit ein paar Wochen angestellt und sollte dort die Lage sondieren. Das war nicht besonders schwer gewesen, da seit dem Kriegseintritt Großbritanniens überall Arbeitskräfte fehlten. *Whitebeard* hatte allen Mitgliedern der Bande ein wunderbares Attest besorgt, das ihnen die Untauglichkeit zum Dienst in der Armee bescheinigte. Woher der Boss das bekommen hatte, hatte er im Dunkeln gelassen.

The Peaceful Sailor war bis auf den letzten Platz besetzt. Die junge Aushilfskellnerin Maddy hatte kaum Zeit für eine Zigarette zwischendurch. Was sie sehr bedauerte und den Gästen neidisch zusah, wie sie ihre Zigaretten pafften.

Der Wirt des Pubs, in der Nähe der Glasgower Docks gelegen, war ein guter Bekannter der *White-Fist*-Bande, die hier ihr Hauptquartier aufgeschlagen hatte. Im Hinterzimmer fanden sich allwöchentlich die Mitglieder ein, um ihren nächsten Coup zu planen. Der Wirt verdiente gut daran mit und stellte sein Hinterzimmer gern zur Verfügung.

Der Boss saß, wie meistens, als Erster an dem

runden Tisch und spielte mit einem Satz Poker-karten. Er war ein Meister im Mischen und wusste gekonnt die Karten so zu platzieren, dass er fast immer gewann. Neben ihm auf dem Tisch stand ein guter Whisky, den schlechteren, den es vorn im Gastraum gab, brauchte ihm Danny, der Wirt, gar nicht erst servieren.

Die Tür flog auf und Patty erschien. Natürlich eine frisch gefüllte Tüte Nüsse in der Hand. Mit ihm kam Billy Pew. Es fehlte nur noch Jimmy Silver. Es war siebzehn Uhr. Jimmy hatte soeben Feierabend und würde in den nächsten Minuten eintreffen.

Als der Letzte der Bande endlich kam, ließ er sich mit einem tiefen Brummton auf seinen Stuhl fallen.

„Sag mir bitte, Boss, dass das mein letzter Tag in dieser Fabrik für Verrückte war! Wie kann man so sein Geld verdienen? Das ist absolut dämlich. Ich würde mich niemals herablassen, gegen diesen wenigen Lohn den ganzen Tag zu schuften", sagte Jimmy, stöhnte und besah sich mit einem weiner-lichen Gesichtsausdruck seine Hände.

„Sind ganz rau geworden. Das hält doch niemand aus", sagte er. Patty lachte laut.

„Was für ein Weichei bist du denn? Oh, meine Hände sind so rau. Ich brauche eine Maniküre. Meine feine Haut leidet furchtbare Höllenqualen", sagte er in einem hohen, singenden Tonfall und ern-tete zornige Blicke von Jimmy.

„Ruhe jetzt! Reißt euch gefälligst zusammen! Vor allem du, Patty, halt endlich die Klappe!", rief der Boss. Er legte die Karten aus der Hand und

Jimmy breitete ein großes Stück Papier auf dem Tisch aus. Darauf sah man den Grundriss der Teppichfabrik und rot eingekreist das Büro des Direktors James Peartflower.

Jimmy nahm einen Bleistift aus seiner Jackentasche und malte eine Linie vom Büro bis zu einem Bereich, in dem ein Rohrsystem eingezeichnet war.

„Durch die Vordertür geht's nicht. Da sitzen Tag und Nacht immer Wachmänner und das sind scharfe Hunde. Es gibt einen Abwasserkanal, der zum *Green Park* rausgeht und am *River Clyde* endet. Genau gegenüber der Fabrik. Der Kanal wird für das Schmutzwasser, das bei der Produktion anfällt, genutzt. Groß genug, um hindurchzugehen. Etwa fünf Fuß. Werden nicht jeden Tag benutzt. Peartflower spart, wo er kann. Alter Geizhals. In der Fabrik endet der Kanal im Keller. Es gibt eine an der Innenseite verschlossene Klappe, die man vorher von der Fabrikseite aus öffnen müsste. Ist die einzige Möglichkeit, ungesehen reinzukommen. Gibt keinen Seiteneingang oder so etwas. Am Fluss ist nur ein rostiges Gitter, das man aufbrechen müsste", sagte Jimmy und lehnte sich zurück.

Whitebeard sah auf den Plan.

„Wie kommt man vom Keller in das Büro?", fragte er.

„Durch die Tür zum Keller, zwei Treppen hinauf im Treppenhaus, durch die Tür in den Flur und links halten. Da ist das Büro der Sekretärin des Chefs. Nettes Häschen. Ich konnte mich umsehen, als ich eingestellt wurde. Ein einfaches Schloss. Die Tür zum eigentlichen Büro des Chefs ist aus dicker

Eiche. Beide Türen werden natürlich abends verschlossen. Der Saferaum hat ein komplizierteres Schloss. Man braucht einen Schlüssel und eine Zahlenkombination. Der Mann muss etwas wirklich Großes zu verbergen haben", sagte Jimmy und grinste breit. „An Werktagen ist das Büro offen."

„Gute Arbeit, Jimmy. Tagsüber kommt für uns nicht infrage. Mittwoch in der Nacht. Jimmy, du bleibst noch bis Mittwoch und öffnest am letzten Tag die Tür zum Kanal. Am Mittwoch geht Peartflower früher und Miller, seine rechte Hand, ist auch schnell verschwunden. Da sind noch die Lohngelder im Tresor. Am Freitag ist Zahltag. Dann ist alles weg. Mittwoch also." *Whitebeard* sah in die Runde seiner Kumpane. Die drei nickten ihm zu. Patty rieb sich die Hände in freudiger Erwartung der Beute. Der Besitzer der alten Teppichfabrik war einer der reichsten Männer in Glasgow. Und darauf spekulierten sie.

„Was ist mit dem Safe? Schneidbrenner?", fragte Billy so leise, als könne Mr Peartflower ihn hören.

Patty schlug dem jungen Mann hart auf den Rücken. Dabei flogen Nussschalen in der Gegend herum.

„Mensch, Billy, du alter Angsthase, machst dir ja schon vorher ins Höschen, was?", fragte er und lachte schallend. Billy duckte sich.

„Den Safe lasst mal meine Sorge sein", sagte der Boss, erhob sich, steckte den Plan zusammengefaltet in seine Jackentasche, schnippte eine Nussschale von seiner Jacke und zog seinen Mantel an. Er sah Patty zornig an.

13

„Diese Nüsse lässt du am Mittwoch zu Hause. Haben wir uns verstanden? Wir treffen uns Mittwoch um genau einundzwanzig Uhr im *Green Park* am Fluss vor dem Ausgang des Abwasserkanals. Patty, du besorgst Werkzeug für das Gitter und die Türen zu den Büros. Raus jetzt. Ich habe noch etwas vor."

Die drei Mitglieder der Bande nickten nur und machten sich auf den Heimweg. Der Boss der Bande verließ nach einem kurzen Gespräch mit dem Wirt, dem er einen Umschlag zuschob, ebenfalls den Pub. Vor dem Hinterzimmer erschien Maddy. Sie hatte im Flur in einer dunklen Ecke gestanden. Von dort bekam man jedes Wort mit, das im Hinterzimmer gesprochen wurde. Sie lächelte.

Vielleicht ist das auch eine Verdienstmöglichkeit für die kleine Maddy, dachte sie. *Wenn sich die Herren stur stellen, könnte die kleine Maddy der Polizei einen Tipp geben.*

Mittwoch, eine Woche darauf.

Das Unternehmen Peartflower & Sohn produzierte seit 1839 Teppiche. Das rötliche Gebäude am Rand des *Glasgow Green*, einem weitläufigen Park, bestand aus glasierten Backsteinen und Fayenceelementen, die ihm das Aussehen des Dogenpalastes in Venedig verliehen.

Stand man vor der Fabrik, fühlte man sich wie in einer anderen Welt.

Den Arbeitern war das ziemlich egal. Sie arbeiteten neun Stunden pro Tag, am Samstag nochmals bis Mittag und Pausen waren eher die Ausnahme.

Die Gewerkschaft kämpfte für eine Verkürzung der Wochenarbeitszeit, aber Mr Peartflower war nicht besonders angetan von dieser Idee. Er war nicht umsonst der reichste Bürger Glasgows.

Die Schönheit des Gebäudes war also für die Arbeiter eher zweitrangig. Freitags gab es Lohn und mehr war nicht wichtig. Die Arbeit war schwer und der Lärm in der Fabrikhalle ohrenbetäubend.

An diesem Mittwoch, zwei Tage vor der Auszahlung der Monatslöhne, ging bei der Polizei Glasgow gegen 21.45 Uhr ein Anruf ein. Mit verstellter Stimme erklärte jemand, in der Teppichfabrik würde in diesem Moment eingebrochen. Man nahm diesen Hinweis ernst. Drei Polizeiwagen rasten mit dem typischen penetranten Klingelton zur Fabrik und umstellten sie.

Mehrere Beamte stürmten das Gebäude, nahmen vorsorglich den völlig überrumpelten Wachmann fest und durchkämmten das Haus vom Dach bis zum Keller.

Im Büro des Fabrikbesitzers stand der Safe offen. Er war ausgeräumt. Die hinzugerufene Spurensicherung fand keinen Hinweis auf Schneidbrenner oder dergleichen. Die Einbrecher hatten wohl die Kombination gekannt und den passenden Schlüssel besessen. Das war das Resümee des Inspectors, der Pfeife rauchend neben dem Safe stand und mit dem Kopf schüttelte.

Im Keller entdeckte man eine geöffnete Klappe, die zu einem Abwasserkanal gehörte, der bis zum *River Clyde* führte. Beamte durchschritten tief gebückt die Kanalisation und fanden auf halber

15

Strecke einen bewusstlosen Mann. Neben ihm lagen verstreut Nussschalen und eine Tüte. In seinen Taschen war nur etwas Geld.

Kurz vor dem Ausgang lag der nächste Mann, eine dicke Beule am Hinterkopf und in seiner Tasche ebenfalls ein winziger Teil der Beute. So vermuteten jedenfalls die Beamten. Der dritte Täter, ein junger Mann, wurde aus dem *Clyde* gezogen. Er hatte Glück, dass er nicht ertrunken war. Seine Taschen waren leer.

Als alle drei Einbrecher zu sich gekommen waren, sah der hinzukommende Inspector mit Abscheu auf die Männer und schüttelte wiederum mit seinem Kopf. Die drei schimpften und lamentierten durcheinander und man verstand nur halb etwas von einem angeblich vierten Täter. Der Inspector zündete seinen Pfeifentabak neu an, wedelte mit der Hand seinen Constables zu und sie verfrachteten das schimpfende Trio in die Polizeiwagen.

Er ging zurück in das Gebäude.

Inzwischen war der Fabrikbesitzer Mr Peartflower erschienen. Er war blass, zitterte und rieb sein schweißnasses Gesicht mit einem Taschentuch ab. Sie standen vor dem offenen Tresor, einem begehbaren Schrank gleichend.

„Die Lohngelder eines Monats und die Einnahmen von den Teppichverkäufen der letzten Woche, der Schmuck meiner Frau und ..." Er hielt kurz inne, sah sich im Saferaum um und einer der Constables musste ihn stützen. Ansonsten wäre der kleine Mann mit dem viel zu großen Schnauzbart umgekippt.

Der Inspector folgte dem Blick des Herrn. An der Wand des Saferaums hing nur ein leerer vergoldeter Rahmen.

„Was hing dort, Sir?", fragte er.

„Ein El Greco ... ich sollte ihn für einen lieben Freund hier eine Zeit lang aufbewahren ... das Porträt eines ... fällt mir gerade nicht ein." Mit diesen Worten rutschte der Herr aus den Armen des Constable zu Boden.

Der Inspector verdrehte genervt die Augen.

„Diese reichen Leute. Holen Sie dem Mann ein Glas Wasser!", rief er einem anderen Polizisten zu. „Was kann so ein Ölgemälde schon kosten?"

„Unbezahlbar, Sir", antwortete der Constable, der sich am Boden um den Herrn bemühte.

Dem Inspector verging der Geschmack an seinem Pfeifentabak.

Einen Tag später fand man in einem schäbigen Hotel am Rande Glasgows einen Toten. Man hatte den Mann offensichtlich stranguliert. Schnell wurde klar, dass es sich um den Geschäftsführer der Teppichfabrik, Mr Miller, handeln musste. Nachdem der Zeitpunkt des Todes bestimmt worden war, wusste man, dass die drei festgenommenen Täter nicht dafür verantwortlich sein konnten, da sie für diesen Zeitraum wasserdichte Alibis hatten. Somit klagte man sie nur für den Raub an.

Der Inspector legte die Sache zu den Akten. Er war sich sicher, dass Mr Miller den Tätern die Kombination für den Safe verraten und den Schlüssel ausgehändigt hatte. Vielleicht hatte man den armen Mr Miller mit einer schlüpfrigen Angelegenheit der weiblichen Art erpresst. Der Mord konnte nicht zweifelsfrei aufgeklärt werden.

Die Einbrecher waren gefasst und saßen hinter Schloss und Riegel. Der Superintendent war sehr zufrieden und es hagelte Belobigungen für den guten Inspector. Vor allem, da Mr Peartflower der Golfpartner des Supis war.

Die drei Kumpane kamen in das *Barlinnie*-Gefängnis in Glasgow, wurden zu zwanzig Jahren Haft verurteilt und sahen einer ungewissen Zukunft entgegen.

Der überwiegende Teil der Beute blieb verschwunden und tauchte auch in den nächsten Jahren nicht mehr auf. Suchmannschaften durchforschten tagelang das Rohrsystem an der Teppichfabrik, da man annahm, dass die Täter dort einiges versteckt haben könnten. Man fand nichts. Dadurch kam der ermittelnde Inspector zu der Überzeugung, dass es doch noch einen vierten Mann gegeben haben müsse. Aber der war sicher bereits in Südamerika, dem bevorzugten Unterschlupf der Gangsterwelt.

Eine Sache fiel dem Inspector viel zu spät auf. Da er aber damals den Zusammenhang nicht sah, blieb eine Vermisstenanzeige, in der es um die Aushilfskellnerin des Pubs *The Peaceful Sailor,* Maddy O`Donnell, ging, unbeachtet. Die Polizei hatte von diesem Pub erst viel später gehört, als die Bandenmitglieder sich auf eine Aussage einließen. Damit gedachten sie, ihre Haftstrafe zu verkürzen.

Die Leiche der jungen Frau wurde am Ostertag

desselben Jahres aus dem Clyde gezogen. Der Rechtsmediziner erkannte eine Strangulation als Todesursache. Eine Verbindung zu dem Einbruch in der Teppichfabrik konnte man nicht finden.

Der Kopf der Bande blieb unauffindbar.

In den kommenden Jahren tauchten keinerlei Schmuckstücke aus dem Raub im Land auf und auch das Gemälde blieb verschwunden.

Wie hätte *Whitebeard*, der Boss mit dem weißen Schnauzbart, denn auch ahnen können, dass eine junge Frau namens Elizabeth Alexandra Mary aus dem Hause Windsor als erste Amtshandlung in ihrer neuen Funktion als Elizabeth II. eine Amnestie erlassen würde.

Farlan Kidd

Der Winter hatte sich in diesem Jahr lange in St. Applewood gehalten. Weiße Berge, nun grau vom Ruß der umliegenden Schornsteine, lagen noch immer am Straßenrand. Dazwischen lugten bereits die ersten Frühblüher aus der Erde. Die Hasenglöckchen, *Bluebell* genannt, hatten noch nicht ihre blauen Köpfchen gezeigt. Aber es konnte nicht lange dauern, bis der Waldboden rings um St. Applewood wieder in Blau erstrahlen würde.

Im *Five-Apple-Kernels* war Routine eingezogen, die Barrington als wunderbar beruhigend empfand. Das letzte Jahr hatte ihm eine Menge abverlangt. Die Mordserie hatte ihn bis kurz vor Weihnachten beschäftigt. Es war nicht zuletzt ihm zu verdanken, dass der Mörder gefasst werden konnte.

Maureen Hastings, die Nichte des Viscount Woodland, hatte ihm vor ein paar Tagen von dem Prozess gegen ihren Cousin Fred Rooper erzählt. Es lief nicht gut für ihn. Auch Barrington war vor ein paar Wochen als Zeuge geladen worden.

Obwohl man sagen konnte, dass Ted ein skrupelloser Mörder war, war Maureen sehr traurig gewesen und hatte ihrem Freund Barri gesagt, wie schlimm diese Geschichte für ihre Familie war. Ihr Onkel Millweard zog sich nun noch öfter in sein Labor zurück und an manchen Tagen sah ihn Maureen nicht einmal zu den Mahlzeiten. Ihr Bruder Edward hatte sich von dem schweren Unfall erholt und war zurück in Glasgow. Sie vermisste ihn.

Es war kurz nach dem Mittag.

Der Pub öffnete jetzt schon zur Mittagszeit. Dank Farlan, dem jungen Koch des Pubs, fanden sich genug Gäste ein, die sehr gern das Speisenangebot zusammen mit einem Bier nutzten.

Inzwischen hatten Barrington und Farlan die Streuobstwiese in Ordnung gebracht, altes Holz entfernt und unter den Bäumen das Kraut beseitigt. Nun standen in der Nähe der hinteren Küchentür vier nagelneue Holztische und passende Bänke für den Sommerbetrieb bereit. Für die Bäume hatte Farlan mit Maureen Hastings Hilfe Papierlampions gebastelt. Die sollten am Abend Licht spenden. Maureen mochte den Jungen und fand, es würde ihrem Freund Barri guttun, die Verantwortung für Farlan zu haben.

Barrington war sehr zufrieden gewesen und Chadwick hatte die beiden gelobt. Nun fehlte nur noch die alte Scheune, die hinter der Wiese stand. Entrümpelt hatten Barrington und Farlan bereits. Chadwick hatte geholfen. Er hatte nach heftigen Diskussionen mit dem Pubwirt nun endlich eingewilligt, dass Barrington ihm Lohn zahlte. Der alte Mann war der Meinung gewesen, dass es ihm gefallen würde, noch gebraucht zu werden. Das und die tägliche warme Mahlzeit wäre für ihn genug. Aber Barrington hatte sich nicht davon abbringen lassen. Farlan erhielt auch Lohn, es war noch nicht sehr viel, aber wenn der Pub weiterhin so gut gehen würde, könnte Barrington mehr bezahlen.

Der Junge war glücklich im Pub. Die Ideen sprudelten aus ihm heraus wie das Wasser im *River Willow*. Ab und zu musste Barrington ihn bremsen. Er hatte die Finanzen stets im Blick und der Kredit war noch nicht vollständig zurückgezahlt.

Aber noch glücklicher war Farlan über sein Leben in St. Applewood. Niemals hätte er erwartet in diesem kleinen Ort, in dem er eigentlich hatte nur kurz verweilen wollen, so lange zu bleiben. Farlan hatte sich, bevor er Barrington getroffen hatte, auf eine lange und kräftezehrende Wanderschaft quer durch das Land eingestellt. Denn das war sein Plan gewesen. Niemals lange an einem Ort zu verweilen.

Er und Rufus hatten das alte Leben in Greenock gründlich sattgehabt. Der Name seines Heimatorts bedeutete sonnige Bucht. Wer sollte das glauben? Für ihn gab es an diesem Ort nur Dunkelheit. Nach dem Vorfall im August, über den er immer noch nicht sprechen wollte, hatte er sich mit seinem Freund Rufus bei Nacht und Nebel auf den Weg gemacht. Er hatte einfach nur noch weggewollt. Einmal in seinem Leben hatte er sein Glück finden wollen.

In seinen vierzehn Jahren hatte er noch nicht sehr viel Gutes erlebt. Barri hatte er gesagt, er sei sechzehn. Ob ihm sein Freund das geglaubt hatte, war nicht sicher. Farlan hatte hinter seinem Rücken die Finger gekreuzt. Gern log er Barrington nicht an. Es war das erste Mal, dass er einen richtigen Freund hatte, dem er vertrauen konnte. Konnte er Barri vertrauen? Er brauchte Zeit. Wahrscheinlich hatte er deshalb im Schrank in seinem Zimmer seinen alten Rucksack gepackt stehen. Immer zur Flucht bereit sein, das hatte ihn sein bisheriges Leben gelehrt.

Rufus, sein schwarzer Kater, hatte ihn in letzter Zeit so seltsam durchdringend aus seinen Augen begutachtet. Als wolle er sagen, *bleib ruhig, mein Freund, alles wird gut. Lauf nicht mehr weg. Mir gefällt es hier. Ich werde auch älter und brauche Wärme.* Rufus. Auf den Kater konnte sich Farlan verlassen. Sie beide waren vom Leben gezeichnet, der Kater mit seinen Narben am Bauch und Farlan mit seinen Erinnerungen im Kopf.

Der Junge hielt in seiner Tätigkeit inne. Er rührte in einem Topf, aus dem es nach Sellerie, Karotten und Zwiebeln duftete. Er schaute sinnend aus dem Fenster der Küche hinaus in den alten Obstgarten. Seine Suppen waren sehr beliebt. Chadwick sagte das auch und auf den alten Herrn war Verlass.

Aus dem Kochbuch von Chadwicks verstorbener Frau hatte Farlan eine Menge lernen können. Ihm gefiel es, neue Rezepte auszuprobieren, auch wenn nicht immer alles glatt lief. Er lächelte und dachte an seinen ersten Versuch, Brot zu backen. Das war vollkommen danebengegangen und seitdem wurden Backwaren von Barrington aus dem Geschäft der Mrs Smith frisch geholt. Er warf eine Petersilienwurzel in den Suppentopf. Deckel darauf und die

Flamme kleiner stellen. Das war´s vorerst.

Er setzte sich an den langen blankgescheuerten Küchentisch und begann Kartoffeln zu schälen.

Sein Blick blieb an dem Buch hängen, das aufgeschlagen neben ihm lag. Nach zwei gelesenen Seiten legte er das Messer zur Seite und vertiefte sich in das Buch, das er von Barrington an Weihnachten geschenkt bekommen hatte.

The Hobbit or There and Back again. Ein Buch über Freundschaft, Liebe, Kampf und Vertrauen. Auch in der tiefsten Nacht und in der aussichtslosesten Lage gab es immer noch einen Funken Hoffnung am Ende des Weges. Er liebte dieses Buch. Eigentlich hatte Barrington das neue Buch von dem Autor Tolkien *Lord of the Rings* besorgen wollen. Aber Richard Prescott hatte ihn darauf aufmerksam gemacht, dass dieses leider noch gar nicht erschienen war. Auf dieses Buch zu warten, fiel Farlan sehr schwer.

Die Tür zum Gastraum flog auf und Barrington kam mit einem Tablett voller schmutziger Teller in die Küche. Vor ein paar Wochen hatte Barrington hier eine Schwingtür eingebaut. Das war effektiver.

„Dein *Shepherd´s Pie* ist der Star des Tages, mein Freund", sagte er, stellte die Teller in die Spüle und hob schmunzelnd ein paar Kartoffelschalen vom Boden auf.

„Gutes Buch, oder?"

Farlan sah ihn mit aufgerissenen Augen an.

„Gutes Buch? Das ist ein fantastisches Buch!", rief er und lachte dann glücklich.

„Ich wollte Herrn Tolkien nicht beleidigen. Ich

liebe es ja auch. Zu Ende habe ich es noch nicht gelesen", sagte Barrington, griff zu einem großen Messer und begann wie ein Schwertkämpfer durch die Küche zu hüpfen.

„Nimm das, du Schurke, du böser Feuerdrache Smaug!", rief er und erstach einen Apfel in einer Schüssel.

Farlan schüttelte den Kopf.

„Wer von uns beiden ist eigentlich das Kind?", fragte er.

„Na mit siebzehn, ist ja ein neues Jahr, bist du kein Kind mehr, Farlan", sagte Barrington und zwinkerte ihm zu. Er biss in den Apfel und grinste.

Das schlechte Gewissen meldete sich bei dem Jungen. Er nahm sein Messer und schälte schnell weiter Kartoffeln.

Barrington legte das Messer an seinen Platz zurück und ging in den Schankraum, der gut gefüllt war. Sein Pub erfreute sich seit der Öffnung im letzten Jahr einer wachsenden Zahl von Besuchern. Abgesehen von Ende April hoffte Barrington, dass es so bleiben würde.

Denn Ende April fanden in Edinburgh endlich wieder nach dem Krieg die großen Rugbyspiele statt. Da sie seit einiger Zeit im Fernsehen übertragen wurden, würde es an diesem Tag einen absolut leeren Pub geben. Barrington war sich dessen vollauf bewusst und überlegte, in den nächsten Jahren, wenn sich der Pub etabliert hatte, ein TV-Gerät anzuschaffen.

An dem Tag des Endspiels im traditionsreichen *Murrayfield-Stadium* in Edinburgh suchte sich jeder sportbegeisterte Schotte, der nicht in der Nähe der schottischen Hauptstadt wohnte, eine Familie, die eines der neuen Fernsehgeräte ihr Eigen nennen durfte, und lud sich, zusammen mit ein paar Flaschen guten Ales, einfach selbst ein.

Dann könnte man den Pub auch geschlossen lassen. Zumal er selbst vorhatte, mitsamt Farlan zu seinem Onkel John zu fahren und sich das Spiel dort anzusehen. Die Johns hatten sich vor einiger Zeit, gegen den Protest von Tante Louise, ein TV-Gerät zugelegt. Sie war der Meinung gewesen, dass die Familie dann ständig von der Arbeit abgehalten werden würde. Aber sie war überstimmt worden.

Barrington räumte im Gastraum weiter Tische ab und wischte sie sauber. Die meisten gingen nach dem Essen. Es waren nur noch vier Gäste im Pub, wahrscheinlich Touristen auf dem Weg nach Glasgow, wie man aus ihren Gesprächen entnehmen konnte. Ihr alter Wagen parkte vor der Tür. Die vier jungen Leute unterhielten sich lautstark und lachten fröhlich über ihre Witze, die sie sich wie Bälle zuwarfen. Barrington schmunzelte.

Die Tür zum Pub wurde geöffnet und ein Paar kam herein. Die Dame ging zum Tresen, während ihr Begleiter den gesamten Pub durchschritt und sich suchend umsah.

Barrington beobachtete das seltsame Verhalten des Mannes. Aber er dachte sich nichts dabei. Er ging mit seinem Wassereimer zum Tresen und stellte ihn dahinter ab.

„Was darf es sein? Ein frisches Ale? Oder lieber ein spritziger Cider? Unser Speisenangebot ist schon etwas dünn, aber zwei Portionen *Shepherd's Pie* kann ich noch anbieten", sagte er lächelnd zu der Dame.

Inzwischen hatte der Mann seinen Rundgang beendet und gesellte sich zu seiner Partnerin.

Barrington begutachtete die beiden.

Die Frau schätzte er auf etwa Mitte vierzig. Ihr Gesicht war extrem geschminkt. Unter der dicken Schicht Make-up waren die Falten trotzdem sichtbar. Ihre feuerrot geschminkten Lippen verzogen sich zu einem Lächeln. Sie legte mit einer lasziven Bewegung ihren rechten Arm auf den Tresen, beugte sich zu Barrington und sah ihm tief in die Augen. Dabei spielte der Zeigefinger ihrer linken Hand mit einer Locke ihres tiefschwarzen Haars.

Ihr Begleiter war um einiges größer als seine Partnerin, hatte kein Haar auf dem Kopf und Muskeln an Stellen, die Barrington nie für möglich gehalten hätte. Er fühlte sich gegenüber diesem Riesenkerl wie ein Zwerg. Einen Hals konnte er bei dem Mann nicht ausmachen. Er fragte sich, wo dieser seine Hemden kaufte. Das musste schwierig sein.

„Ich nehme einen Gin Tonic und mein Freund ein Stout. Wir möchten nichts essen, aber vielleicht bekommen wir eine Auskunft", sagte die Dame und lächelte weiter. Der Mann neben ihr hatte immer noch nichts zu sagen. Er starrte den Wirt unentwegt an. Barrington fühlte sich unwohl.

Er griff zu einem Glas, als er aus der Küche das Geräusch von zerspringendem Porzellan hörte. Farlan musste ein Teller aus der Hand gerutscht sein.

Wie auf einen geheimen Befehl, sprang Rufus von seinem Fensterplatz, lief an Barrington vorbei und verschwand in der Küche. Die beiden neuen Gäste sahen sich vielsagend an.

„Sind Sie mit Ihren Mitarbeitern zufrieden? Sie müssen wissen, mein Mann führt ebenfalls einen Pub mit großem Erfolg", sagte die Dame und sah dabei Barrington interessiert an.

Was wollten diese Leute eigentlich?, dachte Barrington. Er fühlte instinktiv, dass die beiden nicht wegen eines Getränks gekommen waren.

Er sah zu dem Muskelmann und nickte ihm zu, während er weiter Bier zapfte.

„Oh, das ist nicht mein Mann. Das ist einer unserer Mitarbeiter", sagte die Frau.

Barrington wollte es sich nicht eingestehen, aber die beiden waren ihm unsympathisch. Es war so ein Gefühl. Er antwortete nicht, stellte die gewünschten Getränke auf den Tresen und verlangte sein Geld.

„Auskünfte gibt es bei mir eher nicht. Woher kommen Sie?", fragte er, während er das Geld in die Schublade unter der Tischplatte warf.

„Aus dem Norden." Das war keine besonders aussagekräftige Antwort von der Dame.

„Wir suchen meinen geliebten Sohn", sagte die Frau und machte ein überaus trauriges Gesicht. Tränen herauszudrücken, gelang ihr nicht, aber sie tupfte mit einem Tuch trotzdem über ihre Augen. Vorsichtig, um ihr Make-up nicht zu verwischen.

„Wie sieht er denn aus?", fragte Barrington. „Ich habe hier seit einer ganzen Weile keine neuen Gesichter bemerkt, abgesehen von den paar Touristen. Wie alt ist Ihr Sohn?"

Die Frau klimperte mit ihren Goldketten, die in reicher Auswahl an ihrem Hals hingen.

„Er ist vierzehn und eines Tages war er einfach verschwunden. Ich vermisse ihn so sehr. Er hat langes dunkles Haar und ist ein dünnes Kerlchen, nicht wahr, Ducky?", fragte sie an ihren Begleiter gewandt.

Der Mann an ihrer Seite sagte nicht einen Ton. Er fixierte Barrington, der sich immer unbehaglicher fühlte.

„Haben Sie die Polizei informiert?", fragte Barrington. Er bekam keine Antwort. Die Dame griff nur zu ihrem Glas und nippte an dem Gin-Tonic.

Die Pubtür wurde geöffnet. Und als Barrington sah, dass es Constable McDonald war, fühlte er sich plötzlich viel besser. Sofort änderte sich das bis dahin eigenartige Geplapper der Dame. Sie verstummte und zog ihre Stirn in Falten.

Sie sah ihren Begleiter kurz an, trank ihren Drink aus und die beiden verließen ohne Gruß den Pub.

Vor der Tür parkte ein alter schwarzer *Humber Snipe*. Die beiden stiegen ein und fuhren in Richtung Brams davon. Barrington war zum Fenster geeilt und sah dem Wagen nach. Inzwischen hatte auch sein Freund Richard Prescott den Pub betreten. Barrington lief, einer Eingebung folgend, an seinem Freund und dem Constable vorbei zur Küche.

Die beiden waren erstaunt und der Polizist warf einen fragenden Blick zu Richard. Der hob nur die Schulter.

Barrington erschien in der offenen Schwingtür

und winkte den beiden.

„Seht euch das an!", rief er.

Sie folgten ihm in die Küche. Richard war beunruhigt. Was war denn passiert? Konnte sein Freund nicht einmal sofort sagen, was los war?

In der Küche sah es aus wie immer.

„Was sollen wir uns ansehen?", fragte Constable McDonald.

Barrington winkte ihnen, sie sollen um den Tisch herumkommen. Dort lag die große Schüssel zerbrochen auf dem Boden. Überall lagen geschälte Kartoffeln. Die Tür zum Garten war nur angelehnt.

„Was ist daran so schlimm", fragte Rick. „Du wirst dem Jungen doch deswegen keine Szene machen? Was willst du denn damit sagen?" Er verstand die Aufregung seines Freundes nicht.

„Farlan ist fort. Schaut in Farlans Zimmer nach", sagte Barrington traurig.

Rick und der Constable gingen in das Zimmer des Jungen. Der große Schrank stand offen und ein paar Sachen lagen auf dem Boden verstreut.

„Also wirklich, Barri", sagte Rick und zog eine Augenbraue hoch. „So sah es in meinem Kinderzimmer jeden Tag aus, bevor ich der gesittete und angesehene Buchhändler im Ort wurde. Seit wann spionierst du dem Jungen nach? Warum denkst du, dass er fort ist?"

Nun war es Barrington, der die Augenbraue nach oben schob.

„Der Kater ist auch weg. Es muss mit den beiden Gästen zusammenhängen. Als er die Stimme der Frau gehört hat, muss er so viel Angst bekommen haben, dass er seine paar Sachen und Rufus gegriffen hat und verschwunden ist. Er ist fort!"

Richard Prescott versuchte, seinen Freund zu beruhigen. „Wir schauen erst einmal im Obstgarten und der Scheune nach", sagte er. Er konnte es nicht glauben, dass der Junge nur wegen einer Stimme verschwunden sein sollte.

Also durchsuchten sie die Streuobstwiese, die dank Farlan schon sehr viel besser aussah. Nichts. Kein Farlan.

In der Scheune war auch keine Spur des Jungen.

„Jetzt mal alles nacheinander. Wie kommst du auf die Idee, er sei weggelaufen wegen dieser Frau? Vielleicht ist er nur zum Laden von Mrs Smith unterwegs und will etwas kaufen. Oder er holt seine Mütze im *Fluffy Woolcave* ab. Raelyn hat für ihn doch daran gearbeitet und ist wahrscheinlich fertig geworden", sagte der Polizist.

Während die drei langsam zum Pub zurückgingen, erzählte Barrington, wie die Geschichte abgelaufen war.

„Haben Sie an dem Auto etwas Auffälliges bemerkt? Irgendetwas, das uns sagen könnte, woher die Leute gekommen sind?", fragte er den Constable.

Der überlegte kurz.

„Das Kennzeichen habe ich mir nicht angesehen und daran kann man auch nicht erkennen, woher das Auto kommt. Aber ich habe einen von diesen bunten Aufklebern an der hinteren Scheibe gesehen. Man sieht die immer öfter in letzter Zeit auf Autos. Er war grün mit einem Kleeblatt in der Mitte und

The Celtic Football Club stand dort geschrieben. Das ist diese schottische Fußballmannschaft aus Glasgow. Warum? Erklär mir doch bitte, was hier los ist, Junge."

„Glasgow ist in der Nähe von Greenock. Ob ihn wohl seine Vergangenheit eingeholt hat? Ich muss Ihnen etwas beichten, Mr McDonald", sagte Barrington. Sie gingen durch die Küche zurück in den Gastraum. Vorher zog Barrington in der Küche vorsorglich den Suppentopf vom Feuer.

Im Gastraum des Pubs waren die jungen Touristen immer noch mit ihren Witzen beschäftigt.

Barrington nahm Gläser und zapfte Ale für den Polizisten und für Rick Cider. Die drei setzten sich mit ihren Getränken vor den Kamin.

Dann erzählte Barrington die ganze Geschichte, von Farlans Auftauchen im letzten Jahr, seiner Aufnahme hier im Pub bis zu seiner Entwicklung zum Koch. Rick setzte noch ein paar Fakten zu Farlans Nachnamen Kidd dazu.

„Die Sache mit der Verwandtschaft zu diesem Piraten Kidd ist etwas weit hergeholt. Obwohl mir bekannt ist, dass es in Greenock und Umgebung so manchen ungeklärten Fall gab in den letzten Jahren. Du hättest mir früher etwas sagen sollen. Vor allem wenn man bedenkt, dass der Junge garantiert gelogen hat, was sein Alter betrifft. Ich könnte mich ohrfeigen, dass ich dich nicht schon einmal danach gefragt habe. Aber dieser Mordfall im letzten Jahr hat uns ja bis Weihnachten in Atem gehalten", sagte der Constable. „Ich schlage vor, dass wir ihn erst einmal versuchen zu finden. Ich werde mich umhören, habe viele Bekannte in der Nähe von Glasgow. Mach dir nicht so viele Sorgen, Barrington. Ich verspreche dir hoch und heilig vorerst nicht die Jugendschutzbehörde zu verständigen."

Barrington war sehr froh über die Worte des Constable. Der Constable machte sich sofort auf den Weg. McDonald war zuerst einmal ein Freund und danach der korrekte Polizist. Das hatte er in der Vergangenheit oft bewiesen. Der Constable betrachtete St. Applewood als sein Dorf. Und er meinte es so, sein Dorf!

Inzwischen waren die Touristen gegangen. Dafür betraten nun die Schwestern Pullman den Pub. Die hatten Barrington gerade noch gefehlt. Zu allem Überfluss war die Pfarrersfrau Mrs Clement bei den beiden Schwestern. Das war seltsam. Hortensia und Petunia Pullman kamen ansonsten stets allein, um ihrer Vorliebe für Cider oder Sherry nachzugehen. Mrs Clement konnte nur Unheil bedeuten. Rick war ganz plötzlich verschwunden. *Feigling*, dachte Barrington.

Die beiden Schwestern, wiederum aufgehübscht mit Regenschirm, Strickweste und Blumenhut, sahen Barrington mit großen Augen an. Hortensia räusperte sich auffallend oft und knetete ihre gute Tasche ordentlich durch.

„Was ist denn heute los mit Ihnen, Hortensia?", fragte Mrs Clement genervt. „Bekommen Sie etwa eine Erkältung? Es würde mich gar nicht wundern. Ihre letzten innigen Gebete sind schon eine Weile her. Gott ist mit den Gläubigen, meine Liebe."

Petunia verdrehte die Augen.

„Das habe ich gesehen!", rief Mrs Clement.

Hester Clement, die Ehefrau des örtlichen Pfarrers, war über die Jahre ihrem Mann immer ähnlicher geworden. Das Haar wurde dünner, die Nase schmaler, die Lippen verkniffener und sie lief mit genauso langen Schritten wie der Reverend durch den Ort. Es sah immer sehr komisch aus, wenn man die Dame sah und die Schwestern Pullman mit ihren trippelnden Schritten bei dem Tempo kaum hinterherkamen.

Die Frau des Reverends war eine entschiedene Gegnerin des Alkohols und versuchte ihre Ansichten mit allen Mitteln durchzusetzen. Dass ihr Verein gegen den Alkohol immer noch aus nur drei Mitgliedern bestand, war für sie ein Debakel. Aber sie konnte niemanden im Ort dafür erwärmen. Und die Pullman-Schwestern schienen zu den wöchentlichen Sitzungen auch nur zu kommen, weil es dann umsonst Tee und Gebäck gab. Aber dem Teufel Alkohol musste Einhalt geboten werden.

Sie faltete ihre Hände wie zum Gebet und sah Barrington milde lächelnd an.

„Wir sind gekommen, um den neuen Bewohner Farlan kennenzulernen. Wir durften ihn noch nicht in unserer Kirche begrüßen", sagte Mrs Clement.

„Was heißt hier, wir?", flüsterte Hortensia ihrer Schwester ins Ohr.

„Immer bezieht sie uns ein, als ob wir ihr nach dem Mund reden würden", murmelte Petunia zurück. Der böse Blick der Pfarrersfrau ließ sie erzittern.

„Meine Damen? Wir haben doch darüber gesprochen. Also, auf geht´s!", rief Mrs Clement, griff in ihre Handtasche und beförderte eine Stimmgabel hervor. Sie ließ sie kurz anklingen, summte irgendeinen Laut, der mit dem gehörten Ton kaum etwas zu tun hatte, und hob die Arme. Sie begann, wie ein Dirigent mit ihren Armen zu fuchteln, und sang.

Die Pullman-Schwestern stimmten mit ein, aber natürlich zu spät und es hörte sich nun vielmehr nach einem Kanon an.

„*Steh auf und nimm die Hand vom Gin, denn seine Zeit ist um. Steh auf und höre unser Flehen, denn sonst bist du verloren. Schwöre ab, Verblendeter, vom Alkohol. Schwöre ab von dem bösen Geist. Denn der Teufel wird deine Seele holen und du bist dem Untergang geweiht. Schwöre ab, schwöre ab, schwöre ab.*" So sangen die guten Damen vom Antialkoholverein von St. Applewood und Barrington würde gern wissen, wie die Melodie sein sollte. Denn er hatte den starken Verdacht, dass jede der drei Damen eine andere Melodie bevorzugte. Bevor Mrs Clement zur zweiten Strophe ansetzen konnte, hob Barrington abwehrend die Arme.

„Meine Damen, der Junge ist gar nicht hier. Es hat keinen Zweck, diesen Lärm zu veranstalten."

Die drei verstummten.

„Das ist kein Lärm, junger Mann. Das bringt dem Kind den Herrn näher. Und dich haben wir auch schon lange nicht in der Kirche gesehen, Patrick Brandon. Erst neulich hat mich der Reverend Clement, mein lieber Mann, gefragt, wo ist eigentlich die Familie Brandon", sagte die Pfarrersfrau.

Barrington begann die kleine Gruppe in Richtung der Tür zu treiben, indem er immer einen kleinen Schritt machte und die drei Damen zurückwichen.

Dann hatte er sein Ziel erreicht, riss die Tür des Pubs auf und sah die Damen erwartungsvoll an.

„Ich werde dem Jungen berichten, dass Sie hier waren, und nun haben wir geschlossen."

„Schade", flüsterte Petunia ihrer Schwester ins Ohr. „Lass uns nach Hause gehen und einen Guten, du weißt schon was, zu uns nehmen."

Hortensia grinste breit.

„Meine Damen, wir werden in die Kirche gehen und ein Gebet für den Jungen sprechen. Folgen Sie mir!", rief Mrs Clement und stand bereits vor der Tür.

„Oh, das tut uns sehr leid. Wir haben noch eine Menge im Garten zu tun und wir haben heute noch gar nicht unseren guten Willie gefüttert. Er wird sich sicher den Schnabel nach uns auskrächzen. Das verstehen Sie doch sicher. Das Tier ist auch ein Gottesgeschöpf, nicht wahr?", fragte lauernd Hortensia.

Mrs Clement bekam rötliche Punkte auf ihren Wangen. Barrington hätte ihr das nicht zugetraut. Er hatte eher angenommen, die Dame sei blutleer. Er musste sich sein Grinsen verkneifen.

Endlich war er das Trio los. Die Schwestern strebten dem heimischen Sherryvorrat zu und Mrs Clement der Kirche, um ein Gebet für die Verblendeten dieser Erde zu sprechen.

Hinter dem Tresen erschien Rick. Er hatte sich mit einem Sprung hinter den Bartresen vor den Blicken der Pfarrersfrau in Sicherheit gebracht.

„Sind sie weg?", fragte er.

„Du bist unmöglich, Rick. Lässt mich hier mit den drei Frauen allein. Da ich dich aber gut verstehen kann, sei es dir vergeben. Los! Gehen wir endlich."

Es war fünfzehn Uhr und Barrington wusste, dass vor siebzehn Uhr kaum noch jemand kommen würde. Also schloss er den Pub ab, um nach Farlan zu suchen.

An die Tür zum Gastraum hängte er außen das Geschlossenschild. Vorher hatte er mit Rick noch in der Küche aufgeräumt. Dabei hatte er bemerkt, dass auch das Buch fort war. Ein weiteres Indiz, dass der Junge weg war.

Er wollte es sich nicht eingestehen, aber er hatte Angst. Farlan war jünger, als er gesagt hatte. In seinem Innersten hatte Barrington das längst vermutet.

Die beiden machten sich auf den Weg. Der Constable würde in seinem Büro einige Telefonate führen, bevor er sich der Suche anschloss. An der alten Steinbrücke trennten sich die Freunde. Rick wollte die Läden im Ort abklappern.

Barrington beabsichtigte zum Hof seiner Verwandten zu gehen und danach zu Maureen Hastings nach Woodland Manor.

Aus Richtung des Landwarenladens kam Chadwick. Barrington sah auf seine Armbanduhr. Der alte Mann kam immer erst gegen siebzehn Uhr in den Pub. Barrington wartete einen Moment, bis Chadwick bei ihm angekommen war.

„Wolltest du zu mir, Chadwick?"

„Hast du schon geschlossen?", fragte der alte Herr.

„Farlan ist verschwunden und wir suchen jetzt nach ihm. Wäre nett, wenn du die Augen aufhalten würdest."

„Klar, das mache ich. Also ist der Pub geschlossen und niemand mehr dort", sagte Chadwick. „Ach dieser dumme Junge."

Barrington fragte sich, ob der alte Herr schwerhörig werden würde. Genau das hatte er ihm doch vor einer Minute gesagt.

„Ja, der Pub ist leer und geschlossen. Ich gehe jetzt zu den Johns und danach zu Maureen Hastings. Vielleicht ist Farlan dort. Ich hoffe es. Bis später, Chadwick", sagte er und machte sich auf den Weg zum Bauernhof seines Onkels.

Auch dort hatte man den Jungen nicht gesehen. Onkel John und sein Sohn Fenton würden sich an der Suche beteiligen. Tante Louise schüttelte traurig den Kopf.

„Was wird in den Jungen gefahren sein? Wenn er Probleme hat, hätte er sich dir doch anvertrauen können. Da ging das Vertrauen zu uns wohl nicht weit genug. Wer weiß, was Farlan in seinem jungen Leben schon erlebt hat. Nimm ihn nicht so hart ran, wenn du ihn findest ... wenn du ihn findest."

„Wie meinst du das, wenn ich ihn finde?", fragte Barrington seine Tante und sah sie erstaunt an.

„Bedenke, dass er sich, ohne bemerkt zu werden, eine lange Zeit in deiner Scheune aufgehalten hatte. Und bedenke, dass im Prinzip niemand aus unserem nun wirklich kleinen Ort den Jungen vorher schon einmal gesehen hatte. Farlan kennt sich mit Verstecken und Verschwinden aus, nicht wahr?"

Barrington nickte verstehend.

Er verabschiedete sich und ging weiter zu dem Haus der Woodland-Sippe. Das war noch ein Weg von zehn Minuten, aber er hatte mit voller Absicht den Land Rover am Pub stehen lassen. Er wollte die Gegend langsam durchsuchen.

Auf der Straße kam ihm die alte Miss Chervil entgegen.

Sie trug einen großen Weidenkorb voller getrockneter Kräutersäckchen. Sicher wollte sie ihre Waren an den Landwarenladen der Familie Smith liefern. Wie immer, wenn sie jemandem aus St. Applewood begegnete, flüsterte sie Worte vor sich hin.

Barrington kannte sie gut. Er hatte oft von ihr einen dicken Fluch zugerufen bekommen, wenn er früher mit seinem Wagen durch den Wald gebrettert war und ihre Hühner gestört hatte. Aber er wusste auch, dass sie nur so böse tat. Im Grunde war sie ein netter Mensch. Sie lebte lange allein in ihrem Hexenhäuschen im Wald. Da konnte ein Mensch schon seltsame Allüren entwickeln.

„Hallo, Miss Chervil. Haben Sie vielleicht Farlan gesehen?", fragte er, als sie bei ihm angekommen war. Die alte Dame sah Barrington abschätzend an.

„Hast du das Kind verloren? Siehst du, meine Flüche sollte man nicht unterschätzen. Hab ihn nicht gesehen, aber seit heute habe ich ein neues Hühnchen. Vielleicht ist das der Junge?"

Dann brach sie in lautes Lachen aus und zwinkerte Barrington verschmitzt zu. Sie winkte ab, griff ihren Korb fester und ging weiter. Ihr Lachen war noch bis zur Brücke über den *River Willow* zu hören.

Also nicht, dachte Barrington und sah der alten Frau kopfschüttelnd nach.

Das Tor zum Anwesen Sir Millweards, Viscount of Woodland, war geschlossen. Neben dem schmiedeeisernen Tor mit dem Wappen gab es eine Klingel. Barrington drückte auf den Knopf und kurz darauf erschien Bing. Er kam aus dem Torhäuschen, das er seit langer Zeit bewohnte.

„Hallo, Bing! Ich möchte zu Maureen! Ist sie da?", fragte er den jungen Mann.

„Sie ist ... im Haus", kam es leicht stotternd von Bing. „Ich ... ich schließe auf."

„Danke, Bing, nett von dir. Wo ist Slander?" Barrington hatte die Stimme gesenkt. Der Butler war ein seltsamer Mensch. Wenn er ihm die Tür öffnen würde, könnte es sein, dass Barrington abgewiesen werden würde.

„Ist in Lintie ... komische Sachen für den Viscount holen." Mit den komischen Sachen waren irgendwelche chemischen Komponenten gemeint, die der Viscount für seine eigenartigen Experimente benötigte. Barrington war beruhigt, dass er Slander nicht begegnen würde.

Er nickte dem Knecht zu und ging zur Vordertür. Kurz nachdem er an der Eingangstür geklingelt hatte, öffnete die Hausdame, Mrs Partridge, und bat Barrington herein. Sie war eine sehr nette kleine Person mit schneeweißem Haar.

„Lady Maureen ist in der Bibliothek", sagte sie und brachte Barrington bis zur Tür. Sie klopfte und von innen ertönte ein lautes Herein.

Barrington trat ein. Maureen stand ganz oben auf einer Leiter, die mit Rollen an den Bücherregalen befestigt war und es ermöglichte, an jedes noch so hoch abgelegte Buch zu gelangen.

„Barri, wie schön. Mrs Partridge, bringen Sie uns doch bitte Tee!", rief sie von oben und ließ die Leiter mit Schwung zur nächsten Seite fliegen. Die Hausdame schüttelte den Kopf.

„Sie werden sich noch einmal das Genick brechen, My Lady!", rief sie hinauf zu Maureen.

„Ich habe leider keine Zeit für einen Tee, Maureen!", rief Barrington. Maureen nahm ein Buch aus dem Regal und stieg die Leiter herab.

„Ich habe es viel zu lange schleifen lassen. Die Bibliothek muss dringend katalogisiert werden. Was gibt´s?", fragte Maureen.

„Farlan ist verschwunden. Rick, der Constable und halb St. Applewood suchen bereits nach ihm. Ich dachte, weil er dich ja sehr mag, ist er vielleicht hier bei dir?"

Maureen sah ihn erstaunt an.

„Warum denkst du, dass er verschwunden ist?"

Er berichtete von dem Vorfall im Pub.

„Das ist sehr eigenartig. Du hast recht. Ich halte natürlich die Augen auf und werde unsere Nebengelasse absuchen. Vielleicht hat er sich dort versteckt. Oh Gott, wie furchtbar. Er ist so ein liebenswerter Junge. Wir finden ihn. Meinst du wirklich, dass diese komische Dame an seinem Verschwinden die

Schuld trägt?"

„Davon bin ich überzeugt. Wenn diese Leute ihm etwas antun, bekommen sie es mit mir zu tun."

„Und mit mir!"

Maureen wollte Barrington zur Tür begleiten. Als sie die Bibliothekstür öffnete, stand der Butler davor. Hatte er etwa, wie es seine Art war, wieder gelauscht? Maureen zog zornig die Augenbrauen nach oben.

„Was schleichen Sie hier schon wieder herum? Gibt es nichts zu tun?", fragte sie wütend.

Slander verbeugte sich leicht.

„Ich komme gerade vom Einkauf für seine Lordschaft zurück, My Lady", antwortete er in seinem seltsamen Singsang. Tatsächlich trug er noch seinen Mantel und am Aufgang zur Treppe standen mehrere Päckchen.

„Dann weiß ich nicht, warum Sie hier vor der Tür herumstehen!", rief Maureen aufgebracht. Barrington nahm ihren Arm und versuchte, sie zu beruhigen.

Slander verbeugte sich erneut, ging zur Treppe, nahm die Päckchen und verschwand endlich. Maureen sah ihm aufmerksam nach. Sie hielt ihren Zeigefinger an den Mund und signalisierte Barrington, still zu sein. Erst als man in der oberen Etage die Tür zum Turm hörte, entspannte sie sich etwas. Sie winkte ihm, ihr zu folgen.

Vor der Haustür schien sie sich zu beruhigen. Sie holte tief Luft und stieß einen Seufzer aus.

„Ich lasse mich ständig von diesem Mann auf die Palme bringen. Er ist der unsympathischste Mensch, den ich kenne, und das beinhaltet noch nicht mal meinen Cousin Teddy im Gefängnis. Immer scheint er irgendwo plötzlich aufzutauchen. Ich weiß genau, dass er uns alle belauscht und seinen Nutzen daraus zieht. Sicher hat er an der Tür gehorcht und mitbekommen, was du mir über Farlan erzählt hast. Verdammt! Warum will mein Onkel ihn nicht entlassen?", fragte sie am Ende.

„Wir werden es noch herausbekommen. Versuche, ruhig zu bleiben. Ich habe das Gefühl, Slander genießt es, dich zu ärgern", sagte Barrington und nickte ihr zum Abschied zu.

Auch am Abend gab es noch keine Spur von Farlan. Barrington öffnete um siebzehn Uhr den Pub und hoffte auf gute Nachrichten von den anderen.

Inzwischen wusste das halbe Dorf von dem Vorfall. Ian McNeedle hatte sich sofort mit seinem Hund *Bluebell* und einem zurückgelassenen Hemd des Jungen auf die Suche begeben und Mr Smith, der Postbote, fragte in jedem Haus, das er mit Briefen oder Paketen versorgte.

Constable McDonald hatte sich bis jetzt nicht blicken lassen und auch Rick war noch unterwegs. Barrington konnte sich kaum auf seine Arbeit konzentrieren.

Wenn ein Bewohner aus St. Applewood den Pub betrat, bekam er sofort viel Zuspruch und Unterstützung zugesichert. Man konnte sich auf den Ort und seine Bewohner verlassen.

Meine Frau, die Isobel, will nicht so ...

Der Mann griff erneut zu dem Okular und klemmte es in die Höhlung seines rechten Auges ein. Er ließ die Glieder einer Kette durch seine Finger gleiten und fand schließlich den winzigen Stempel.

„Na gut, ich gebe dir zwanzig Pfund", sagte er und nahm die Lupe ab. Er sah sein Gegenüber prüfend an.

Das Gesicht des hageren Mannes, der neben seinem Schreibtisch stand, wurde noch blasser, als es eigentlich schon war. Sein dünnes Haar hing in langen Strähnen von seinem Schädel. Die blutunterlaufenen Augen und die zitternden Hände verrieten einem geübten Auge, was für Probleme ihn umtrieben.

„Zwanzig? Corbie, das ist nicht fair. Die ist mindestens fünfzig wert!", rief er dem Mann hinter dem Schreibtisch zu.

„Ich brauche die Kette nicht zu kaufen, Tricker, mein alter Freund. Soll ich dich fragen, wo sie herkommt, oder nimmst du den Zwanziger?", antwortete Corbie Kidd, lehnte sich zurück und faltete seine Hände, als wolle er beten. Er grinste Tricker provokant an. Corbie wusste ganz genau, dass sein Gegenüber keine Wahl hatte, und so konnte er den armen Kerl schamlos ausnutzen.

„Ich habe eine ganze Schublade mit Ketten, die du mir hier anschleppst. Es wäre prima, wenn du mal was Großes bringst. Dann können wir über mehr reden, mein Freund."

Corbie öffnete eine Kassette auf dem Schreibtisch und nahm eine Banknote heraus. Er hielt sie Tricker hin und wedelte damit.

Der hagere Mann nahm das Geld.

„Eines Tages wirst du noch an deinem Reichtum ersticken, Corbie! Machst deinem Vorfahren alle Ehre!", rief Tricker und eine Träne lief über seine faltige Wange.

Corbie drückte eine Taste unter seinem Schreibtisch. Kurz darauf hörte man schwere Schritte auf der Treppe. Die Tür zum Flur flog auf und ein riesiger, muskelbepackter Kerl erschien. Tricker duckte sich ängstlich.

„Unser Freund will uns verlassen. Warum zeigst du ihm nicht den Ausgang?", fragte Corbie mit einem Lächeln auf den Lippen. „Komm erst wieder, wenn du etwas wirklich Gutes hast. Ansonsten bleib weg, du armseliges Häufchen!"

Der Muskelmann griff den Kragen des Mannes und beförderte ihn mit Leichtigkeit zur Tür hinaus, durch den Flur und die Treppe hinauf zum Gastraum des Pubs. Bevor er ihn aus der Eingangstür warf, bekam Tricker noch einen Faustschlag ins Gesicht.

Er flog durch die offene Pubtür und landete hart auf dem Pflaster der Straße.

„Widerspruch duldet er nicht. Das solltest du wissen, Dummkopf!", rief der Schläger und verschwand im Pub. Die Tür schlug zu und man hörte den Riesen lachen.

Hinter dem Bartresen des Pubs erschien eine Frau in einem feuerroten, tief ausgeschnittenen Kleid. Die Farbe passte zu ihren rot geschminkten Lippen, die sich zu einem Grinsen verzogen.

„Ach, mein guter Ducky, war der Kunde unzufrieden mit seiner Bezahlung? Armer Tricker. Ich fürchte, wir werden ihn nicht mehr lange in unserer Familie begrüßen. Hole jetzt die Fässer rein", sagte sie zu dem Muskelmann.

Ducky erwiderte, wie meistens, nichts. Er nickte nur knapp und ging durch eine offene Tür in den hinteren Bereich des Pubs.

Die Eingangstür des Pubs wurde geöffnet und ein neuer Gast brachte einen Schwall kalte Nachtluft mit in den Raum. Ein Mann mit rötlichem vollen Haar trat langsam ein. In seinem Gesicht fiel der sorgfältig gezwirbelte rötliche Oberlippenbart auf. Er trug einen schwarzen, eleganten Anzug und sah sich intensiv im Gastraum um. Als er registriert hatte, dass sonst niemand da war, schien er sich zu entspannen. Er ging zum Tresen und bestellte ein Cider. Dabei warf er seltsame Blicke in die Ecken, als ob er dachte, man würde ihn beobachten.

„Wie immer, mein Bester?", fragte Isobel und zapfte dabei goldgelben Cider aus einem der Hähne auf dem Tresen.

Der Neuankömmling nickte und griff in seine Hosentasche. Man hörte Geldstücke klimpern.

„Geht aufs Haus. Hast uns ja den guten Tipp mit dem Jungen gegeben. Was machst du in Greenock?"

„Sollte dich nicht interessieren", sagte der Mann, verzog boshaft sein Gesicht, griff nach dem Glas und setzte sich in eine weit vom Tresen entfernte Ecke, die halb im Dunkeln lag. Isobel Kidd hob gelangweilt die Schulter und ging über eine Treppe in das Untergeschoss. Sie öffnete die Tür zum Büro ihres Mannes.

„Was willst du schon wieder?", fragte ihr Gatte und schenkte sich Whisky aus einer Flasche ein.

Er hielt das Kristallglas vor seine Augen und schwenkte es leicht.

„Ein wirklich guter Tropfen."

„So dumm bist du nicht, dass du das Zeug aus deinem Pub trinkst", sagte seine Gattin.

„Werde nicht frech. Du weißt, was sonst passiert. Wie lief es in diesem Dorf? War der Hinweis, den ich bekommen hatte, etwas wert? Ansonsten werden wir uns mit dem Informanten unterhalten müssen."

Isobel setzte sich auf eine Ecke des Schreibtisches und schaukelte mit den Beinen.

„Unser Informant sitzt oben im Gastraum und brütet vor sich hin. Kann den Kerl nicht leiden. Was hast du ihm für die Information gegeben?"

„Sagen wir mal, ich habe ihm zugesichert, ihn über gewisse Leute auf dem Laufenden zu halten. Nichts Besonderes. Geht dich sowieso nichts an."

Isobel wusste genau, dass ihr Mann so einige Geheimnisse hatte. Er mochte es gar nicht, wenn sie neugierig wurde. Sie fuhr fort.

„Er hat die Wahrheit gesagt. Wir haben den Jungen gefunden. Hab seinen räudigen Kater erkannt. Er war es. Man konnte die Narben am Bauch erkennen, die du ihm beigebracht hattest. Er ist in einem Pub untergekrochen, dessen Besitzer nicht sehr auskunftsfreudig war."

„Und wo ist der Junge? Ich kann ihn hier nicht sehen. Hast du ihn in dem Pub gelassen? Oder wie muss ich mir das vorstellen?"

„Es kam ein Gast herein, mit dem ich mich nicht anlegen wollte. Ein Polizist. Wir müssen uns einen Plan ausdenken, bevor wir noch einmal dorthin fahren."

„Sieh zu, dass du die Sache in den Griff bekommst. Ich habe für so etwas keine Zeit. Der Junge weiß zu viel. Beende das endlich oder ...", sagte Corbie und sah seine Frau zornig an.

Isobel wusste genau, was das bedeutete.

„Vielleicht wäre es besser, wenn jemand anders das übernimmt. Man kennt uns dort jetzt", sagte sie.

Corbie sprang auf und verschüttete dabei einen Teil des guten Whiskys. Bevor Isobel reagieren konnte, hatte ihr Mann zugeschlagen. Sofort bildete sich ein rötlicher Fleck auf ihrer Wange.

„Sieh, was du wieder angerichtet hast! Ich habe unfähige Leute so satt! Verschwinde! Sag unserem Freund im Gastraum, dass ich gleich bei ihm bin, habe einige interessante Neuigkeiten."

Isobel verließ schnellstens das Büro.

Als die Tür hinter ihr zugefallen war, schloss sie kurz die Augen. Sie hielt sich die schmerzende

Wange. Ihr zorniger Blick fiel auf die Tür des Büros hinter ihr.

„Das war das letzte Mal", flüsterte sie.

Tricker hatte sich mit viel Mühe vom kalten Boden erhoben. Es war spät am Abend und zum Glück waren nur wenige Menschen unterwegs in der Stadt. Er rieb seine schmerzende Wange. Ducky hatte nicht fest zugeschlagen, sonst hätte er nicht wieder aufstehen können.

„Danke, Ducky! Nett von dir!", rief er in Richtung der Pubtür.

Er versuchte, den Schmutz der Straße von seiner Hose zu wischen. Das gelang ihm nur ansatzweise, da seine Bekleidung schon vor seinem Sturz auf die *Hillside Road* ziemlich schmutzig gewesen war.

Ein Mann hatte vor einer Minute zu ihm herabgesehen und war dann im Pub verschwunden. Tricker hatte ihn hier schon ein paar Mal gesehen. Seltsamer Mensch, undurchdringlich und angsteinflößend. Tricker hatte das Gefühl gehabt, dass sein Blut in der Nähe dieses Mannes zu Eis gefrieren würde. Er schüttelte sich.

Der Pub *Black Crow* am Ende der Straße, direkt gegenüber der *West Bay*, wurde fast nur von Matrosen oder Fischern genutzt. Den zweifelhaften Ruf dieses Etablissements verdankte er einem Piratenkapitän.

Im siebzehnten Jahrhundert, erzählte der Pubwirt gern, hätte William Kidd, ein rauer Geselle mit schlechten Manieren, hier in diesem Haus sein Ale getrunken. Der Pirat hatte sein Leben, wie es sich für einen Freibeuter gehörte, am Galgen in London ausgehaucht. Der Wirt des Pubs, Patrick Kidd, von allen nur Corbie genannt, brüstete sich mit seiner Verwandtschaft zu diesem Mann.

Corbie meinte sogar, er würde seinem Vorfahren ähneln. Er verwies dann gern auf ein Ölgemälde an der Wand, das William Kidd darstellen sollte.

Die schulterlangen schwarzen Locken und der breite Schnauzbart gaben Corbie zwar ein verwegenes Aussehen, aber Leute, die mit ihm Bekanntschaft gemacht hatten, meinten, dass eher sein Charakter dem Piraten gleichen würde. Von den schwarzen Locken hatte er auch seinen schottischen Spitznamen. Corbie bedeutete Rabe.

Die Polizei hatte seit Jahren ein Auge auf den Pub *Black Crow*. Nachweisen konnten sie dem Wirt und seiner Bande bis zu diesem Zeitpunkt nichts.

Hehlerei, Schmuggel, Waffenhandel, Diebstahl, ja sogar Mord gingen auf seine Kappe. Da war sich der ermittelnde DCI Baxter aus Glasgow sicher. Seit Jahren versuchte er, diesen Mann zu erwischen. Aber Corbie war schlau. Er entging den Fängen der Polizei. Und immer war es ein anderer gewesen, der die Taten im Gefängnis absitzen musste.

Tricker hatte sich einen Plan zurechtgelegt. Er brauchte das Geld. Es ging ihm sehr schlecht. Sein Drogenkonsum erhöhte sich ständig. Aus seiner Wohnung war er vor langer Zeit hinausgeworfen worden und seitdem hielt er sich mit Gelegenheitsjobs über Wasser. Das Geld reichte niemals.

Wenn er einen großen Coup landen würde, da hatte Corbie schon recht, dann würde er aus dem

Schlamassel entkommen. Dass er sich etwas einredete, was niemals passieren würde, ignorierte er in seinem umnebelten Gehirn.

Er folgte der Hauptstraße. Es war ein langer Weg, aber ein Bus fuhr jetzt nicht mehr und ein Taxi lag außerhalb seiner Möglichkeiten. So wie er aussah, würde ihn sowieso kein Taxi mitnehmen.

Das Zentrum von Greenock lag endlich vor ihm und damit die Einkaufsmeile. Es war ein Uhr in der Frühe und kaum ein Mensch auf der Straße. Greenock schlief.

Das Juweliergeschäft der Brüder Parker war nicht sehr groß, aber in der Auslage lagen ein paar hübsche Kostbarkeiten. Tricker begutachtete eine Weile die Gegend. Dann sah er sich die Tür des Geschäfts an. Da war kein Reinkommen. Es war mit einem Gitter gesichert. Also doch das Schaufenster.

Tricker griff nach einem Stein, holte aus und warf ihn gegen die Scheibe. Er flog sofort zum Werfer zurück und der arme Tricker krümmte sich vor Schmerz. Schon zum zweiten Mal in dieser Nacht lag er im Dreck. Der Juwelier hatte seit kurzem eine neue Glasscheibe, viel dicker und robuster als die alte, die schon mehrmals zu Bruch gegangen war. Tricker stand ächzend auf und sah sich schnell um. Nirgends ging ein Licht an. Glück gehabt. Aber was nun?

Eine Option fiel ihm noch ein. Das war gefährlicher, aber könnte klappen.

Der Weg zu seinem neuen Opfer war ziemlich lang. Also stahl er unterwegs ein Fahrrad, das ein unvorsichtiges Kind unverschlossen gelassen hatte.

Es war rosa und etwas klein für ihn. Tricker dankte dem Herrn, dass es Nacht war.

Nach fünfzehn Minuten hatte er die Villa erreicht. Sie lag in einem Vorort der Stadt, in der die Besserverdienenden wohnten. Ihm war dieses Haus bei einem seiner Streifzüge aufgefallen. Die Leute hatten sogar so viel Geld, dass sie einen Gärtner beschäftigen konnten. Er hatte den Mann vor einiger Zeit eine ganze Weile beobachtet.

Da sollte im Inneren doch etwas zu holen sein.

Tricker stellte das Fahrrad an einer Mauer ab und kletterte auf den Sitz. Er schaute über die Mauer in den Garten. Es war still. Die Fenster des Hauses dunkel.

Mit viel Mühe kletterte Tricker auf die Maueroberseite, kam ins Rutschen und fiel auf der anderen Seite in ein Brennnesselnest. Er quiekte leise. *Wozu haben die einen Gärtner, wenn es hier so viele Brennnesseln gibt?*, dachte er und stöhnte. Warum passierte ihm immer so etwas? Seine Mutter hätte eine Antwort gehabt, aber er hatte sie seit vielen Jahren nicht mehr gesehen. „Du bist einfach nur dumm, mein Junge." Das hatte seine liebe Mutter oft zu ihm gesagt. Eigentlich hatte sie recht. Der Hellste war er nie gewesen.

Er schlich zur Eingangstür und sah sich das Schloss an. Das sollte kein Problem sein. Aus seiner Hosentasche kamen die Dietriche zum Vorschein. Das war ihm noch niemals leichtgefallen, aber endlich, nach ein paar Minuten, hatte er die Tür geöffnet.

Er horchte. Es gab keine Alarmanlage. Gut.

Tricker betrat das Haus. Er befand sich in einem weitläufigen Flur. In der Mitte stand ein runder Tisch mit einem Blumenbouquet darauf. Links gab es eine offene Doppeltür. Ein großer Raum mit zwei Sofas und einem Kamin. Das war wahrscheinlich das Wohnzimmer. Er sah sich kurz darin um. Auf einem Bartresen standen unglaublich viele Flaschen vom besten schottischen Whisky. Trickers Zunge leckte über seine Lippen. Er griff sich ein Glas und schüttete es mit dem besten Whisky voll. In einem Zug war das Glas geleert. Tricker grinste glücklich.

An der Wand hing ein Gemälde, das teuer aussah. Aber der Transport wäre schwierig. Lieber wollte der Dieb erst einmal weiter nachsehen, was zu finden wäre.

Im Erdgeschoss gab es nur noch eine große Wohnküche. Daneben ein Esszimmer. Ein paar Leuchter auf dem Tisch waren goldfarben. Aber waren sie auch lohnend? Er nahm sich ein Bier aus dem Kühlschrank und sah sich trinkend weiter um. Das Obergeschoss mit den Schlafzimmern war sicher besser geeignet. Tricker hatte schon immer ein Faible für Schmuck gehabt. Eigentlich müsste sein Spitzname eher *Magpie,* Elster, als Tricker lauten.

Also stieg er vorsichtig und leise hinauf.

Rechts stand eine Tür zu einem großen Schlafzimmer offen. Sollten die Besitzer etwa ausgeflogen sein? Tricker konnte sein Glück nicht fassen. Er war ansonsten immer der Pechvogel vom Dienst. Lächelnd öffnete er die Schubladen der Kommode. Er schnalzte mit der Zunge. Das war es. Ein Meer von Schmuck, dessen Glitzern sich in Trickers gierigen Augen widerspiegelte.

Er hatte den Jackpot. Nun sollte Corbie zufrieden sein und ihn ordentlich dafür bezahlen. Er griff sich einen Beutel, den er im Schrank entdeckt hatte, und warf alles, was er finden konnte, hinein.

Die Bilder, die im Flur hingen, hatte er nicht beachtet. Bilder waren noch nie sein Ding gewesen. Ansonsten hätte er vielleicht die ganze Sache abgeblasen.

Aber Tricker war nicht für seine überlegene Intelligenz bekannt. Er brauchte schnell Geld für die nächste Dosis.

Unten griff er sich noch die beiden Leuchter aus dem Esszimmer, verließ mit seiner Beute die Villa, schwang sich mit Mühe über die Mauer und radelte wie der Teufel zurück zum Pub. Vielleicht könnte er Corbie noch erwischen und abkassieren.

Seine Pechsträhne war vorüber!

Das dachte Tricker jedenfalls.

Es war zwei Uhr in der Frühe des neuen Tages und Tricker würde niemals wieder Fahrrad fahren. Wie hätte er auch mit seinem von Drogen umnebelten Gehirn erfassen können, dass er in die Villa des Corbie Kidd eingebrochen hatte?

Als man ein paar Tage später einen Toten aus dem *River Clyde* zog, der sich geradewegs auf dem Weg ins Meer gemacht hatte, war es nach Meinung der Küstenwache einfach ein weiterer Drogentoter.

Der Rechtsmediziner stellte zwar eine Menge Prellungen fest, aber die Überdosis Heroin sprach eine deutliche Sprache. Tricker kam als John Do zu den Akten. Niemand konnte oder wollte ihn identifizieren und sein Grab in der hintersten Ecke des Friedhofes blieb namenlos.

Rufus gefällt es nicht

Der Kater fixierte seinen Freund aus halb geöffneten Augen. Was er sah, gefiel ihm wohl nicht, denn er fauchte kurz und bleckte seine Zähne.

„Was soll das denn? Seit wann fauchst du mich an? Na und, dann bin ich eben wieder weggelaufen. Und wenn schon. Ich brauche Barri nicht. Wir kommen sehr gut allein zurecht. Ich werde es dir beweisen. Also sei artig und mach keinen Lärm", sagte Farlan leise, war sich aber im selben Moment sicher, dass er es nicht so meinte.

Der Kater sah den Jungen unverwandt aus seinen undurchdringlichen Augen an.

„Mach doch nicht so einen Aufstand. Ich weiß genau, was du sagen willst. Wir haben auf Barris Kosten gelebt, es war endlich jemand nett zu uns und nun laufe ich davon. Ich kann es doch nicht ändern."

Rufus miaute leise.

„Oh Mann! Was soll ich denn deiner Meinung

nach machen?"

„Du könntest zur Abwechslung mal einem Menschen vertrauen, mein Junge", sagte jemand, der in der geöffneten Tür des alten Cottages stand.

Farlan sprang auf. Man hatte ihn gefunden.

„Ach, du bist es. Wir hatten doch vereinbart, dass du zwei Mal klopfst. Damit ich weiß, dass du es bist", sagte Farlan und setzte sich wieder. Der Schreck war ihm in alle Glieder gefahren.

„Wäre wohl noch schöner, dass ich an meinem eigenen Cottage anklopfe."

„Ich habe Tee gemacht. Zu Essen hast du wohl nichts im Haus, oder?", fragte Farlan und sofort miaute der Kater. Essen war für das Tier ein Schlüsselwort.

„Ich habe Brot und Käse mitgebracht und für den Kater einen Fisch. Das sollte erst einmal reichen. Jetzt werden wir uns unterhalten. Ich will alles von dir erfahren. Vor allem, was du gemacht hättest, wenn ich dich nicht aufgegriffen hätte."

Farlan sah betroffen zu Boden. Irgendwie schämte er sich für sein Verhalten. Er hatte viele gute Leute enttäuscht. Doch seine Angst war stärker gewesen.

Barrington stand in seinem Pub hinter dem Tresen und polierte lustlos Gläser. Er wollte es sich noch nicht eingestehen, aber der Junge fehlte ihm. Der Anblick am Morgen, wenn er in die Küche herunterkam und Farlan das Frühstück bereits vorbereitet hatte, seine Sprüche und sein Lachen, wenn sie beide sich über die Arbeiten für den neuen Tag unterhalten hatten, all das und noch viel mehr, fehlte im Pub.

Constable McDonald öffnete die Tür und kam herein. Er sah nicht besonders glücklich aus. Barrington zapfte ihm, ohne zu fragen, ein Stout und stellte es ihm auf den Tresen.

„Haben Sie etwas von dem Jungen gehört?"

Der Constable schüttelte den Kopf.

„Leider nein, Barri. Verflixt, warum hast du nicht früher mit mir gesprochen? Wehret den Anfängen, sage ich immer. Ich habe meinen Kollegen in Glasgow kontaktiert. Was ich da über Greenock und die Familie Kidd gehört habe, war mehr als beängstigend. DCI Baxter ist der Sippe seit einer sehr langen Zeit auf der Spur. Man kann dem Oberhaupt, Corbie Kidd, eigentlich Patrick Kidd, einfach nichts nachweisen. Er schafft es immer wieder, durch die Maschen des Gesetzes zu schlüpfen. Hat einen Anwalt an seiner Seite, der mit allen Wassern gewaschen ist. Und seine Frau Isobel ist nicht viel besser. Sie arbeitet ebenfalls in dem Pub *Black Crow*. Dann wäre da noch ein Schläger zu nennen, Ducky, der die Schmutzarbeit macht. Sagt dir das etwas?"

Barrington nickte.

„Die Frau hat ihren Partner Ducky genannt. Dann war das Isobel Kidd. Farlan hat ihre Stimme erkannt und ist auf und davon. Aber die Frau war doch hoffentlich nicht seine Mutter?"

„DCI Baxter wusste, dass Corbie und seine Frau Isobel keine Kinder haben. Der Junge ist ein Neffe der beiden. Corbies einzige Schwester ist vor ein paar Jahren bei einem Unfall mit Fahrerflucht ums

Leben gekommen."

Barrington sah den Polizisten traurig an.

„Was soll ich nur tun?"

„Du machst erst einmal gar nichts. Ich suche weiter nach dem Jungen. Eine offizielle Fahndung kann ich nicht herausgeben. Du verstehst, warum, oder?"

Barrington nickte erneut. Würden die Behörden nach Farlan suchen, käme er in ein Kinderheim, wenn auch nur für ein paar Jahre. Das wollte niemand dem Jungen antun.

„Was kann ich tun, Constable? Ich kann hier nicht rumsitzen."

„Halte dich vor allem von den Leuten aus Greenock fern. Das bringt nichts. Ich schlage dir vor, ganz unverbindlich einmal mit deinen Eltern oder deiner Tante zu reden. Es gibt die Möglichkeit, eine Pflegefamilie ins Auge zu fassen. Ich kenne eine nette Dame in der Jugendschutzbehörde. Als ich die Kinder der Watts letztes Jahr ins Heim gebracht habe, habe ich sie kennengelernt. Hübsche Frau, Aye", sagte der Constable, schnalzte mit der Zunge und grinste breit. Er schien einen Moment abgelenkt und sah in eine weite Ferne.

Barrington traute seinen Ohren nicht. Sollte der eingefleischte Junggeselle McDonald etwa verliebt sein?

„Ich werde sie anrufen und nach St. Applewood einladen. Es ist sicher angenehmer, hier in deinem Pub zu reden, als in ihrem Büro", sagte der Constable.

„Hört sich gut an. Dann laden Sie die hübsche

Dame ein, Sir", sagte Barrington und konnte sich ein Lächeln nicht verkneifen.

Die Tür zum Pub wurde geöffnet. Ein Schwall kalte Luft kam mit Ian McNeedle und seinem Hund *Bluebell* hereingeweht. Die Tage und Nächte waren immer noch ziemlich kühl. Barrington hoffte, dass der Junge nicht im Freien schlafen musste.

Der alte Chadwick beschwerte sich dieses Mal nicht über die kalte Luft, da er noch nicht da war. Was sehr seltsam war, da der alte Herr immer der Erste am Nachmittag war.

Ian kam zum Tresen und *Bluebell* setzte sich brav neben seinen Freund. Barrington war in die Küche gegangen, als er den Hund gesehen hatte. Nun kam er mit einer Schüssel frischem Wasser zurück und stellte sie vor dem durstigen Tier ab.

„Danke, Barry. Wir haben die Spur von Farlan verfolgt. Er ist außen um den Ort herumgegangen, muss auch an unserer Scheune vorbeigekommen sein. Raelyn hat ihn leider nicht gesehen, obwohl sie im Garten gewesen war. Dann verliert sich die Spur in Höhe der Kirche. Es tut mir leid. *Bluebell* hat sein Bestes gegeben", sagte Ian und streichelte den Kopf seines Collies.

„Um Himmel Willen! Er wird hoffentlich nicht doch noch der Pfarrersfrau in die Hände fallen. Die ruft doch sofort die Behörde an. Sie war gestern hier und wollte Farlan sprechen. Ich wäre sie fast nicht losgeworden", sagte Barrington beunruhigt.

„Das glaube ich nicht, Barri. Du hast ihn oft genug gewarnt, dass mit Mrs Clement nicht gut Äpfel knabbern ist. Schlauer Bursche, der Farlan.

Wer weiß, wie lange er schon auf der Flucht war, bevor du ihn entdeckt hast?" Ian schüttelte traurig seinen Kopf. „Wenn ich an unsere Bonny denke, kann ich nicht verstehen, wie man einem Kind so etwas antun kann."

„Davon hätte ich gehört. Keine Angst, Barri", sagte der Constable.

„Na hoffentlich habt ihr recht. Danke, Ian, nett von dir. Wir müssen einfach weitersuchen. Ich gebe jedenfalls nicht auf. Möchtest du etwas trinken? Geht aufs Haus", fragte Barrington.

Ian McNeedle schüttelte den Kopf.

„Ich muss zurück zur Herde. Die wollen reingelassen werden. Hatten sich, bevor ich die Suche begonnen hatte, im Garten verteilt und an den jungen Trieben rumgeknabbert. Vor allem *Little* Erna ist da unbelehrbar. Hat im letzten Jahr das Beet mit den jungen Mohrrüben umgegraben. Das war furchtbar. Meine Raelyn war vielleicht sauer. Wir sehen uns, Barrington. Wir halten die Augen auf." Er ließ einen leisen Pfiff in Richtung des Hundes hören und verließ zusammen mit *Bluebell* den Pub.

Kaum war Ian fort, öffnete sich die Pubtür erneut und der alte Chadwick erschien.

„Du kommst spät, mein Freund", sagte Barrington und begann das Ale für ihn zu zapfen. „Essen kann ich dir leider nicht anbieten. Du weißt ja."

Chadwick nickte ernst.

„Ihr habt ihn also nicht gefunden?", fragte er und nippte an seinem Bier.

Constable McDonald schüttelte den Kopf.

Barrington erzählte von Ians Suche mit dem

Hund und dass die Spur an der Kirche endete.

„Farlan hat Angst. Aber du solltest ihm nicht böse sein, Barri. Er konnte wahrscheinlich nicht anders. Vielleicht wollte er dich auch schützen. Er mag dich. Das weißt du doch, oder?", fragte der alte Herr.

Barrington nickte.

Nachdem Chadwick und der Constable ihr Bier getrunken hatten, verabschiedeten sie sich. Der Polizist wollte noch ein paar Telefongespräche erledigen und Chadwick versprach, noch weiter nach dem Jungen zu suchen.

„Ich werde mal der Pfarrersfrau auf den Zahn fühlen. Damit du beruhigt bist, Barri. Aber glaube mir, wenn er dort wäre, wüssten es bereits alle. Gestern tagte die christliche Frauengruppe. Hortensia und Petunia Pullman hätten das gesamte Dorf unterrichtet, wenn der Junge im Pfarrhaus gewesen wäre. Das hätten sich die beiden Klatschtanten nicht entgehen lassen. Und Frau Pfarrer hätte dir brühwarm berichtet, wenn sie etwas über den Jungen wissen würde. Wahrscheinlich würde er jetzt in der Kirche knien und dem Pfarrer seine Sünden beichten müssen. Der würde kein gesundes Haar an dem armen Kerl lassen. Was denkst du, warum ich die Kirche meide?", fragte Chadwick und zwinkerte Barrington zum Abschied zu.

Chadwick hat recht, dachte Barrington, *die Schwestern Pullman sind eine gute Idee. Die beiden sind doch die immer gut unterrichtete Zeitung von St. Applewood. Mit den beiden Damen werde ich reden.*

Am nächsten Morgen machte sich Barrington sofort auf den Weg zu den Schwestern, die in einem winzigen Cottage am Rande des Dorfes wohnten.

Petunia stand in ihrem Vorgarten und harkte ein Muster in den Kiesweg, der sich wie eine Schlange durch die Blumenbeete wand. Auf ihrem Kopf natürlich, wie zu jeder Zeit, einer ihrer kunterbunten Hüte. Heute wackelten weiße Margeriten auf dem bräunlichen Strohhut herum. Barrington grüßte und lehnte sich an den grün gestrichenen Zaun.

„Hallo, Miss Petunia, wie geht es Ihnen heute? Sie sehen aus wie das blühende Leben", sagte er.

Die alte Dame drückte den schmerzenden Rücken durch und sah ihn fragend an. „Barrington? Was ist denn los? Gibt es interessante Neuigkeiten?"

Die rötliche Tür des Cottage wurde geöffnet und Hortensia eilte mit langen Schritten an die Seite ihrer Schwester. Die Strickweste, die sie trug, kam auf keinen Fall aus dem *Fluffy Woolcave*. Dieses seltsame Ding, anscheinend aus vielen kurzen Wollresten zusammengestrickt, würde eine Künstlerin an der Nadel, wie Raelyn McNeedle es war, niemals in ihrem Laden dulden. Dementsprechend hingen eine Menge kurzer Wollfäden aus der Weste heraus, die der Dame das Aussehen eines bunten Igels gaben.

„Was gibt es denn, Petunia?", fragte sie, als sie atemlos bei ihrer Schwester und Barrington ankam. Aus einem der offenen Fenster des Hauses hörte man das heisere Kreischen des Wellensittichs Willi.

„Ich wollte nur fragen, ob Sie eventuell Farlan gesehen haben. Und es wäre eine sehr nette Geste von den Ladys, wenn Mrs Clement nicht von meinem Besuch erfahren würde", sagte Barrington.

Die Pullman-Schwestern sahen sich lächelnd an.

„Wo denkst du hin, mein Junge? Du hast uns ja auch nicht verraten, als wir vor einiger Zeit in deinem Pub einen leckeren Cider getrunken haben. Die Sache von gestern tut uns beiden sehr leid. Aber wir kommen einfach nicht gegen Mrs Pfarrer an. Wir hoffen, du verstehst das. Leider haben wir den jungen Herrn nicht gesehen. Bist du denn sicher, dass er nicht schon über alle Berge ist?", fragte Petunia.

„Was ist mit dieser schrecklichen Frau?", fragte Hortensia. Petunia nickte zustimmend.

„Welche schreckliche Frau?", fragte Barrington. Ihm wurde heiß und kalt. Er musste sofort an Isobel Kidd denken.

„Hier kam so eine Frau in einem dunklen Wagen vorgefahren. Sie hielt an und wollte uns aushorchen. Die waren auch im Laden bei den Smiths. Zum Glück war unser Postbote nicht da, der verrät doch sofort jedes Geheimnis", sagte Petunia und dachte gar nicht daran, sich in die Klatschgruppe im Ort einzubeziehen.

„Was wollte sie wissen?", fragte Barrington.

„Ob wir hier schon lange wohnen, ob wir den Besitzer des Pubs kennen würden oder ob wir hier mal einen Jungen, etwa vierzehn Jahre alt, mit langen dunklen Haaren, einen schwarzen Kater dabei, gesehen hätten. Solche dummen Fragen."

„Was haben Sie ihr gesagt?", fragte Barrington. Hoffentlich hatten die beiden Schwestern nicht zu viel verraten in ihrem Bestreben, immer die Ersten zu sein, wenn es um Neuigkeiten ging.

„Sidney Patrick Barrington Brandon, mein guter Junge, denkst du, wir sind zwei dumme alte Jungfern und lassen uns bequatschen? Nichts haben wir gesagt. Da kann ja jeder kommen. Ich habe der Frau, die übrigens furchtbar geschminkt war, gesagt, wir kennen keinen vierzehnjährigen Jungen, der auf diese Beschreibung passen könnte. Da sind sie wieder abgefahren", sagte Petunia und war offensichtlich sehr stolz auf ihre Reaktion.

Barrington war erleichtert. So viel Geistesgegenwart hätte er den beiden nicht zugetraut. Aber er vermutete schon lange, dass es die beiden Schwestern faustdick hinter den Ohren hätten. Sie wollten nach außen nur den Eindruck erwecken, sie wären zwei alte Damen, die keine Ahnung hätten.

„Gut gemacht! Der nächste Cider in meinem Pub geht aufs Haus, Ladys!", rief er erleichtert aus.

Dann ging er zurück zu seinem Pub. Viel gebracht hatte es nicht. Aber es war offensichtlicher denn je, dass diese Familie Kidd den Jungen fassen wollte. Also waren die Leute aus Greenock nicht nach Brams gefahren, sondern hatten das Dorf noch nach dem Jungen durchsucht.

Ein Treffen unter Freunden

Der Pub *Black Crow* in Greenock hatte seit ein paar Stunden geöffnet. In der letzten Zeit kamen nachmittags nicht mehr so viele Gäste. Erst am späten Abend füllte sich der Pub allmählich. Vielleicht hatte die Tatsache, dass hier eher zwielichtige Gestalten verkehrten, die Gäste abgeschreckt. Im Moment saßen nur ein paar alte Fischer an einem der Tische, sahen in ihr Ale und unterhielten sich leise.

Ein Mann betrat den Gastraum und sah sich prüfend um.

„Na, mein Hübscher? Was soll es denn sein?", fragte die Frau hinter dem Tresen. Wahrscheinlich sagte sie das zu jedem männlichen Gast, denn ein besonders hübscher Vertreter der Gattung Mann stand nicht vor ihr.

„Stout und eine Auskunft", sagte der Mann im besten Glasgowschottisch. Dabei kaute er auf Kürbiskernen herum. Er hatte eine Tüte in der Hand, griff immer wieder hinein und steckte sich einen weiteren Kern in den Mund.

„Kommt auf die Auskunft an. Stout zapfe ich doch gern für dich", sagte die Frau und sah ihrem Gegenüber mit einem lasziven Lächeln tief in die Augen.

Der Mann, ein etwa fünfzig Jahre alter, ziemlich klein geratener Herr mit verschlagen wirkenden Augen, trat einen halben Schritt zurück. Als wären ihm die Annäherungsversuche der Frau unangenehm. Er trug sein bräunliches Haar kurz und sein ebenfalls bräunlicher Anzug sah aus, als wäre er gerade aus einem zu kleinen Koffer genommen worden. Völlig zerknittert.

Isobel zapfte weiter ungerührt das Bier für den Gast. Sie schnüffelte kurz. Was war das für ein seltsamer Geruch, der von dem Mann ausging? Er kam ihr irgendwie bekannt vor. Es wollte ihr nicht einfallen.

Sie stellte das Glas Stout vor dem Mann ab und hielt die Hand auf.

Er gab ihr ein paar Münzen und Isobel sah ihn erwartungsvoll weiterhin an.

„Das reicht aber nicht."

Der Mann kramte in seinen Taschen und legte weitere Münzen auf den Tresen.

„Früher hat das Zeug nicht so viel gekostet", brummelte er vor sich hin. „Was ist mit der Auskunft?"

Isobel sagte nichts, griff sich ein Geschirrtuch und begann Gläser zu polieren. Sie sah den Mann provozierend an.

„Ich will mit Corbie Kidd sprechen, oder gehört

67

dir jetzt der Pub?", fragte er und schlug mit der flachen Hand auf die Tresenplatte. Isobel blieb ungerührt und polierte weiter Gläser.

In diesem Moment fiel ihr ein, woher sie diesen seltsamen Geruch kannte. Sie kannte ihn nur zu gut. Es war der Geruch von abgestandenem Essen, verschwitzten Menschen und Hoffnungslosigkeit.

Das war der Duft des *Barlinnie*-Gefängnisses in Glasgow. Corbie war bereits ab und zu dort gewesen. Allerdings niemals für längere Zeit. Sein Anwalt, der auf Corbies Lohnliste stand, hatte ihn jedes Mal vor einer längeren Strafe bewahrt.

„Ducky!", rief Isobel, ohne den Mann mit der Tüte in der Hand aus den Augen zu lassen. Der Muskelmann erschien.

„Warum sagst du nicht meinem Freund noch einmal, was du möchtest", sagte Isobel und grinste breit.

In diesem Moment wurde die Pubtür geöffnet und zwei Männer traten ein. Sie nickten dem Kerl vor dem Tresen kurz zu.

„Wir nehmen Whisky, meine Schöne", säuselte der eine der Männer, ein glatzköpfiger Mann mit einer dicken Zigarre im Mundwinkel.

„Sie will uns nicht zu Corbie lassen!", schimpfte der kleinere Mann am Tresen.

„Sie müssen unserem Patty verzeihen, ist immer kurz vor dem Explodieren. Beruhige dich gefälligst!", rief er dem Angesprochenen zornig zu. „Und hör endlich mit diesen Kernen auf! Du hinterlässt überall eine Spur wie Hänsel und Gretel mit ihren Brotkrumen, du Idiot!" Dann wandte er sich wieder

Isobel zu.

„Mein Name ist Jimmy Silver. Patty Boyle kennen Sie ja bereits und der dritte im Bunde ist Billy Pew, unser ängstliches Häschen", sagte Jimmy mit einer Stimme, die tief aus einer Gruft zu kommen schien.

Billy, wahrscheinlich der Jüngste der Truppe, sah Jimmy böse an, sagte aber nichts. Er sah aus, als hätte er gerade die Schule beendet. Seine rosige Haut, das volle lockige Haar und die weichen Hände hinterließen bei Isobel diesen Eindruck. Sie grinste ihn an. Billy richtete seinen Blick sofort zu Boden.

„Sie dürfen unseren Milchbubi nicht so ansehen, das bringt den Jungen ganz durcheinander. Sieht zwar aus wie mal gerade siebzehn Jahre alt, ist aber bereits dreißig und hat eine interessante Kriminalstatistik im Gepäck", sagte Jimmy und stupste Billy kurz an. Das schien dem Mann gar nicht zu gefallen. Aber es kam wiederum kein Ton von ihm.

Jimmy war der Redegewandte und sicher auch der Chef der Gruppe. Isobel konnte Männer sofort durchschauen. Das hatte ihr schon immer Vorteile verschafft. Sie schickte Ducky mit einem Kopfnicken nach unten zu Corbie. Worte waren unnötig. Die beiden waren hier im *Black Crow* ein eingespieltes Team.

Jimmy Silver legte seinen rechten Arm auf den Tresen und sah die Dame süßlich lächelnd an.

„Bist du hier angestellt, mein Schatz?", fragte er.

Isobel lehnte sich lächelnd auf dem Tresen zu dem Mann.

„Corbie ist mein Gatte, Schätzchen."

Jimmy zog seinen Arm sofort zurück.

„Das kann ja niemand ahnen. Tut mir wirklich leid. Ich hatte Corbie nicht als verheirateten Mann in Erinnerung. Wir waren eine Zeit lang indisponiert und nicht in der Gegend."

Das hieß dann wohl so viel, dass die gesamte Truppe im Gefängnis gewesen war.

Ducky kam zurück aus dem Kellergeschoss, lehnte sich zu Isobel und flüsterte etwas.

Sie nahm drei Gläser und die Flasche vom zweitbesten Whisky.

„Corbie hat noch zu tun. Ihr bekommt einen Whisky auf Kosten des Hauses", sagte Isobel und wies auf eine Sitzgruppe in der hinteren, wunderbar dunklen Ecke. Weit weg von dem Tisch der alten Fischer, die sich interessiert nach den Fremden umgesehen hatten.

„Wir warten, Schätzchen", sagte Jimmy und die drei gingen mit ihrem Whisky in die Ecke. Patty Boyle grinste Isobel provozierend an. Sie nahm sich vor, diesen Kerl im Auge zu behalten. Er war wie eine Stange Dynamit, die eine zu kurze Zündschnur besaß. Das war in ihrem Metier mehr als gefährlich.

Einige Minuten später erschien der Herr des Hauses, grüßte kurz die alten Fischer und ging dann zu den drei Wartenden. Vorher hatte er seine Frau angewiesen, dass er keine Störung brauchen konnte in der nächsten Stunde. Isobels Blick folgte ihrem Mann. *Was haben die wieder auszuhecken?*, dachte sie und begann Gläser abzuspülen.

„Hat lange gedauert, meine Herren. Was verschafft mir die Ehre?", fragte Corbie, der inzwischen am Tisch der drei wartenden Männer Platz nahm. Jimmy Silver sah den Wirt prüfend an.

„Deine schwarze Haarmähne war auch schon mal voller. Das Alter macht sich also auch bei dir breit."

Corbie wurde blass. Seit ein paar Tagen ging es ihm nicht besonders gut. Und seit gestern fand er morgens auf seinem Kopfkissen büschelweise Haare.

„Das geht dich ja wohl nichts an, oder? Also, was wollt ihr?", fragte Corbie.

„Wir suchen nach unserem ganz speziellen Freund. Es wäre hilfreich, wenn du Informationen hast. Vielleicht weißt du es nicht, aber er hat den größten Anteil damals behalten und wir würden ihn gern besuchen und mit ihm einen Drink nehmen. Auf die alten Zeiten trinken. Es soll sich für dich auszahlen", sagte Jimmy und sah Corbie lauernd an.

„Verkehrt der Kerl noch hier oder nicht? Rück schon raus mit der Sprache!", mischte sich Patty ein. Er war aufgesprungen und drohte mit seinen Fäusten. Sein Blick fiel auf Ducky, der ihn nicht aus den Augen gelassen hatte. Sofort beruhigte er sich und setzte sich.

„Mach hier nicht solchen Lärm, du Dummkopf!", rief Jimmy.

Corbie grinste breit.

„Ich hätte da schon einen Tipp, liebe Freunde."

Dann steckten die vier die Köpfe zusammen und Isobel konnte von dem Gespräch nichts mehr hören. Aber die Neuankömmlinge gingen nach einer Stunde zufrieden davon.

Barri macht einen Ausflug

Barrington hatte genug. Er hatte sich noch niemals vor etwas gescheut und wenn es noch so gefährlich schien.

Seine Mutter hatte den kleinen Barrington in der Vergangenheit oft genug ermahnen müssen.

Der Fluss ist gefährlich. Wehe du gehst dorthin, hatte sie gesagt. Barri war sofort, noch am selben Tag, zum Fluss gelaufen und natürlich hineingefallen. Der Maler Richard Tabbs hatte ihn aus dem Wasser gezogen, am Ofen getrocknet und ihm versprochen, die Ohren lang zu ziehen. Ganz der kleine Barrington hatte der Junge den Maler daraufhin gefragt, ob er dann besser hören würde. Richard Tabbs hatte die Augen verdreht und ihn nach Hause geschickt. Dass der Maler ihn nicht verpetzt hatte, rechnete ihm Barrington bis heute hoch an.

Iss nicht so viele von den frischen Kirschen im Garten, hatte seine Mutter gesagt. Barrington hatte bereits nach einer halben Stunde schlimme Bauchschmerzen gehabt. Es war dem Jungen keine Lehre gewesen, er würde es im nächsten Jahr wieder genau so machen.

Spiel nicht auf dem Kirchberg, das mag der Pfarrer nicht. Ich will von den Pfarrersleuten keine Beschwerden hören, hatte die Mutter gesagt. Abends hatte es an der Tür geklopft und nachdem Mrs Brandon geöffnet hatte, stand sie Mr und Mrs Clement gegenüber. Beide hatten eine eher essigsaure Miene aufgesetzt und der Herr Pfarrer hatte in seiner Hand eine zerbrochene Vase gehalten. Rufe der Mutter nach ihrem Sohn waren ungehört in den Weiten des kleinen Cottage verhallt. Barrington hatte die Gunst der Stunde genutzt und war, als er die Pfarrersleute gehört hatte, aus seinem Zimmerfenster in den Garten gesprungen und davongelaufen.

Treib dich nicht im Wald herum. Miss Chervil mag das ganz und gar nicht!, hatte ihm seine Mutter nachgerufen, wenn er aus dem Haus gelaufen war.

Eine halbe Stunde später hatten er und Richard Prescott hinter der Mauer vom Gemüsegarten der Kräuterfrau gehockt und sich mit ihren Möhren den Bauch gefüllt. Als die beiden dann auch noch über den Kohlrabi herfallen wollten, war Miss Chervil mit einem Besen aus ihrem Cottage gerannt gekommen und hatte die beiden Jungs bis zum Anwesen des Viscounts Woodland gejagt. Dabei hatte sie alle Flüche, die ihr in den Sinn kamen, auf die Jungen herunterprasseln lassen. Maureen Hastings hatte sie im alten Schuppen des Anwesens versteckt, bis die Kräuterfrau verschwunden gewesen war.

Das Mädchen hatte über den Übermut der beiden

nur mit dem Kopf schütteln können. Ein paar Tage später hatten beide Jungen mit Fieber und einem schlimmen Husten im Bett liegen müssen. Waren die Flüche der Kräuterhexe etwa schuld gewesen?

Die bittere Medizin hatten Barringtons und Ricks Mütter gern verabreicht. Aber besser war es nach ihrer Krankheit nicht geworden. Sie waren einfach unbelehrbar.

Aber nun waren sie erwachsen und konnten ihre eigenen Entscheidungen treffen.

Heute Morgen am leeren Küchentisch hatte Barrington genug von der Warterei.

Immer wieder warf er über seine Kaffeetasse Blicke zu dem leeren Stuhl am Tisch, auf dem eigentlich sonst Farlan sitzen würde. Er musste sich sogar eingestehen, dass der Kaffee des Jungen viel besser schmeckte.

Rufus fehlte ihm genauso. Um diese Zeit strich der Kater meist um den Küchentisch herum und wartete auf sein Frühstück.

Barrington trank aus, nahm die Autoschlüssel vom Brett und hängte ein Schild mit dem Hinweis *heute geschlossen* an die Tür des Pubs. Dann ging er noch einmal kurz zurück in die Küche und schloss die hintere Tür zum Garten. Es könnte sein, dass der Junge zurückkam und etwas brauchen würde. Dann sollte die Tür für ihn offen stehen.

Er stieg in seiner Garage in den alten Land Rover und wollte in Richtung Brams davonbrausen. Greenock war sein Ziel.

Auf dem Weg aus St. Applewood heraus kam sein alter Freund Rick aus der Richtung seiner

Buchhandlung und winkte ihm, anzuhalten. Barrington nahm sich vor, nicht zu verraten, wohin er fahren wollte. Das würde nur Diskussionen nach sich ziehen. Aber er sollte sich irren. Barrington kurbelte die Scheibe des Fensters herunter und Rick lehnte seinen Arm auf den Rahmen.

„Wohin willst du? Willst du deinen Pub erst zum Abend öffnen? Rück schon raus mit der Sprache. Ich sehe es dir an der Nasenspitze an, dass du was Dummes vorhast. Wäre nicht das erste Mal, mein Freund", sagte der Buchhändler. „Wenn du mich nicht mitschleifen willst, sag es mir. Ich nehme meinen Arm nicht von deinem Fensterrahmen weg."

Das war dann wohl schiefgelaufen.

Was sollte Barrington tun? Sein Freund kannte ihn einfach viel zu gut. Es war bereits in der Schulzeit so gewesen, dass Rick in seinem Gesicht gelesen hatte wie in einem offenen Buch.

Verdammt, dachte er.

„Greenock", murmelte Barrington so leise wie möglich. Aber das reichte seinem Freund Rick natürlich.

„Du denkst wohl, ich hätte dich nicht verstanden. Willst dich also über die Anweisung des Constable hinwegsetzen. War mir bereits klar, nachdem ich gestern Abend gegangen war. Darum habe ich mich gleich heute Morgen auf den Weg zu dir gemacht." Rick ging um den Wagen herum, öffnete die Beifahrertür und stieg ein.

„Was soll das werden?", fragte Barrington.

„Na, ich komme natürlich mit. Hast du dir eigentlich schon überlegt, wie du vorgehen willst?

Ist dir denn nicht eines klar? Wenn du diesen Pub in Greenock betrittst, erkennen dich die Leute dort sofort wieder. Meinst du etwa, dann bekommst du irgendetwas heraus? Mich haben sie gar nicht gesehen. Ich glaube, die haben nur den Constable gesehen und schnell deinen Pub verlassen. Du brauchst mich, mein Freund, gib schon Gas! Sagt man das auch bei diesem uralten Wagen so? Oder muss man dem gut zureden?", fragte Rick mit einem boshaften Grinsen.

Barrington trat auf das Gaspedal.

Neue Besen kehren gut

Es war das erste Mal seit Jahren, dass Corbie Kidd seiner Ehefrau sagte, sie solle heute allein zum Pub fahren. Er wollte sich erholen. Es ginge ihm nicht gut, hatte er gemeint.

Am Vormittag, nachdem sie ihrem Mann das Frühstück serviert hatte, das er kaum angerührt hatte, machte sie sich für die Arbeit zurecht. Sie musste sich nicht beeilen, Ducky wohnte über dem Pub und würde ihn pünktlich öffnen, wenn sie noch nicht da sein sollte. Also nahm sie sich etwas Zeit für sich und ihr Gesicht. In ihrem Alter sollte man schon ein paar Schichten mehr auftragen, wenn man den Anschein erwecken wollte, dass man noch jung war.

Bevor sie sich auf den Weg machte, ging sie in die Küche der Villa und bereitete Tee zu. Sie stellte eine Tasse, ein Sahnekännchen und die Zuckerdose auf ein Tablett, goss das kochende Wasser in die Kanne und summte dabei eine Melodie. Dann lächelte sie und ging mit dem Tablett nach oben.

Ihr Mann kam von nebenan aus dem Bad. Er wirkte blass und er hielt sich seinen Bauch.

„Noch nicht besser, mein Bester?", fragte sie ihn. Er warf ihr einen bösen Blick zu.

„Es ist schon besser. Das müssen die Muscheln gewesen sein, die du ja nicht angerührt hast. Wir nehmen nie wieder von einem Fischer als Bezahlung für sein Ale Muscheln an. Ich komme in einer Stunde in den Pub. Meine drei Geschäftspartner werden kommen. Sag Ihnen, sie sollen warten, wenn ich noch nicht da sein sollte." Corbie warf sich auf das Bett und schloss die Augen. Die Krämpfe kamen zurück und arbeiteten sich wellenförmig durch seinen Körper.

Isobel machte ein trauriges Gesicht.

„Armer Corbie, ich gehe dann jetzt", sagte sie und verließ das eheliche Schlafzimmer. Auf der Treppe nach unten lächelte sie diabolisch und begann erneut die Melodie zu summen.

Im Pub war alles in bester Ordnung. Auf Ducky konnte sich Isobel verlassen. Sie wusste auch genau, dass der Muskelmann zu ihr halten würde, wenn es hart auf hart kommen sollte.

Es war noch früh. Der Pub hatte vor kurzem geöffnet, aber es saß bereits ein Mann in der Nähe des Tresens. Er war kräftig, sehr groß und hatte schönes lockiges Haar in einem Rot, das im Licht der Lampen wie Feuer zu brennen schien. Isobel war sofort sehr angetan von dem Gast, der vor einem Glas Cider saß und in einem Buch las.

Sie warf kurz einen Blick in den Spiegel hinter

dem Tresen, rückte ihr Haar zurecht und schlenderte mit einem Glas Cider zu ihm.

„Alles in Ordnung? Wie schmeckt dir denn unser Cider? Du warst noch nicht hier, oder? Tourist?", fragte sie.

Sie nippte an dem Glas Cider und setzte sich unaufgefordert zu dem Gast. Der klappte sein Buch lächelnd zu und sah die Dame interessiert an.

„Tourist. Ich will weiter nach Glasgow und dann in die Highlands. Das Schlachtfeld von Culloden interessiert mich", sagte der Mann.

Isobel stöhnte leise auf.

„Wie furchtbar langweilig. Sieh dir lieber eine Weile Greenock an."

„Ihren Pub finde ich aufregend. Wie alt ist er?"

Isobel zuckte mit der Schulter.

„Sehr alt, mein Hübscher."

„Schaffen Sie hier die gesamte Arbeit ganz allein? Das ist unglaublich. So eine zarte Frau wie Sie", sagte der Gast.

„Ducky ist für die groben Arbeiten da. Wir hatten noch einen guten Koch, der auch alle anderen Hilfsarbeiten übernommen hatte, aber der ist im Moment nicht hier." Isobel sah dem Gast tief in die grünen Augen.

„Ach, das ist schade. Gerade habe ich über einen Imbiss nachgedacht. Wo ist denn Ihr Koch?"

„Er ist uns irgendwie abhandengekommen, aber wir wissen inzwischen, wo wir ihn finden können. Er hatte hier eine Lebensstellung, musst du wissen." Isobel duzte den Herrn weiter, obwohl der Gast keineswegs darauf eingehen wollte.

„Lebensstellung? Dann ist es ein Verwandter. Es ist immer gut, die Familie zu beschäftigen. Das spart eine Menge Probleme und Geld. Was denken Sie denn, wo Ihr Verwandter abgeblieben ist?", fragte der Gast und sah sich im Raum um. Er fuhr mit einschmeichelnder Stimme fort. „Sicher ist es aber keines Ihrer Kinder? Für Kinder sind Sie doch viel zu jung."

Isobel fühlte sich wohl in der Nähe des Mannes und begann zu plaudern.

Hinter dem Tresen stand Ducky und beobachtete die beiden stirnrunzelnd. Er kannte seine Chefin nur zu gut. Wenn ihr jemand schmeichelte, nahm ihre Mitteilsamkeit kein Ende.

„Es ist tatsächlich mein Neffe. Ein aufgeweckter Junge, aber störrisch und maulfaul. Da braucht es noch eine harte Hand, bis er weiß, was gut für ihn ist. Er ist ... im Moment nicht hier. Seine Mutter ist die Schwester des Chefs. Sie kam vor vielen Jahren bei einem tragischen Unfall ums Leben. Wie unglaublich schade." Dabei lächelte Isobel und es schien ihr, im Gegenteil, überhaupt nicht leidzutun.

Vielleicht war es kein Unfall gewesen?, dachte sich der Gast.

„Wie wäre es mit einem weiteren Cider, mein Bester?", fragte Isobel und kam dem Gesicht des Gastes ganz nah. Ducky hustete laut, denn die Tür des Pubs wurde geöffnet und Corbie erschien. Sofort änderte sich die Stimmung im Raum. Dem Gast fiel das sofort auf. Man bekam das Gefühl, die Temperatur würde kälter werden.

Bei dem Pubwirt waren drei Männer. Seltsame

Gestalten, denen man ungern in der Nacht begegnen würde. Einer der Männer hatte eine Tüte in der Hand und kaute auf irgendwelchen Kernen herum. Isobel war sofort aufgesprungen und hatte sich zu Ducky hinter den Tresen gestellt.

Der Gast trank aus, erhob sich, nahm sein Buch und ging ohne einen Kommentar aus dem Haus. Den schmachtenden Blick der Wirtin, den sie ihm hinterherwarf, übersah er zum Glück. Er hielt sich rechts und ging in die nächste Seitenstraße. Dort angekommen, stieg er in einen alten grünen Land Rover mit einem Apfel an der Seitentür.

Der Wagen fuhr davon.

Rick drehte seinen Kopf zu Barrington. „Der Junge ist nicht hier. Sie haben ihn nicht erwischt. Das kann sich bei diesen Gestalten schnell ändern."

Dann berichtete er von den Leuten, die er im Pub beobachtet hatte. Die Annäherungsversuche von Isobel ließ er lieber unerwähnt. Damit würde er seinem Freund nur einen Grund zur Schadenfreude liefern.

„Was tun wir jetzt, Barri?"

„Ich gebe nicht auf. Wir fahren nach Glasgow zur Polizeistation. Der Name Constable McDonald muss doch für etwas gut sein. Wir brauchen mehr Informationen über diese Bande im Pub."

Barrington gab Gas.

„Wie hieß doch gleich dieser Inspector, den der Constable erwähnt hat?", fragte Rick.

„Detective Chief Inspector Baxter."

Glasgow

Nach fünfzig Minuten Fahrt kam das rote Back-steingebäude der *City Police* Glasgow in Sicht. Bar-rington parkte den Land Rover und stieg aus. Rick folgte ihm. Er hielt seinen Freund am Arm fest.

„Wenn McDonald erfährt, was du hier machst, gibt es Ärger, mein Freund. Wie willst du Inspector Baxter klarmachen, was du hier zu suchen hast?"

„Mir fällt schon was ein. Vertrau mir", sagte Bar-rington und grinste breit.

„Wenn du dir was einfallen lässt, kann das nur schlimm enden. Erinnere dich an die Sache mit der Rakete."

„Ach was. Mein Vater hatte es mir fast abgenom-men, dass wir an einem Projekt für die Schule gearbeitet haben. Aber ein Blick in dein Gesicht und er hatte gewusst, dass es gelogen war. An deinem Gesichtsausdruck musst du dringend arbeiten. Deine Nase wackelt, wenn du unter Druck stehst."

„Das ist ja gar nicht wahr!", rief Rick und man sah deutlich, wie seine Nase sich bewegte. Er rieb mit der Hand über den Nasenrücken und machte ein beleidigtes Gesicht. „Hättest ja auch nicht die Lunte anstecken müssen. Dann hätte das geliebte Huhn deiner Mutter nicht so einen furchtbaren Schreck bekommen, dass es umgekippt ist, die Beinchen nach oben, und erst wieder zu sich gekommen ist, als dein Vater das arme Tier schon auf dem Küchentisch für den Kochtopf bereit machen wollte. Was hat deine Mutter geschrien, als das Hühnchen vom Tisch gesprungen und aus der offenen Küchentür davongelaufen ist. Arme Isolde. Haben deine Eltern das Huhn noch?"

„Wie soll das denn gehen? Hühner werden höchstens zehn Jahre alt. Die gute Isolde hatte ein erfülltes Leben und wurde verschont. Sie ist vor langer Zeit gestorben und bekam einen Platz im Garten. Da war mit meiner Mutter nicht zu reden. Das Tier wurde zu Grabe getragen. Ich musste eine Rede halten, weil ich das Tier damals erschreckt hatte. Als Wiedergutmachung sozusagen. Es war eine sehr feierliche Zeremonie", sagte Barrington.

Rick schüttelte mit dem Kopf.

„Du bist unbezahlbar, mein Freund."

Die beiden machten sich auf den Weg in das Gebäude der Polizei. Im Eingangsbereich gab es einen hohen Tresen, an dem man sich anmelden musste. Die junge Polizistin, die dahinter saß, sah nett aus. Barrington ließ seinen Charme sprühen.

„Guten Morgen, Constable, wir kommen aus St. Applewood und möchten gern mit DCI Baxter reden. Wir haben Informationen zu einem laufenden Fall." Barrington lächelte die Polizistin freundlich an.

„Name!"

Rick räusperte sich hörbar. Die Polizistin sah zu ihm und nun sah sie gar nicht mehr so nett aus.

„Name!", rief sie erneut.

„Detective Chief Inspector Baxter", sagte Barrington.

„Ihr Name!", rief die Polizistin.

„Aja, McDonald, Mark McDonald, der Inspector kennt mich. Wir sind gute Freunde", sagte Barrington. Rick wurde übel.

Die Polizistin nahm den Telefonhörer ab und wählte eine Nummer. Nach kurzer Zeit nahm jemand am anderen Ende der Leitung ab.

„Hier möchte Sie ein Mr McDonald sprechen, Sir." Sie sah Barrington dabei abschätzend an.

Ricks Nase juckte. Er widerstand dem Zwang, sich zu kratzen oder mit der Nase zu wackeln. Um sich abzulenken, griff er in seine Jackentasche, wo zu jeder Zeit eine Tüte mit Himbeerbonbons wartete, und nahm eines der rosafarbenen Zuckerdinger heraus.

Die Polizistin legte den Hörer zurück auf die Gabel.

„Das ist doch nicht etwa ein Kaugummi? Nicht erlaubt! Raus damit!", rief sie Rick zu. Er verschluckte sich und begann zu husten. Das Bonbon machte sich auf den Weg in den Magen. Er versuchte zu lächeln. Die Polizistin schien beruhigt zu sein. Sie nickte ihm zu.

„Zweite Etage, Zimmer 2-13, Sie können passieren. Wie ist der Name Ihres Begleiters?", fragte sie und Rick vergingen fast die Sinne. Dieser große muskelbepackte Kerl war niemals ein guter Lügner gewesen.

Barrington übernahm für ihn.

„Das ist mein Freund, Richard Prescott, er leitet eine Buchhandlung."

Die Polizistin notierte beide Namen und wedelte die Herren mit der Hand in Richtung der Treppe.

Als sie außer Hörreichweite waren, atmete Rick hörbar auf. „Du nennst meinen richtigen Namen? Warum darf ich keinen Decknamen haben?", beschwerte er sich.

„Weil du es nicht durchgehalten hättest. Das weißt du genau. Wir wären sofort aufgeflogen. Das war mal ein Constable. Dieser Dame möchte ich nicht bei einem Verhör gegenübersitzen."

Richard Prescott nickte zustimmend. „Bin sehr gespannt, was du Baxter sagst, warum du den Namen vom Constable benutzt hast."

In der zweiten Etage gingen sie durch einen langen Flur, von dem auf beiden Seiten Türen in die einzelnen Büros abgingen. Vor einem der Zimmer stand ein Mann und sah ihnen entgegen. Er war klein, mit lockigem bräunlichem Haar und trug eine schwarze Hose, ein weißes Hemd und Hosenträger. In seiner rundlichen Taille würde wohl sonst die Hose nicht an Ort und Stelle bleiben.

Der Herr sah an den Freunden vorbei und wirkte verwundert.

Barrington und Richard blieben vor ihm stehen.

„Warten Sie auf Mr McDonald, Sir?", fragte Barrington.

„Ja, wo ist er denn?", fragte der Inspector.

„Constable McDonald ist ein sehr guter Freund. Sie haben doch in den letzten Tagen mit ihm gesprochen. Hoffentlich verzeihen Sie uns die Notlüge. Wir wollten einfach schnell zu Ihnen vorgelassen werden."

DCI Baxter schüttelte mit dem Kopf.

„Sie sind dieser Wirt aus St. Applewood, oder liege ich da falsch? Mark hat mir eine Menge über Sie erzählt. Auch, dass Sie ungern Aufforderungen des Constable McDonald nachkommen und Ihren eigenen Kopf haben. Dann kommen Sie mal rein in die gute Stube."

Barrington grinste Rick an.

Rick verdrehte genervt die Augen. Sein Freund kam einfach immer mit seiner Flunkerei durch. Es war unglaublich.

Als sie vor dem Schreibtisch Platz genommen hatten, erzählte Barrington von dem Besuch im Pub in Greenock. Rick berichtete dem Inspector, was er beobachtet hatte. Die vier Männer, die am Ende den Pub betreten hatten, ließ sich der Inspector ganz genau beschreiben. Er nickte schon während des Berichts verstehend mit dem Kopf.

DCI Baxter wühlte in einem Aktenstapel auf dem Schreibtisch und griff zu einem dicken Ordner. Er nahm Fotos heraus und legte sie dem Buchhändler vor.

„Waren das die Männer?"

Rick sah sich die Fotos an, nickte und wies mit seinem Finger auf eines der Fotos.

„Dieser Mann sieht etwas anders aus. So volles Haar hat der nicht mehr und er wirkte sehr blass und krank, als er den Pub betrat. Eigentlich sehen die anderen Männer auch etwas anders aus, irgendwie viel älter als auf den Fotos."

DCI Baxter nickte verstehend.

„Es sind alte Fotos. Der Fall liegt viele Jahre zurück. Der Mann mit dem schwarzen lockigen Haar ist der Wirt des *Black Crow*. Die drei anderen Männer sind einschlägig bekannt als durchtriebene Bande. Allerdings hatte ich keine Ahnung, dass sie so schnell Verbindung zu ihrem alten Kumpel in Greenock aufnehmen würden. Ich hatte gedacht, sie besuchen zuerst ihr altes Hauptquartier in Glasgow.

Bis vor einigen Tagen saßen sie im Gefängnis und verbüßten eine lange Strafe wegen des Einbruchs in eine Teppichfabrik vor etwa dreizehn Jahren. Leider fielen sie unter die Amnestie und kamen frei. Sie hätten eigentlich zwanzig Jahre gehabt. Es war damals ein überaus brutaler Einbruch. Zum Glück waren keine zivilen Todesopfer zu beklagen gewesen. Obwohl der vierte im Bunde versucht haben muss, seine Kumpane loszuwerden. Sie kamen damals nicht ohne größere Blessuren davon.

Die Beute wurde nur teilweise wiedergefunden. Nur das ein oder andere Schmuckstück. Unter anderem blieb bis heute ein sehr wertvolles Gemälde des Malers El Greco verschwunden. Ich hatte aufgrund der Aussagen der anderen Gauner schon vermutet, dass der vierte Mann der Bande *White-Fist* entkommen würde, wenn wir nichts unternehmen. Aber damals war ich noch ein kleiner Detective-Constable. Mein Chef hatte seine eigenen Schlüsse gezogen und wollte den Fall schnellstens zu den Akten legen. Wahrscheinlich ist der Bandenchef mit dem Großteil der Beute verschwunden und hat vorher seine Kumpane verraten. Aber der Mann war zu schlau, um sich erwischen zu lassen.

Nach dem Einbruch fand man den Geschäftsführer der Teppichfabrik ermordet in einem Hotel auf. Ich hatte damals sogar die Vermutung, dass der Fall einer toten Kellnerin, die man später aus dem *River Clyde* gezogen hatte, auf das Konto des vierten Bandenmitglieds ging. Die junge Frau war in dem Pub in Glasgow angestellt gewesen, wo sich die Bande regelmäßig getroffen hatte. Vielleicht hatte sie etwas gehört, was ihr nicht gut bekommen ist. Oder sie hatte damals die Polizei über den Einbruch informiert. In jener Nacht hatte es einen anonymen Anruf bei der Polizei gegeben."

„Denken Sie, dass Corbie Kidd der vierte Mann gewesen ist?", fragte Rick.

„Hatte ich am Anfang auch vermutet. Aber er hatte ein Alibi für die Tatzeiten. Das konnte nicht sein. Dann wären die vier heute in dem Pub auch sicher nicht so freundschaftlich miteinander ausgekommen. Die hätten sich doch sofort die Schädel eingeschlagen", erwiderte der Inspector.

„Stimmt", sagte Rick. „Wie Feinde sahen die alle nicht aus. Wenn dieser Corbie Kidd den Großteil der Beute gehabt hätte, würde er sicher nicht mehr einen Pub in Greenock betreiben, sondern würde bereits unter Palmen *Whisky Sour* mit einem Schirmchen im Glas schlürfen."

Inspector Baxter dachte nach. Es war eine Weile

sehr still im Raum. Auch Barrington machte sich so seine Gedanken. Er fragte sich, ob Constable McDonald dem Inspector von dem Jungen erzählt hatte. Barrington ließ es darauf ankommen.

Der Inspector kam ihm zuvor.

„Sie überlegen, was das mit Farlan Kidd zu tun haben könnte. Ich weiß von ihm. Hab meinem Freund versprochen, die Sache nicht an die große Glocke zu hängen. Er ist also noch nicht wieder aufgetaucht?", fragte er. Barrington schüttelte traurig den Kopf.

„Was hat Farlan mit diesen Verbrechern gemein? Das will mir nicht in den Kopf. Der einzige Grund könnte sein, dass er etwas beobachtet hatte, was die Familie nicht gut dastehen lassen würde. Vielleicht so etwas wie die arme Kellnerin damals aus dem Treffpunkt der Bande."

Inspector Baxter nickte.

„Wäre möglich. Wir hätten einen guten Zeugen in dem Jungen. Das wissen diese Leute genau und werden weiter nach ihm suchen.

Aber ich glaube nicht, dass das vierte Mitglied der Bande noch im Ausland ist. Das Gemälde konnte er bestimmt nicht verkaufen. Das ist zu bekannt und er hat sicher keinen Käufer gefunden. Niemand will sich die Finger verbrennen. Und damals in den Vierzigerjahren wollte vielleicht niemand in Gemälde investieren. Da hatten die Leute andere Probleme.

Von dem Geld wurde zwar nur ein kleiner Teil in den Taschen der Verhafteten gefunden, aber letztendlich waren im Tresor der Fabrik, nach Angaben des Fabrikbesitzers Mr Peartflower, viel weniger Banknoten als erwartet. Das reicht für einen Halunken dieses Kalibers nicht allzu lange. Der Schmuck, der im Tresor gewesen war, tauchte zum Teil bei Hehlern auf. Aber niemand wollte die Quelle verraten. Sie gehen lieber ins Gefängnis.

Ich hatte bei den Vernehmungen den Eindruck, dass der vierte Mann unglaublich viel Angst verbreitet. Er ist skrupellos. Schließlich hat er seine Freunde verraten."

„Wenn man diesen Kerlen hinterherspionieren würde, sollte man ihn da nicht entdecken? Die wollen sich doch sicher rächen, oder?", fragte Barrington.

„Wäre möglich. Aber das sollte Sie nicht interessieren, Mr Brandon. Denken Sie daran, wie gefährlich der Mann ist. Halten Sie sich da raus und konzentrieren Sie sich auf die Suche nach dem Jungen. Damit haben Sie genug zu tun", sagte der Inspector.

Er stand auf und ging zur Tür. Die beiden Freunde erhoben sich ebenfalls.

„Warum haben Sie uns eigentlich so bereitwillig Auskunft gegeben?", fragte Rick den Inspector.

Inspector Baxter schloss die Tür wieder, die er bereits für seine Besucher geöffnet hatte.

„Der Fall des Einbruchs und der beiden Morde liegt nun schon mehr als zehn Jahre zurück. Was sollte es bringen, Stillschweigen zu verlangen? Mein Freund hat Sie als vertrauenswürdig beschrieben. Das genügt mir. McDonald und ich kennen uns wirklich schon sehr lange.

Ich hatte mir die Akten vor ein paar Tagen aus dem Archiv kommen lassen, als McDonald mich aus St. Applewood angerufen hatte. Die Verbindung zu Corbie Kidd ist unbestreitbar. Er ist damals irgendwie darin verwickelt gewesen. Auf jeden Fall war die Bande, damals wie heute, gut mit ihm befreundet. Er ist nun mal der beste und einflussreichste Hehler hier in der Gegend. Man kann dem Kerl nur nichts nachweisen. Und diese Tatsache macht mich wütend."

„Vielen Dank für Ihre Hilfe, Sir. Der Junge wird doch nicht in die Machenschaften dieses Corbie verwickelt gewesen sein?", fragte Barrington.

„Er weiß irgendetwas. Da bin ich mir sehr sicher. Und das macht ihn zum Zeugen Nummer eins auf der Liste der Anklage. Das weiß Corbie genau. Er muss ihn loswerden", antwortete der Inspector und öffnete die Tür erneut.

„Wir werden den Jungen finden. Und wenn Sie das nächste Mal hier vorsprechen, bitte unter dem richtigen Namen", sagte der Inspector. „Sie wollen sich doch nicht mit der Dame am Empfang anlegen. Haben Sie Constable Pherson kennengelernt? Sie genießt es, glaube ich, Leute strammstehen zu lassen. Sie ist eine unserer Besten. Constable Pherson hat ihre Ausbildung mit Auszeichnung abgelegt. Manch ein männlicher Kollege kann sich da eine Scheibe abschneiden. Ich hoffe, sie wird es einmal weit bringen. Würde mich sehr freuen. Aber leider haben es Frauen im Polizeidienst immer noch schwer, voranzukommen."

Corbie Kidd

„Großsegel dichter holen, Mr Brown!"

„Ist dicht, Captain!"

„Ree!"

„Hart am Wind segeln!"

„Kanonen bereit!"

Die Befehle flogen auf dem Deck des Schiffes hin und her. Die große Brigg kam näher. An Bord der *Adventure Galley* herrschte reges Treiben. Man wollte den Holländer auf jeden Fall aufbringen.

Die Mannschaft war unruhig. Seit Wochen war man keinem Schiff begegnet. Captain William Kidd stand neben dem Steuermann und hielt seinen Säbel gezogen in der rechten Hand. Sein lockiges schwarzes Haar wehte im Fahrtwind. Der rabenschwarze Schnauzbart gab ihm ein verwegenes Aussehen.

Das Holländerschiff kam näher.

„Kanonen fertig!", rief der erste Maat, Mr Brown. Er sah zu seinem Captain und erwartete Befehle. Wenn sie in den nächsten paar Minuten nicht feuern würden, wäre die Brigg außer Reichweite.

„Zieht die Kanonen ein!", rief der Captain. Sein Maat sah ihn zornig an.

„Wir sollten jetzt schießen, Captain, sonst sind die Holländer weg!"

Captain Kidd griff zu seiner Pfeife, stopfte sie in aller Ruhe und ließ sich vom Steuermann Feuer geben. Dann ging er die Treppe hinunter zum Oberdeck und sah verträumt hinauf zum Himmel. Der erste Maat folgte ihm.

„Wetterleuchten, Mr Brown, die Tintenfische fliegen tief heute Nacht. Sagen Sie dem Smutje, ich habe Appetit auf Hummer." Der erste Maat, Mr Brown, strich sich mit einem nicht mehr ganz sauberen Taschentuch über die schweißnasse Stirn.

„Aber Sir! Der Holländer!", brüllte er seinen Captain an, ohne Rücksicht auf die Folgen.

„Was ist mit dem Holländer? Da ist doch nur Käse an Bord. Wir warten auf einen dickeren Happen, vielleicht eine Lübecker Kogge, beladen mit Gold, ich liebe Gold", sagte der Captain.

Die Mannschaft, schräge Gestalten mit wilden Gesichtern, Säbel und Messer in den Händen, rückten auf den Captain vor.

„Gib uns unsere Prise! Her mit dem Geld!", schrien sie.

Captain Kidd sah sich ängstlich um. Schweißtropfen glänzten auf seinem Gesicht. Seine Tabakspfeife fiel ihm aus dem Mund und er begann laut zu stöhnen ... lauter und lauter. Aber die Piraten kamen immer näher. Dann ein lauter Knall. Eine Kanonenkugel, vom Holländerschiff abgefeuert, traf den

Hauptmast und er begann ächzend und krachend zu fallen. Direkt auf den Captain zu. Seit wann hatten die Holländerschiffe Kanonen an Bord? Der dicke Mast aus Hartholz kam immer näher und näher. Captain Kidd kauerte sich hilflos auf den Boden und schrie laut auf ... jemand rüttelte an seiner Schulter.

„Was soll denn das, Corbie? Drehst du langsam durch? Du kannst doch hier im Pub nicht so herumschreien. Die Gäste laufen uns ja davon. Steh auf und benimm dich", sagte Isobel und wischte ihm mit einem Handtuch die Schweißtropfen von der Stirn.

Corbie sah sich erschüttert um. Eben noch war er auf einem Piratenschiff in den Weiten des Ozeans auf der Jagd nach Gold gewesen und nun hockte er schweißgebadet im Gastraum seines Pubs. Ducky stand wie erstarrt hinter dem Tresen und zapfte Bier. So hatte der muskelbepackte Riese seinen Boss noch niemals gesehen.

Seit Tagen fühlte sich Corbie unwohl. Das Haar war ihm büschelweise ausgegangen, sodass einer seiner Gäste ihn hinter vorgehaltener Hand mit einem räudigen Kater verglichen hatte. Ihm war übel, er hatte keinen Appetit und ständig musste er den Waschraum des Pubs aufsuchen.

Alles war ausgesprochen unangenehm.

Vielleicht sollte er einen Arzt konsultieren. Er vertraute denen zwar nicht, aber sie mussten ihm helfen. Dem letzten Arzt, einem Zahnarzt, der seinen schmerzenden Backenzahn behandeln sollte, hatte er noch in der Praxis ein blaues Auge verpasst. Der arme Mann hatte ihm ein paar Worte zu viel über den schlechten Zustand seines Gebisses gesagt.

Corbie sah zu dem Gemälde seines Vorfahren William Kidd, das wie immer bewegungslos an der Wand des Gastraums hing. Sein Vorfahr schien ihn zu beobachten. Hinter ihm das tosende Meer und über ihm die geballten Segel seines Piratenschiffes. Corbie war verwirrt. Was hatte er sich da eingebildet?

Isobel zwinkerte Ducky zu und brachte ihren Mann in das Büro im Keller.

„Ich mache dir erst einmal eine schöne Tasse Tee. Danach geht es dir sofort besser."

„Ich will dieses Zeug nicht. Schenk mir einen Whisky ein!", schrie er seine Frau an und hielt sich dabei den schmerzenden Bauch.

„Wie du willst", sagte Isobel in mitfühlendem Tonfall. Sie griff zu der Flasche auf der seitlichen Kommode, nahm ein Glas aus dem Schrank und schenkte die goldbraune Flüssigkeit ein. Isobel schwenkte das Glas mehrmals hin und her. Dann drehte sie sich zu ihrem Gatten um, der mit geschlossenen Augen auf einem kleinen Sofa an der Wand lag. Er fieberte offensichtlich und ein Röcheln entfuhr seinem Mund, das nicht von dieser Welt zu sein schien.

Isobel reichte ihm das Glas und er leerte es in einem Zug.

„Ich lasse dich jetzt allein. Ruh dich doch etwas aus. Ich sehe bald wieder nach dir."

„Vielleicht solltest du doch einen Arzt holen?", fragte Corbie mit leiser heiserer Stimme.

„Schlaf erst ein bisschen. Dann sehen wir weiter.

Weißt du, ich habe mich umgehört. Es grassiert zurzeit ein Magen-Darm-Dingsbums und viele haben die gleichen Symptome wie du, mein Schatz. Das wird schon. Ich werde unseren guten Doktor Gray anrufen, den hast du doch auf der Lohnliste. Der stellt keine dummen Fragen und kommt sofort und hilft dir, mein Liebling." Sie legte ihm eine Decke über die Knie und er rutschte auf dem Sofa noch etwas herunter. Dann ging Isobel.

Lächelnd.

Wie immer auf Beerdigungen war es ein nebliger verregneter Tag, als man Corbie Kidd, oder wie er eigentlich hieß, Patrick Kidd, zu Grabe trug.

Die kleine Kapelle auf dem Gelände des *Greenock Cemetery* war bis auf den letzten Platz besetzt. Auch vor der Tür drängten sich die Trauergäste. Wenn man sie denn als trauernde Gäste bezeichnen könnte. Niemand schien besonders berührt. Die Worte des Geistlichen, der sich tapfer bemühte, gute letzte Worte für den Verstorbenen zu finden, verhallten ungehört. Man war in Gespräche vertieft und die trauernde Witwe in der ersten Reihe, gleich neben dem schwarz glänzenden Sarg, wirkte eher fröhlich.

Sie trug ein überaus enges schwarzes Seidenkleid mit einem tiefen Dekolleté, das der Männerwelt reihum weite Einblicke gestattete. Auf dem Kopf einen eleganten Hut mit einer übergroßen schwarz glänzenden Schleife.

Neben der Witwe saß Ducky, der als einziger Trauergast wirklich traurig zu sein schien. Für ihn einen passenden schwarzen Anzug zu finden, war aussichtslos gewesen. Seine muskulösen Oberarme hatten in kein Jackett passen wollen. Nun trug er einfach seinen alten dunkelbraunen Anzug mit einer schwarzen Krawatte. Viel bewegen sollte er sich in dem Anzug nicht, hatte die lustige Witwe ihm am Morgen lächelnd erklärt, sonst würde er aus allen Nähten platzen.

Am Ende der Predigt erhoben sich die Gäste, der Sarg wurde, mitsamt den weißen Rosen obenauf, von vier Bestattungshelfern hinausgetragen. Die trauernde Witwe folgte dem Sarg, nun einen leichten Tüllschleier vor dem Gesicht.

Vor der Kapelle, in einiger Entfernung, standen Detective Chief Inspector Baxter und sein junger Kollege Sergeant Summer, ein ehrgeiziger Polizist in den Dreißigern mit leuchtend blauen Augen und dunkelblondem Haar.

„Nun schauen Sie sich diese Prozession an, Summer. Ein Gauner nach dem anderen will sich überzeugen, dass Corbie, der liebe Freund und Kamerad, auch wirklich tot ist. Wie nett. Hier sehen Sie schöne Exemplare aus der Welt des Verbrechens, aufgereiht wie auf einer Perlenkette. Dort zum Beispiel", sagte der Inspector und wies mit dem Finger der rechten Hand auf einen beleibten Herrn mit dem Aussehen einer britischen Bulldogge.

„Das ist Harry, das Messer. Bekannt für seine schnellen und mit chirurgischer Präzision gesetzten Schnitzereien an den armen Opfern. Und da an der Tür, gleich in der Nähe der Witwe, das ist der schöne Pawel, kam vor fünf Jahren aus St. Petersburg und hat ein hübsches kleines Unternehmen im Bereich der Schutzgelderpressung aufgebaut. War ja klar, dass der sich sofort an die Witwe Isobel ranmacht."

„Wer ist der magere Kerl mit dem Zylinder? Der sieht aus wie aus einer anderen Zeit", wollte der Sergeant wissen.

Inspector Baxter kicherte.

„Das, mein guter Summer, ist Lackschuh-Larry oder die Zigarre, suchen Sie sich was aus. Wehe, man kleckert ihm etwas auf seine Hochglanzschuhe. Es gab schon Tote, weil das jemand getan hat. Man sieht ihn niemals ohne Zigarre. Wird wahrscheinlich noch im Sarg das Ding im Mund haben. Der Kerl, der hinter ihm geht, ist sein Aufpasser, hat immer genug Tücher in der Tasche, um seinem Boss die Schuhe zu putzen. Sehen Sie sein hellblondes Haar? Gefärbt. Darum heißt er auch Sonny."

Die Prozession war am frisch ausgehobenen Grab angekommen. Man wartete, bis der Sarg im Loch verschwunden war, dann löste sich die Menge auf. Manch einer der Anwesenden trat noch kurz an das offene Grab und schaute hinein. Als ob man auch ganz sicher sein wollte, dass der Sarg darin war. Einer der Gäste warf ein Holzkreuz auf den Sarg.

„Was war denn das? Ist der Mann etwa sehr gläubig?", fragte Sergeant Summer. Die beiden Polizisten waren der Menge gefolgt und standen nun einige Gräber entfernt auf Beobachtungsposten.

„Damit will er sicher sein, dass Corbie nicht wieder aus dem Grab aufsteigt", sagte Inspector

Baxter und amüsierte sich köstlich. „Man meint vielleicht, den Geist so daran zu hindern, zurückzukommen und sich an seinen Verbrecherkollegen zu rächen. Mir will immer noch nicht die Todesursache in den Kopf. Auf dem Totenschein stand Herzstillstand nach einer schweren Infektion. Wir werden uns diesen Doktor Grey mal etwas genauer ansehen. Kommen Sie, Summer, nehmen wir ein Bier im nächsten Pub und trinken auf einen Verbrecher weniger in Greenock. Dann fahren wir zurück nach Glasgow."

Isobel lugte durch ihren Hutschleier und sah den beiden Polizisten nach, die nun endlich den Friedhof verließen. Sie lächelte, hakte sich bei dem schönen Pawel unter und ließ sich zu ihrem Auto bringen. Sie hatte nun den Pub für sich allein und das Geschäft ihres Mannes dazu. Nun galt es, sich als Frau einen Platz in der Verbrecherwelt zu schaffen.

Vorher musste aber noch etwas erledigt werden.

Sie warf einen schmachtenden Blick auf den schönen Pawel. Er musste bei der Suche nach dem Jungen helfen. Solange ihr Neffe Farlan am Leben war, würde sie keine Ruhe haben.

Lady Maureen verzweifelt

Im Salon des Anwesens der Familie Woodland lief Maureen, die Nichte des Viscounts, nervös auf und ab. Sie hatte eine furchtbare Auseinandersetzung mit ihrem Onkel Millweard gehabt und versuchte nun, sich zu beruhigen. Bis jetzt ohne Ergebnis. In der offenen Tür zum Salon stand Mrs Partridge und sah auch nicht sehr zufrieden aus. Voller Mitleid sah sie auf die junge Nichte ihres Brotherrn.

„My Lady sollten es sich nicht so zu Herzen nehmen. My Lord hat es sicher nicht so gemeint. Er weiß doch genau, dass er ohne Sie nicht zurecht kommen würde", sagte sie. Sie kam in den Raum und schloss leise die Tür hinter sich. Nicht, ohne vorher einen Blick in die Empfangshalle geworfen zu haben. Der Butler war nirgends zu sehen, aber er tauchte auch immer urplötzlich im Haus auf. Vor allem an Orten, wo man ihn nie vermutete.

„Beruhigen Sie sich. Wie wäre es mit einer guten Tasse Tee in der Küche? Sicher sind auch noch einige von den Haferkeksen da. Die lieben Sie doch. Als Kind saßen Sie so gern bei uns in der Küche", sagte die Hausdame in versöhnlichem Ton.

„Danke, aber ich brauche etwas Stärkeres!", rief Maureen und ging zu einem der kleinen Salontische, auf dem Karaffen mit goldgelbem Inhalt und Gläser standen. Sie schenkte sich einen winzigen Schluck ein, begutachtete ihn und schenkte sich nochmals nach. Mrs Partridge sah ihrem Treiben ängstlich zu.

Es läutete an der Haustür.

„Wir kaufen nichts!", rief Maureen mit hochrotem Gesicht in Richtung der Haustür. „Wir kaufen überhaupt niemals wieder etwas! Auch keine selbstgebackenen Haferkekse!" Sie schüttelte den Kopf. Die Kekse waren ja eine Kreation der Köchin des Hauses. Maureen war vollkommen durcheinander.

Die Hausdame verließ beunruhigt den Salon. So hatte sie die junge Nichte des Viscounts noch niemals gesehen. Was hatte der alte Herr nur gesagt?

Es läutete erneut. Zu überhören war der tiefe, laute Klingelton nicht. Im gesamten Haus dröhnte er durch Wände und Türen. Man bekam den Eindruck, unter dem Glockengeläut der Westminster Abbey zu stehen. Maureen wollte die Klingel schon längst erneuern lassen, aber es gab so viele andere Baustellen im Haus, die wichtiger waren.

Die Hausdame öffnete die Eingangstür. Das wäre Aufgabe des Butlers gewesen, aber der drückte sich vor den Aufgaben eines Angestellten. Eigentlich hinterließ er eher den Eindruck, dass das Haus des Viscount Woodland ihm gehören würde.

Barrington und der Buchhändler Richard Prescott standen vor der Tür.

„Sie kommen wie gerufen, Mr Brandon. Lady

Maureen benötigt dringend Zuspruch. Sie ist im Salon und läuft den guten Teppich dünn. Der ist noch von der seligen Mutter des Viscounts und hat bereits diverse fadenscheinige Stellen. Vielleicht können Sie My Lady beruhigen", sagte Mrs Partridge, schloss die Tür hinter den Herren und wies auf die Tür zum Salon.

„Ich werde Tee servieren. Treten Sie bitte inzwischen ein." Die Hausdame entfernte sich in Richtung der Küche.

Barrington klopfte kurz an der Tür und öffnete sie. Mrs Partridge hatte recht. Maureen lief wie ein Tiger im Käfig herum.

Sie wirkte blass und die Augenbrauen in ihrem Gesicht waren zornig zusammengezogen.

Als sie die beiden Freunde sah, entspannte sich ihr Gesicht etwas. Sie lief auf Barrington zu und umarmte ihn. Richard grinste.

„Was ist denn los? Mrs Partridge hat ein großes Geheimnis daraus gemacht. Hat dein Onkel wieder etwas Verrücktes angestellt?", fragte Barrington.

Maureen löste sich von ihm und strich ihr schwarzes Haar glatt. In ihren Augen glänzten Tränen.

„Ich hatte einen furchtbar bösen Streit mit ihm. Ich wollte ihn zum Frühstück aus seinem Labor locken. In der letzten Zeit ist er mehr als üblich verwirrt. Er verpasst die Mahlzeiten, die für ihn ansonsten immer ein Grund waren, herunterzukommen. Als ich das Turmzimmer erreicht hatte, habe ich einen lautstarken Streit zwischen meinem Onkel und Slander mit angehört", sagte sie und griff erneut zu der Karaffe mit dem Whisky. Richard nahm sie ihr aus der Hand und stellte sie zurück auf den Salontisch.

„Erzähle uns erst einmal, um was es bei dem Streit ging. Danach stoßen wir sehr gern zusammen an", sagte er.

„Du hast wie immer recht, Rick. Setzen wir uns doch", sagte Maureen. Sie nahmen auf den geblümten Sofas vor dem Kamin Platz.

„Ich habe nicht wirklich viel verstanden, was im Labor gesprochen wurde. Slander muss sich etwas zu viel herausgenommen und im Labor herumexperimentiert haben, was meinem Onkel selbstverständlich nicht gefiel. Niemand darf in seiner Arbeit herumpfuschen. Ich habe die Tür aufgerissen, da ich bemerkte, wie mitgenommen mein Onkel von der Geschichte war. Schließlich ist er nicht mehr der Jüngste. Sofort verstummten die beiden. Ich fragte, was passiert war, und darauf wollte mir niemand antworten. Dieser Butler hat mich noch frech angegrinst. Dann hat Onkel Millweard ..." Sie unterbrach ihre Rede und schloss kurz die Augen.

„Was hat er?", fragte Barrington beunruhigt.

„Er meinte, wenn ich ihn nicht in Ruhe lassen könne, solle ich zu meinen Eltern zurückgehen!", rief sie in etwas lauterem Ton und erneut liefen dicke Tränen über ihr Gesicht. Rick reichte ihr ein Taschentuch, nachdem er sich überzeugt hatte, dass es sauber war.

„Aber Maureen. Du kennst doch deinen Onkel. Er meint es nicht so. In der Hälfte der Zeit erzählt er doch nur Unsinn. Wahrscheinlich hat er es schon wieder vergessen oder macht sich Vorwürfe. Er liebt dich, das weißt du", sagte Barrington.

„Am meisten erschüttert mich seine seltsame Abhängigkeit von Slander. Das ist doch nicht gesund. Die beiden verhalten sich manchmal wie ein uraltes Ehepaar. Irgendetwas stimmt da nicht. Er hält mehr zu ihm als zu mir, der einzigen Nichte, die er mag."

Sie wischte sich mit dem Taschentuch über die Augen. Dann sah sie die beiden Freunde lächelnd an.

„Da rede ich und rede ich über meine kleinen Probleme. Ihr habt doch sicher einen viel wichtigeren Grund, hier zu sein. Habt ihr den Jungen gefunden? Ich habe gestern mit Bing das gesamte Gelände und die Nebengelasse abgesucht. Keine Spur von Farlan."

„Wir haben ihn noch nicht entdeckt", sagte Rick und warf einen vielsagenden Blick zu Barrington. Er wollte ihm verständlich machen, dass es kein guter Zeitpunkt war, um Maureen über ihre Ermittlungen zu informieren.

„Leider keine Neuigkeiten, Maureen. Aber die Sache mit Slander finde ich irgendwie interessant. Wenn wir Farlan endlich gefunden haben, sollten wir uns mit dem Fall eures seltsamen Butlers befassen. Was denkst du?", fragte Barrington.

Maureen nickte.

„Kennst du eigentlich seine Referenzen? Irgendwann muss sich der Mann doch bei deinem Onkel beworben haben. Als wir Kinder waren, gab es ihn hier jedenfalls noch nicht. Der gute alte Porter war doch eine ganz andere Art Mensch. Erinnert ihr euch an den vorherigen Butler? Der war nett. Schade, dass er damals aus Altersgründen aufhören musste. Aber nur mit einer Unterhose bekleidet, Gäste zu empfangen, war etwas zu viel gewesen. Wie lange ist Slander jetzt hier im Haus angestellt?", fragte Rick.

Maureen überlegte einen Moment.

„Das ist eine gute Frage. Ich werde mal in Onkels Unterlagen nachforschen. Porter war ein lieber Mensch. Wie oft hat er mich vor meinem Onkel in Schutz genommen. Er war eine Perle. Auch wenn er es mit seinem Posaunenspiel manchmal übertrieben hat. Mir klingeln heute noch die Ohren. Da es im Haus keine Wecker gab, hat er mich morgens, wenn ich aufstehen musste, mit seiner Posaune geweckt." Maureen lächelte selig. Sie dachte so gern an ihre Kindheit hier auf Woodland Manor. Umso schlimmer, wenn sie das Haus verlassen sollte.

Ihr Bruder fiel ihr ein. Sie würde ihm schreiben, wischte die letzten Tränen fort und war schon zuversichtlicher.

Die Tür zum Salon wurde geöffnet und Mrs Partridge erschien mit dem Teetablett. Zu Ricks Freude stand auch eine Schüssel mit wundervollen Haferkeksen dabei. Mrs Rissole war eine Künstlerin, wenn es um das Kochen und Backen ging.

Mrs Partridge bemerkte lächelnd, dass sich ihre geliebte Lady wieder etwas beruhigt hatte.

„Vielen Dank für den Tee, Mrs Partridge. Können Sie sich erinnern, wann genau Mr Slander hier im Haus angefangen hat?"

Die Hausdame schenkte Tee ein, viel Zucker für Rick und etwas Milch für Barrington, gab jedem eine Tasse in die Hand und dachte dabei über die Frage ihrer Lady nach.

„Das muss so ungefähr vor sieben Jahren gewesen sein. Ich erinnere mich nicht genau. Doch, warten Sie, das war kurz bevor unser Hausmädchen plötzlich erkrankte und verstarb. Ach, war das eine schlimme Sache. Ich weiß es noch, als wäre es gestern gewesen. Wir mussten mitten in der Nacht den Doktor holen. Dr. Humbleby beschwerte sich lautstark über die späte Stunde. Er ist so ein charmanter Arzt."

Barrington lächelte. Er wusste von seiner Mutter Norma, dass der gute Doktor mit seinen Patienten nicht gerade empathisch umging. Mrs Partridge meinte es eher sarkastisch, wenn sie den Doktor als charmant bezeichnete.

„Ich war ein paar Tage bei Edward in Glasgow. Das war Dora, oder? Das Dienstmädchen?", fragte Maureen. Mrs Partridge nickte.

„Was war denn passiert?", wollte Rick wissen.

„Schlimme Sache. Sie muss etwas Falsches gegessen haben. Es ging ihr furchtbar schlecht und auch Dr. Humbleby konnte nichts mehr für das arme Mädchen tun. Sie war ein naschhaftes Ding. Wir waren uns damals einig, dass sie außerhalb des Hauses etwas zu sich genommen haben muss, was ihr nicht bekommen war. Sie hatte ihren freien Tag gehabt und war spät zurück ins Haus gekommen."

„Hat jemand die Polizei eingeschaltet?", wollte

Barrington wissen.

„Wieso denn?", fragte die Hausdame entrüstet. „Es gab keinerlei Anlass dafür. Dr. Humbleby stellte, ohne zu zögern, den Totenschein aus und meinte, er hätte in letzter Zeit viele seltsame Magenprobleme unter den Patienten gehabt.

Er bezichtigte sogar Miss Chervil, die Kräuterfrau, an dem Dilemma im Ort schuld gewesen zu sein. Er erzählte mir etwas von einer Kräutermischung, die möglicherweise eine Vergiftung ausgelöst hätte. So ein Unsinn. Dora war von zarter Konstitution. Ich weiß, dass sie auch Medikamente für ihr Herz eingenommen hat. Ach, wie schrecklich das gewesen ist."

Durch die noch immer offene Tür zum Salon kam der Viscount in seinem langen Kittel und auf dem weißen Haar die Schutzbrille. Er setzte sich zu seiner Nichte und griff nach ihrer Hand.

„Mein liebes Kind. Dein Onkel hat es nicht so gemeint. Bitte sei nicht böse. Ich komme ohne dich doch gar nicht mehr zurecht", sagte er und griff nach einem der Haferkekse. Dann erst sah er die beiden Herren. „Barrington, was machst du denn hier? Und unser verehrter Buchhändler ist auch dabei. Was für netter Besuch. Hatte ich ein Buch bestellt? Ich kann mich gar nicht erinnern." Er lachte, stutzte kurz, sprang auf und lief aus dem Zimmer. Man hörte seine eiligen Schritte auf der Treppe nach oben. Danach verloren sie sich in den Tiefen des Hauses.

Mrs Partridge stöhnte.

„Sicher hat er wieder vergessen, eines seiner

107

Experimente auszustellen, oder was man mit dem Zeug so macht. Er wird uns eines Tages noch alle in die Luft jagen. Denkt an meine Worte."

Sie verließ den Salon und schloss die Tür hinter sich.

Hinter einer der Säulen erschien der Butler. Er sah lächelnd der Hausdame nach, die in Richtung der Küche verschwand. Gut, dass die Tür zum Salon eine Weile offen gewesen war. Er ging leise über die Treppe nach oben.

Im Salon schüttelte Maureen mit dem Kopf.

„Seht ihr, was ich meine? Mein Onkel ist unberechenbar. Aber ich bin froh, dass er sich wieder gefangen hat. Ich würde nur zu gern wissen, warum er sich mit seinem ach so geliebten Slander gestritten hat."

„Wir bekommen es heraus. Nun mach dir nicht so viele Sorgen. Versuch doch erst einmal, die Referenzen oder die Bewerbung zu finden. Dann sehen wir schon etwas klarer", sagte Rick.

Die beiden Männer erhoben sich.

„Wir müssen gehen. Danke für den leckeren Tee", sagte Barrington.

Maureen Hastings nickte und begleitete die beiden bis zur Haustür.

„Meint ihr denn, Farlan ist noch in der Gegend? Ich habe das Gefühl, dass er bereits auf dem Weg nach London ist", sagte sie zum Abschied traurig. Die beiden Herren nickten ihr zu und gingen.

Als Rick und Barrington im Land Rover saßen, sahen sie sich fragend an.

„Das ist unsere nächste Aufgabe. Arme Maureen.

Da müssen wir helfen. Das kommt mir doch ziemlich verdächtig vor. Slander erscheint und das Hausmädchen stirbt. Was meinst du, Rick?"

„Interpretierst du da nicht zu viel hinein? Durch deine Detektivarbeit im letzten Jahr scheinst du hinter jedem Toten ein Mordopfer zu vermuten. Slander ist ein unangenehmer Kerl, aber Mord? Das traue ich ihm nicht zu."

„Ich traue diesem Mann alles zu. Vielleicht erpresst er den armen Viscount mit irgendetwas. Das wäre doch möglich. Warum sollte der alte Herr diesem unangenehmen Zeitgenossen ansonsten so viele Privilegien einräumen."

„Ist möglich. Aber verrenne dich nur nicht in Verschwörungstheorien, mein Freund. Öffne lieber deinen Pub und gib mir ein Cider für meine Mithilfe."

Barrington sah auf seine Armbanduhr und nickte zustimmend.

„Schmarotzer!", rief er seinem Freund zu.

„Geizhals!", rief Rick.

Als die beiden über die alte Steinbrücke fuhren, bremste Barrington urplötzlich. Rick bekam einen furchtbaren Schreck und stieß mit seinem Kopf an.

„Was ist denn los?", fragte er und rieb sich am Kopf.

„Hast du denn den schwarzen Kater nicht gesehen? Das muss Rufus gewesen sein. Ich bin mir sicher!", rief Barrington, stieß die Tür auf und sprang aus dem Wagen. Er lief zur Balustrade der Brücke, da er gesehen hatte, wie das Tier neben der Brücke zum Fluss hinab gesprungen war.

Rick war ebenfalls ausgestiegen und sah mit ihm zusammen über die Steinmauer.

„In diesem kurzen Moment willst du Rufus erkannt haben? Woher, zur *Banshee,* willst du das wissen?", fragte er und versuchte, irgendwo das schwarze Fell des Katers zu erspähen.

„Bitte sage nichts von einer *Banshee*. Es bringt Unglück, die Todesfee beim Namen zu nennen." Barrington schüttelte sich kurz. „Rufus ist der einzige Kater, den ich kenne, der links um das Auge einen weißen und rechts einen grauen Kreis hat." Er verdrehte sich den Kopf und schob sich immer weiter über die Balustrade der Brücke.

„Das willst du in diesem kurzen Moment gesehen haben?", fragte Rick. „Schieb dich noch etwas weiter vor und du liegst im *River Willow.* Wäre nicht das erste Mal."

Aus Richtung des Wolladens *The Fluffy Wool-cave* kam Raelyn McNeedle gelaufen. Etwas flatterte wie eine Fahne im Wind hinter ihr her. Rick sah sie kommen und kniff die Augen zusammen. Er konnte nicht erkennen, was da herumflatterte.

Sie war vollkommen außer Atem, als sie an der Brücke angekommen war. Sie stützte sich schwer auf die Steinmauer und atmete ein paar Mal tief ein und aus.

In ihrer Hand lagen ein halb fertig gestrickter Schal und Stricknadeln. Das war die seltsame bunte Fahne, die hinter ihr her geweht war.

„Alles in Ordnung mit dir, Raelyn?", fragte Rick besorgt.

„Ich habe Rufus gesehen!", rief sie, noch immer

kurzatmig. „Ich war mit meinem Schaufenster beschäftigt, neue Wolle hübsch anordnen, einen Korb mit neuen Mustern und ein paar besonders schöne Häkelnadeln, die gestern aus den Highlands geliefert worden sind. Ihr wisst schon.

Meine Strickarbeit hatte ich gerade wieder zur Hand genommen. Da spaziert der Kater an meinem Fenster vorbei, schaut mich groß an, als wollte er sagen, ich bin noch hier, und läuft in Richtung Fluss davon. Ich bin, so schnell es möglich war, aus meinem Laden herausgelaufen und hinter dem Tier her. Habe noch nicht mal Zeit gehabt, meine Schuhe anzuziehen." Dabei wies sie mit der Hand auf ihre Hausschlappen.

„Kann das nicht auch der Kater vom Bauernhof der Johns gewesen sein? Was macht euch beide so sicher?", fragte Rick.

„Ich kann einen schwarzen Kater immer noch von einem braunen unterscheiden, Herr Buchhändler!", rief Raelyn.

„Da hörst du es, Rick, er war es. Aber nun ist er weg. Schlaues Tier. Das beweist uns auf jeden Fall, dass Farlan immer noch in der Gegend ist. Diese Tatsache beruhigt mich irgendwie. Oder? Was denkt ihr?", fragte Barrington.

„Das denke ich auch. Den Fluss hinab wohnen die Schwestern Pullman und direkt am Flussufer der Maler. Vielleicht schaust du mal in seinem Cottage vorbei. Er könnte doch etwas gesehen haben. Mit meinen leichten Schlappen kann ich da jedenfalls nicht hinlaufen. Die sind jetzt schon durchgeweicht. Verdammt! Bin natürlich in eine Pfütze getreten", sagte Raelyn und machte sich zurück auf den Weg in ihren Laden.

„Danke dir, Raelyn!", rief ihr Barrington hinterher. Sie winkte ihnen zu.

„Wir fahren noch schnell zu Richard Tabbs und sehen nach, ob Farlan dort ist. Danach bekommst du deinen Cider, versprochen", sagte Barrington und stieg voller Hoffnung in seinen Wagen.

Rick schnalzte mit der Zunge. Er war nicht so überzeugt.

Nach ein paar Minuten hatten sie das winzige Cottage des Malers Richard Tabbs erreicht. Die blau-weiße Fahne sah man bereits von weitem leuchten. An jedem neuen Morgen zog Richard die schottische Fahne an einem weiß gestrichenen Mast vor seinem Haus empor und schmetterte, zum Ärger des Viscount Woodland auf der gegenüberliegenden Seite, mit seiner tiefen Baritonstimme ein schottisches Volkslied.

Die Fehde zwischen dem Maler und dem Viscount war auch noch ein Geheimnis, das Barrington irgendwann lösen wollte.

Das Cottage war weiß gestrichen, hatte grüne Fensterläden und eine grün gestrichene Tür. Im Sommer rankten Rosen an der Wand empor. Es war ein wirklich romantisches Domizil und wie geschaffen für einen Maler.

Richard Tabbs stand am offenen Fenster seines Wohnzimmers und sein Pinsel flog über eine Leinwand, die auf seiner Staffelei stand.

Barrington und Rick stiegen aus dem Wagen und gingen zu ihm.

„Was verschafft mir das Vergnügen, Kinder?", fragte der Maler. Für ihn waren die beiden Freunde immer noch die Kinder, die er vor langer Zeit mehr als einmal aus dem Fluss gezogen hatte.

„Ist Farlan bei dir, Richard? Wir haben den Kater am Fluss gesehen. Du kannst es uns ruhig sagen. Wir wollen ihm doch nur helfen."

Richard legte seinen Pinsel auf den Rand der Staffelei und verschwand im Zimmer. Kurz danach öffnete er die Haustür und kam zu den beiden heraus.

„Ich weiß, dass der Junge weggelaufen ist, und ich halte seit Tagen auch die Augen auf. Aber er ist leider nicht bei mir. Es tut mir sehr leid. Den Kater habe ich auch nicht gesehen. Sonst wäre er auf meinem Bild verewigt worden. Ich stehe hier schon seit einer Stunde am Fenster und male den Flusslauf. Tut mir leid, Jungs."

Barrington war enttäuscht. Aber das spornte ihn nur noch mehr an, den Fall zu lösen.

Sie verabschiedeten sich von dem Maler und stiegen in den Wagen. Der Pub wartete auf seinen Wirt.

The Black Crow

Isobel Kidd sah in den Spiegel, der hinter dem Tresen des Pubs an der Wand angebracht war. Sie probierte verschiedene Gesichtsausdrücke aus. Es wollte ihr nicht wirklich gelingen, traurig zu schauen. Dafür war sie mit ihrem Gesamtaussehen mehr als zufrieden. Sie hatte sich einen Besuch bei ihrem Friseur gegönnt, ihren Kleiderschrank ausgeräumt und sich vollkommen neu eingekleidet. An ihrem Hals glitzerte in tausend Facetten eine Brillantkette. Echt natürlich. Ein Juwelier, der auf Corbies Lohnliste stand, hatte ihr die Echtheit bestätigt. Bei der Nennung des Wertes war ihr kurz die Luft weggeblieben. Woher mochte Corbie dieses erlesene Schmuckstück gehabt haben? Und warum hatte er es so gut vor ihr versteckt? Sicher war es unverkäuflich gewesen oder er hatte vorgehabt, die Steine herauszubrechen und einzeln zu veräußern.

Beim Entrümpeln des Büros im Keller des Pubs hatte sie eine erstaunliche Entdeckung gemacht.

Sie hatte immer gewusst, dass ihr Mann Geheimnisse vor ihr gehabt hatte. Aber von diesem Tresor, der hinter einem Paneel versteckt gewesen war, hatte sie nichts gewusst. Geahnt vielleicht. Im Keller hatte sich Corbie am liebsten aufgehalten. Nun war ihr klar, was der Grund gewesen war.

Sie hatte das lockere Paneel durch Zufall gefunden. Als sie eines der Regale, vollgestopft mit Akten und Schriftstücken, zur Hälfte ausgeräumt hatte, kam dahinter ein Safe zum Vorschein.

„Was haben wir denn da Hübsches?", hatte sie ausgerufen. „Wie bekommen wir dich denn auf?" Dann hatte sie mit ihren rot lackierten Fingernägeln zärtlich über die Tür des Safes gestrichen.

Ein Zahlenschloss war zum Glück nicht an dem uralten Safe gewesen. Sie hatte im Schreibtisch nach einem Schlüssel gesucht, aber nichts entdecken können.

Auf dem Schreibtisch hatten noch die Dinge, die sie ihrem lieben Gatten aus der Tasche genommen hatte, gelegen. Bevor man seine Leiche abgeholt hatte, hatte sie alles aus ihrem Mann herausgeholt, was möglich gewesen war. Die kostbare Armbanduhr, den schweren Siegelring am Finger, die Brieftasche und den Gürtel. Sie hatte diesen Gürtel nie gemocht. Er war protzig mit einer großen Schnalle, schien aber kostbar zu sein. Ihr lieber Gatte hatte sich nie mit billigem Tand abgegeben.

Sie hatte sich die Dinge noch einmal genauer angesehen, die dort gelegen hatten. Schließlich war ihr Blick an der dicken silbernen Gürtelschnalle hängen geblieben. Im Inneren hatte sie den Schlüssel zum Safe gefunden. Und die Überraschung hatte ihr sehr gefallen, die auf sie im Inneren des Safes gewartet hatte.

Eine Menge Bargeld war darin gewesen, eine Liste mit den Leuten, die er bezahlt hatte, und ein mit blauem Samt umhülltes Etui. Darin hatte diese wunderschöne Brillantkette gelegen. Eitel, wie Isobel nun einmal war, hatte sie die Kette sofort umgelegt und trug sie seitdem ständig. Das stand ihr als trauernde Witwe zu, meinte sie.

Am Abend wollte sie sich mit dem schönen Pawel treffen. Das war ein Mann nach ihrem Geschmack. Sie würde ihn auf Farlan ansetzen und ihm dafür das Blaue vom Himmel versprechen.

Isobel warf einen letzten Blick in den Spiegel, rückte ihr tiefes Dekolleté zurecht und rief nach Ducky.

Der Riese mit dem Aussehen eines schwergewichtigen Boxers und dem Gehirn eines Kindes kam aus der Küche im hinteren Teil des Pubs und trug dabei ein Fass auf der Schulter.

„Ich bekomme gleich Besuch, Ducky, du kümmerst dich um den Pub", sagte sie zu ihm.

Der Riese brummte etwas und machte sich an seine Arbeit. Er stellte das Fass unter dem Tresen ab und verband es mit wenigen Handgriffen mit der Zapfanlage. Im Moment, es war früher Abend, saßen nur wenige Gäste vor ihrem Bier.

Seit langer Zeit rentierte sich das Tagesgeschäft kaum noch. Ob das an dem schlechten Ruf des Pubs oder an den gepanschten Getränken lag, konnte man nicht sagen. Aber Corbies Hauptgeschäft war seit langem der Verkauf von Hehlerware und da stand der Pub an zweiter Stelle. Im Prinzip war er nur wichtig, um nach außen hin einem legitimen Job nachzugehen.

Ein guter Bekannter kam durch die geöffnete Tür des Pubs. Isobel lächelte ihm entgegen, fand aber von ihm keinerlei Erwiderung. Er war ihr als sturer undurchschaubarer Mann bekannt. Dafür trug er sehr elegante Anzüge. Isobel fiel so etwas sofort auf. Heute wollte sie von ihm erfahren, welche Geschäfte ihn mit ihrem verstorbenen Gatten verbunden hatten.

Sie nickte ihm zu, zapfte einen Whisky für ihn und folgte ihm in eine der hintersten Ecken des Gastraumes.

„Schöne Kette", sagte er, als sie Platz genommen hatten und er an seinem Whisky genippt hatte.

„Der liebe Corbie war ein treusorgender Ehemann", sagte Isobel und spielte mit ihren rot lackierten Fingernägeln an der Brillantkette.

„Ich würde gern die Geschäftsbeziehung aufrechterhalten. Was hast du Corbie geliefert?", fragte sie mit einem sinnlichen Lächeln.

„Ich würde lieber bei dem Sie bleiben, Mrs Kidd", sagte der Mann und betonte jede Silbe dabei. Sein Gesichtsausdruck blieb vollkommen undurchdringlich.

Isobel schluckte kurz. Bei diesem Mann waren ihre Flirtmöglichkeiten eingeschränkt. Das war ihr nun klar. Der erste Eindruck hatte sie damals nicht getäuscht. Das war ein sturer, harter Hund.

Sehr attraktiv war für sie dieser Mann mit dem roten Haarschopf auf keinen Fall. Sie musste anders vorgehen.

„Nun gut. Welche Geschäfte haben Sie mit meinem Gatten getätigt? Ich bin bereit, daran festzuhalten." Sie lehnte sich zurück und verschränkte die Arme. Aber auch diese Aussage machte keinen Eindruck auf den Mann.

„Ich habe Corbie Informationen geliefert, auch ab und zu einige Dinge, die er brauchen konnte, und bekam dafür von ihm Informationen. So einfach war das. Ich würde sagen, Mrs Kidd, mit dem letzten Auftrag, den ich ja von Ihnen bekommen hatte, ist die Geschäftsbeziehung nunmehr beendet. Hätte ich gewusst, was sie damit vorhaben, hätte ich Corbie gewarnt. Aber es ist in Ordnung so. Im Grunde habe ich es geahnt. Sie haben mir Arbeit abgenommen, die ich im Moment nicht brauchen kann." Er stand auf, trank den Whisky aus, drehte sich um und verließ den Pub. Isobel war im ersten Moment so überrascht, dass es einen Mann gab, der nicht ihrem Charme erlegen war, dass sie sich nicht vom Fleck rühren konnte.

Dann erhob sie sich langsam, zog ihren überaus engen Rock nach unten und drückte ihren Rücken durch.

„Ich brauche dich nicht, du Hanswurst", murmelte sie und ging zurück zum Tresen.

Der Mann hatte einen Moment vor der Tür des Pubs gestanden, überlegt und war dann lächelnd um die nächste Ecke gegangen. Dort waren ihm drei Männer entgegengekommen, die in eine lautstarke Diskussion vertieft waren.

Einer der drei griff immer wieder einmal in eine Tüte und kaute auf irgendwelchen Nüssen herum.

Schalen zierten seinen Weg. Sie gingen in den Pub.

Der Mann überquerte die Straße, stieg in einen Wagen ein und wartete.

Einen Tag später bekam Inspector Baxter einen Anruf aus Greenock. Er wurde zu einem ungeklärten Todesfall gerufen.

Als er am Tatort ankam, traute er seinen Augen kaum.

Barrington bekommt Besuch

Barrington hatte eine schlimme Nacht hinter sich. Er hatte geträumt.

In seinem Traum hatte er Farlan weglaufen, stolpern und fallen sehen. Er hatte gesehen, dass er verletzt war, und nach ihm gerufen. Barrington war schweißgebadet aufgewacht. Hatte er wirklich schon alles unternommen? Er fühlte sich, als hätte er den Jungen verraten.

Um sich abzulenken, versuchte er, nachdem er sich frisch gemacht, Kaffee aufgebrüht und am Küchentisch Platz genommen hatte, in dem Rezeptbuch von Chadwicks verstorbener Frau ein Rezept zu finden. Einfach sollte es sein. Er hatte kein Geschick am Kochtopf, würde sogar Wasser anbrennen lassen, wenn das möglich gewesen wäre.

Es klopfte an der hinteren Tür zum Obstgarten. Inzwischen war es etwas wärmer geworden. Obwohl man hier in Schottland damit eine Temperatur um den Nullpunkt meinte.

Barrington sprang auf und sah durch das seitliche Fenster. War das vielleicht Farlan? Nein.

Er öffnete enttäuscht die Tür.

„War nicht verschlossen, Chadwick. Ich schließe die Tür in der letzten Zeit nicht mehr ab. Könnte ja sein, dass der Junge etwas braucht. Komm herein. Was gibt´s so früh am Morgen?"

Die beiden Männer setzten sich. Vorher hatte Barrington einen Becher vom Bord genommen und schenkte nun dem alten Mann Kaffee ein. Chadwick nippte an dem Getränk und verzog das Gesicht.

„Der Junge macht ihn besser."

„Das weiß ich auch. Hast du irgendetwas gehört?", fragte Barrington. „Ich werde heute nochmals die Gegend durchstreifen. Er muss noch in St. Applewood sein."

Chadwick schüttelte traurig den Kopf.

„Sagt dir das dein Gefühl? Dann stimmt vielleicht mit deinem Gefühl etwas nicht. Ich denke, er ist über alle Berge. Du hast dich sicher geirrt, als du meintest, Rufus gesehen zu haben. Glaube mir. Warum liegt das Buch meiner lieben Frau hier aufgeschlagen? Du willst doch nicht etwa selbst etwas in den Topf werfen? Lass das lieber bleiben. Der Hund von Ian McNeedle kann besser kochen als du."

„*Little* Erna kann besser kochen als ich. Ich verstehe die Rezepte sowieso nicht. Wie schlägt man ein Ei vorsichtig unter? Mit Schale? Was meinte deine Frau damit?"

Chadwick verdrehte die Augen.

„Siehst du, das meinte ich. Natürlich schlägt man

das Ei erst auf und dann hebt man es mit einem Rührlöffel ganz langsam unter die Kuchenmasse."

„Warum hat sie das dann nicht so geschrieben? Oder hier, wo war diese komische Stelle im Rezept?" Barrington blätterte in dem Rezeptbuch, das durch den langen Gebrauch schon recht locker geworden war. Oft gab es Flecke auf den Seiten.

„Hier ist es. Da steht, man solle ein Steak lopfen, dann nieren und zum Schluss gut effern. Was soll denn nieren sein? Muss man das Steak mit Nierchen einreiben? Das ist ja furchtbar!", rief Barrington und schob Chadwick das Buch zu.

Der alte Mann sah kurz hinein. Dann verzog er sein Gesicht genervt.

„Barri, da ist Butter drauf getropft, oder etwas ähnlich Fettiges. Da steht klopfen, panieren und pfeffern! Lass das lieber sein! Wenn der Junge wieder da ist, brauchst du dich damit nicht mehr zu befassen!"

„Also glaubst du auch, dass er wiederkommt."

Chadwick nickte und stand auf.

„Danke für die Giftbrühe. Ich komme heute Abend wieder. Bis bald", sagte er, öffnete die hintere Tür und verschwand.

Barrington nickte nur.

Heute Abend wollte Constable McDonald mit der Dame von der Jugendschutzbehörde kommen. Barrington war gespannt, was sie anzubieten hatte.

Mit seinen Eltern hatte er bereits gesprochen. Sie waren bereit, im Falle der Fälle, den Jungen entweder als Pflegekind aufzunehmen oder sogar eine Adoption in Betracht zu ziehen. Seine Mutter

Norma hatte allerdings darauf hingewiesen, dass sie in einem Alter waren, wo die Behörde eventuell Vorbehalte hätte. Darum hatte Barrington auch noch vor, mit seiner Tante zu reden. Die Johns waren ein paar Jahre jünger als seine Eltern.

Essen wollte er nichts. Der Appetit war ihm vergangen. Das lag eventuell auch an dem bitteren Kaffee. Er schüttete den Rest in den Ausguss, nahm seine Jacke, die über einem der Stühle hing, und wollte das Haus verlassen. Vorher wollte er im Gastraum nachsehen, ob er noch etwas vorbereiten musste.

Vor einem der Fenster stand ein Mann und lugte in den Gastraum. Barrington ging zur Vordertür und schloss auf. Der Mann kam ihm irgendwie bekannt vor. Er war wohl etwas jünger als Barrington, hatte ein rosiges Gesicht und lockiges Haar.

„Kann ich etwas für Sie tun?", fragte er den Mann.

„Ich habe gehört, Sie suchen eine Aushilfe. Wie sieht es damit aus? Ich habe schon in einem Pub gearbeitet", sagte der junge Mann und grinste breit.

„Wo haben Sie das gehört?", fragte Barrington. Das war sehr eigenartig, denn er suchte keine Aushilfe. Nicht mehr jedenfalls, seit Farlan bei ihm war.

„Ach, das hat mir ein Bekannter erzählt. Er meinte, einen Koch hätten Sie, aber ein Kellner fehlte wohl noch."

„Im Moment habe ich keinen Koch. Ich brauche keine Aushilfe, tut mir sehr leid", sagte Barrington und wollte die Tür bereits wieder schließen, als der Mann mit seiner Hand dagegenhielt. Das war noch eigenartiger. Barringtons Kriminalantennen waren sofort auf Empfang. Hier stimmte etwas ganz und gar nicht.

„Dann könnte ich doch den Posten des Kochs vorerst übernehmen."

„Wie heißen Sie?", fragte Barrington.

„Haben Sie nun eine Stelle zu vergeben?"

„Tut mir leid, nein!" Barrington schlug die Tür, auf die Gefahr hin, dem Mann die Finger einzuklemmen, zu. Er schloss sofort ab.

Der Mann sah noch eine Weile mit zornigem Gesichtsausdruck durch eines der Fenster und ging dann davon.

Barrington lief schnellstens in die Küche und schloss die Tür zum Obstgarten ebenfalls ab. Wenn er seinen Pub verließ, wollte er lieber keine Tür offen lassen. Auch wenn dann Farlan nicht hereinkommen konnte.

Er ging zurück in den Gastraum, warf einen kurzen Blick auf den Vorplatz und schloss die Tür erneut auf, als er niemanden sehen konnte. Danach schloss er sie sorgfältig wieder ab und ging zur Garage, setzte sich in seinen Land Rover und startete den Motor. Als er herausfahren wollte, stand plötzlich direkt vor seinem Wagen ein Mann.

„Was ist heute nur los?", murmelte er leise.

Dieser Mann sah älter aus als der Arbeitssuchende vor ein paar Minuten. Er schaute ihn arrogant lächelnd an und kaute dabei auf irgendwelchen Nüssen herum. Aber viel vertrauenswürdiger als der Jüngere vorher wirkte er auch nicht.

Barrington kurbelte sein Seitenfenster herunter

und lehnte sich hinaus. „Was kann ich für Sie tun, Sir?"

Der Mann schlenderte zu ihm.

„Ist denn Ihr Pub noch nicht geöffnet?", fragte der Mann und kaute unbeeindruckt weiter.

„Es ist noch nicht einmal neun Uhr. Sie werden kaum um diese Zeit einen offenen Pub finden. Vielleicht kommen Sie zum Nachmittag. Ich öffne um siebzehn Uhr. Entschuldigen Sie mich, ich habe zu tun." Mit diesen Worten legte er den Gang ein und brauste aus der Garage. Im Rückspiegel sah er das zornige Gesicht des Mannes.

Zuerst fuhr er zum Landwarenladen von Selma Smith. Da gab es eine wunderbare Informationsquelle. Der Gatte von Selma war der Postbote im Ort und ihm entging so schnell nichts, fast nichts, wenn man davon absah, dass er über den verschwundenen Farlan nichts herausbekommen hatte.

Barrington hielt vor dem Laden, stieg aus, öffnete die Tür des Geschäfts und hörte das bekannte Dingdong über dem Eingang.

Miss Chervil stand, bewaffnet mit einem großen Korb voller kleiner Tüten, im Laden vor dem Tresen und redete mit Selma Smith.

„Ich habe hier noch eine wunderbare Kräutermischung. Gut für den Magen. Beruhigend und appetitanregend. Was meinst du, Selma?"

Selma nahm die Tüte aus der Hand der Kräuterfrau und roch daran.

„Oh, sehr aromatisch. Na gut. Dann gib mir davon vier Tüten und ein paar von den Trockensträußen für den Schrank nehme ich auch. Die Touristen mögen diese kleinen Kräutersträußchen sehr."

„Was ist mit dem Hustenmittel? Die Erkältungszeit ist noch lange nicht vorbei." Dabei blickte sich Miss Chervil zu Barrington um, der sich interessiert die wohlgefüllten Regale des Ladens ansah.

„Ich habe schon oft einem kleinen frechen Bengel, Husten an den Hals geflucht. Nicht wahr, Barri?", fragte sie und kicherte.

Barrington machte einen Schritt weg von der Kräuterhexe. Das war zwar alles erfunden und Aberglaube, aber er ging doch lieber auf Abstand.

„Na gut, dann gib mir auch noch fünf Tüten von der Hustenmedizin", sagte Selma.

„Schau mal, ich habe etwas ganz wunderbar Neues." Miss Chervil nahm ein paar rechteckige Klötze aus dem Korb, die mit bräunlichem Papier und einem farbigen Wollfaden umwickelt waren.

Selma nahm einen Klotz und roch daran.

„Wunderbar! Ist das Seife? Die duftet ja fantastisch!", rief sie. „Ich nehme alle, die du hast."

Miss Chervil warf einen Blick zu Barrington.

„Dann nehme ich meine Lebensmittel dafür gleich mit, Selma", sagte sie und schob einen Zettel über den Tresen.

„Das ist eine ganz schöne Menge. Aber deine Waren reichen dafür als Bezahlung. Für die Seife kannst du mehr berechnen. Ich schreibe dir dafür ein Guthaben an, in Ordnung?", sagte Selma und begann mit dem Zettel an den Regalreihen entlangzugehen. Bald war der Korb der alten Frau gut gefüllt.

„Ich fahre Sie gern nach Hause, Miss Chervil",

schlug Barrington vor. Er würde zwar ein seltsames Gefühl haben, wenn die alte Kräuterhexe neben ihm sitzen würde, aber er wollte helfen.

„Nicht nötig!", rief sie, packte ihren Korb und ging. Barrington öffnete ihr die Tür und schloss sie danach wieder. Er sah ihr sinnend nach. Was für eine Frau.

Niemand in St. Applewood wusste etwas über ihre Vorgeschichte zu sagen. Solange Barrington denken konnte, gab es auch die alte Miss Chervil. Obwohl sie, als Barrington ein Kind war, sicher noch nicht so alt gewesen sein konnte. Aber Kinder denken anders über Erwachsene. So manches Mal erscheint einem Kind schon eine dreißigjährige Frau alt. Sie lebte dort ganz allein im Wald, sammelte ihre Kräuterlein, baute ihr Gemüse an und schien mit sich vollkommen zufrieden zu sein. Es blieb sogar noch genug Zeit, nebenbei ein paar Flüche auf die armen Dorfbewohner zu schleudern. Miss Chervil liebte es, ihre Mitmenschen zu verwirren.

„Ist dein Mann nicht da, Selma?", fragte Barrington die Ladenbesitzerin, die immer noch einen der Seifenklötze an der Nase hatte.

„Das duftet so wunderbar. Das hätte sie schon viel früher anbieten sollen. Das ist doch sicher etwas für die Touristen. Das wäre auch etwas für den Waschraum in deinem Pub, Barrington. Fantastisch!"

Dann bemerkte sie, dass Barrington noch wartete. Sie legte die Seife zurück und sah ihn erwartungsvoll an.

„Was darf es für dich sein, mein Bester?", fragte

sie. Wahrscheinlich hatte sie die Frage überhört in ihrem Glücksgefühl um den Duft der Seife.

„Ich wollte deinen Mann sprechen und fragte, ob er nicht da sein würde."

„Achso. Er ist hinten und trinkt Tee. Wird heute eine lange Tour und besonders warm ist es auch noch nicht. Ich werde ihn holen." Damit verschwand sie durch die Tür zum Lager, ging hindurch und öffnete eine weitere Tür.

„George! Barrington will dich sprechen!", rief sie in den Raum. Sofort hörte man das schurrende Geräusch eines Holzstuhls. Danach kamen Schritte näher und der Postbote erschien im Türrahmen. Auf seiner Wollweste hatten es sich einige Kuchenkrümel bequem gemacht. Selma sah das sofort.

„Du hast den Kuchen angeschnitten? Der war für heute Nachmittag, wenn meine Freundin Miss Porter kommt. Du bist eine furchtbare Naschkatze", schimpfte sie ihren Mann aus, der schuldbewusst den Kopf senkte.

„Wie kann ich dir helfen, Barri?", fragte er, um abzulenken. Aber Selma sah ihn weiterhin zornig mit verschränkten Armen an.

„Ich wollte fragen, ob du erstens etwas von Farlan gehört hast, und dann zweitens wollte ich mich nach zwei Fremden erkundigen, die sich im Ort rumtreiben. Der Ältere ist etwas kleiner und kaut ..."

George unterbrach ihn. „Der kaut auf Nüssen rum. Den habe ich gesehen. Er war mit einem anderen Mann unterwegs im Ort, größer und muskulöser, mit einer dicken Zigarre im Mundwinkel. Meinst du diese beiden Männer?"

Barrington sah ihn erstaunt an.

„Bei mir war der Kleinere mit den Nüssen und ein etwas jüngerer Mann, der aussah wie ein Milchbubi mit lockigem Haar. Dann sind es ja drei Fremde. Was kannst du mir über die Leute sagen? Ich finde sie irgendwie seltsam. Der jüngere Mann wollte bei mir eine Anstellung als Kellner. Der Mann kam mir auch bekannt vor. Aber ich erinnere mich nicht, wo ich ihn gesehen habe", sagte Barrington.

„Das ist verrückt!", rief Selma Smith und vergaß für kurze Zeit die Wut auf ihren Gatten. „Der junge Kerl hat hier im Laden auch nach Arbeit gefragt. Er hätte schon in solchen Läden gearbeitet, meinte er. Der war sehr aufdringlich und ich war froh, als mein George gerade von seiner ersten Postrunde zurückkam."

„Ich denke, der ist gar nicht so jung, Freunde. Der hat nur so ein Milchgesicht und rosige Haut wie ein Baby. Der ist bestimmt schon fast vierzig. Glaubt mir, ich kenne mich aus mit den Menschen", erklärte George und Barrington glaubte ihm das sofort.

Was wollten diese drei Gestalten hier? Plötzlich fiel ihm ein, was sein Freund Rick ihm aus dem Pub in Greenock erzählt hatte. Und ihm fiel ein, dass drei Männer der Bande wegen eines Raubüberfalls vor über zehn Jahren im Gefängnis gesessen hatten. Er hatte bei DCI Baxter die Fotos der Männer gesehen, aber es waren sehr alte Aufnahmen gewesen. Sie konnten nun ganz anders aussehen.

„Halte bitte deine Augen auf, George. Ich werde

mich weiter umhören. Mit den drei Leuten stimmt etwas nicht."

„Das musst du George nun wirklich nicht sagen. Seine Augen sind immer auf und warten auf Informationen. Das weißt du doch", sagte Selma mit einem bohrenden Blick auf ihren Gatten.

Barrington nickte den beiden zu und verließ den Laden. Er stieg in seinen Land Rover und fuhr wie der Blitz zum Buchladen seines Freundes.

Da Richard Prescott noch nicht geöffnet hatte, hämmerte Barrington mit seiner Faust laut gegen die Ladentür. Er war nervös und machte sich Sorgen.

Ricks verwuschelter Kopf erschien am Schaufenster. Er trug noch seinen Schlafanzug, hellblau mit Schäfchen. Barrington konnte es nicht glauben.

Rick schloss die Eingangstür auf und ließ seinen Freund eintreten. Dann schloss er die Tür sofort hinter ihm wieder.

„Wieso bist du noch im Schlafanzug? Und was ist das für ein Ding? Mir hältst du Vorträge über männliches Aussehen und bei dir hüpfen Schäfchen über den Bauch", sagte Barrington lachend.

Rick wedelte mit seiner Hand. Barrington sollte ihm in die Küche folgen. Nun bekam er doch noch einen anständigen Kaffee. Nachdem sie an dem alten Holztisch vor dem hinteren Fenster saßen, ihren Kaffee schlürften und Rick ausgiebig gegähnt hatte, sah er seinen Freund fragend an.

„Hier rennen seit heute ein paar seltsame Gestalten herum, fragen die Leute aus und tun so, als ob sie Arbeit suchen würden. Sag mir doch noch einmal, wie die Kerle im Pub in Greenock ausgesehen haben. Inspector Baxter hat uns zwar auf der Polizeiwache in Glasgow Fotos vorgelegt, aber die waren aus einer Verbrecherkartei und schon alt. Der eine der Männer schien relativ jung zu sein. Auf den Fotos sahen die Männer anders aus", sagte Barrington.

„Die waren schon gestern Nacht hier unterwegs. Ich habe sie sofort erkannt. Es sind die drei Kerle. Die taten so, als würden sie mitten in der Nacht spazieren gehen. Sind dann über die Brücke in Richtung des Woodland-Anwesens gegangen. Der Mond stand hell am Himmel. Ich konnte das von meinem Laden aus sehen. Es war nach Mitternacht, da wollte ich dich nicht mehr wecken. Entschuldige. Ich dachte, das hätte Zeit bis heute früh. Und nun habe ich verschlafen. Ich habe die halbe Nacht schlecht geträumt und in der anderen Hälfte die Decke in meinem Schlafzimmer angestarrt. Muss sie mal wieder streichen. Weißt du, da war dieser Wasserschaden, als meine Badewanne oben ..."

„Rick, zum Teufel! Natürlich war das wichtig. Wenn du sie erkannt hast und das die Kerle aus dem Pub waren, dann suchen die vielleicht jetzt auch noch nach Farlan! Warum hast du mich nicht sofort angerufen, verdammt?" Er war unglaublich aufgebracht.

„Beruhige dich. Das glaube ich nun wieder nicht. Die suchen nicht nach Farlan. Als ich im Pub war, hatte ich eher den Eindruck, dass sie nur an lukrativen Geschäften mit dem Wirt interessiert wären."

Barrington sah beschämt zu Boden.

„Entschuldige. Ich bin einfach nur nervös. Woher

willst du wissen, was die in Greenock ausgeheckt haben? Was ist, wenn er den dreien vorgeschlagen hat, sie sollen sich Farlan greifen und würden dafür einen Haufen Geld bekommen? Was kann der Junge nur wissen, dass man ihn so intensiv sucht? Isobel Kidd hat versagt. Also schickt er die nächsten Männer." Es nützte nichts, sich mit seinem besten Freund zu streiten. Vielleicht war er auch wirklich zu übervorsichtig und sah hinter jedem Stein ein Verbrechen.

Eine Weile schlürften die beiden wortlos ihren Kaffee.

„Schmeckt gut, dein Kaffee", sagte schließlich Barrington versöhnlich. „Was denkst du, wo die untergekrochen sind?"

Rick dachte nach.

„Was ist mit der kleinen Pension, die diese Witwe am Stadtrand aufgemacht hat? Hinter der Kirche links halten. Da gibt es ein paar Zimmer für Touristen. Der nahegelegene See ist zu einem richtigen Anziehungspunkt für Angler und Wanderer geworden. Wie heißt die Witwe noch? Ich komme nicht auf den Namen."

„Das bekomme ich heraus. Ich muss los. Kommst du heute Abend in den Pub? Unser Constable kommt mit der Dame von der Jugendschutzbehörde."

Rick nickte ihm zu. Barrington stand auf und verabschiedete sich.

Wieder im Wagen, überlegte er seine nächsten Schritte. Was wollten diese drei Gauner hier, wenn nicht nach Farlan suchen? Das musste er herausbekommen. Wenn nur schon der Junge wieder da wäre. Andererseits schien er ein so gutes Versteck gefunden zu haben, dass er niemandem im Ort aufgefallen war. Vielleicht war es eine Zeit lang auch besser so.

Barrington entschied sich, diese neue Pension am Stadtrand von St. Applewood zu besuchen. Vielleicht fand er dort etwas heraus. Er startete den Motor, legte den Gang ein und fuhr mit hohem Tempo in Richtung der Kirche davon. An der Kirche hielt er sich links und fuhr dann zum Ende seines Heimatortes. Da gab es nur noch ein größeres Haus. Das müsste die neue Pension sein.

Er stellte sich auf der anderen Seite des Hauses in einen Waldweg. Von hier aus gab es eine Weile nur undurchdringlichen Wald und eine enge Straße. Nach gut einer halben Stunde erreichte man einen weiteren kleinen Ort und danach ging die Straße, nun etwas breiter, weiter bis Lintie. Barrington war selten in dieser Gegend, da er nach Lintie lieber die breitere Straße über Brams nutzte.

Das Haus im Stil der viktorianischen Zeit war gut erhalten. Es hatte einen verwinkelten Grundriss, einen hübschen, achteckigen Turm mit einem Balkon auf die Straßenseite hinaus und eine Treppe zur Eingangstür, neben der sich eine kleine überdachte Terrasse anschloss. Darauf standen ein paar Korbsessel und ein kleiner Tisch. Alles war hell gestrichen und neben den Sprossenfenstern gab es hellgraue Fensterläden.

Neben dem Haus stand ein alter Wagen, der seine beste Zeit hinter sich hatte. Die Farbe war an vielen

Stellen abgeplatzt und Rost machte sich breit. *Vielleicht gehörte er dem Trio*, vermutete Barrington.

In dem kleinen Hausgarten hatte jemand ein Schild aufgestellt, das unverkennbar die Handschrift des Malers Richard Tabbs trug.

Pension Ben Tee, Inhaberin Mrs Catriona Gunn.

Darunter gab es ein kleineres Schild, das abnehmbar war, mit dem Aufdruck *Zimmer frei.*

Ben Tee war der Name des nahen Berges, der sich, bedrohlich mit spitzen Zacken überzogen, hinter dem dichten Wald erhob. Das Wort *Ben Tee* bedeutete Feenberg und zeigte einmal mehr die Verbindung der schottischen Bevölkerung mit dem Feenvolk.

Barrington stand gut versteckt mit seinem Land Rover im Schatten der Bäume, die zwar im Moment noch ohne Laub waren, aber doch sehr dichtes Geäst aufwiesen. Er wartete. Natürlich könnte er hineingehen und die Dame des Hauses befragen, aber wenn die drei Männer dort gerade waren, würde das sehr verdächtig sein. Zumal zwei der Männer ihn bereits gesehen hatten.

Sein Magen knurrte.

Er hatte heute Morgen keinen Appetit gehabt.

Nach gut einer Stunde erschien auf dem obersten Balkon ein Mann, streckte sich und gähnte ausgiebig. Barrington erkannte in ihm den Jüngeren der drei Männer. Hoffentlich verließen sie bald die Pension, um ihrem Auftrag nachzugehen.

Barrington überlegte, was er tun sollte. Den Männern folgen oder zuerst in der Pension die Witwe Gunn befragen? Er entschied sich für die

Witwe. Die Männer würde er schon wiederfinden. Tagsüber würden die Gauner sicher nichts unternehmen, was auffällig wäre. Mitglieder des räuberischen Gewerbes gingen lieber in den Nachtstunden ihrer Arbeit nach.

Er musste sich noch ein paar Minuten gedulden, bevor die Vordertür der Pension geöffnet wurde und die Männer herauskamen. Einen der drei hatte er noch nicht gesehen. Er war kräftiger als die beiden anderen und hatte kein Haar auf dem Kopf.

Sie schienen sich zu streiten. Der kleinere Mann war aufgebracht und schlug mit seinen Armen um sich. Daraufhin fasste der Mann mit der Glatze ihn am Kragen und zog ihn in die Höhe. Sofort wurde der Mann etwas ruhiger. Der Glatzkopf stellte ihn zurück auf die Füße und drohte mit seiner Faust.

Dann gingen die drei zu dem Wagen und stiegen ein. Sie fuhren nach rechts in Richtung Lintie. *Gut so*, dachte Barrington. *Fahrt nur weit weg von St. Applewood.*

Er wartete noch eine Minute. Dann ging er zu der Pension auf der anderen Straßenseite, stieg die kleine Treppe hinauf und klopfte. Eine Klingel war nicht zu finden. Eine ältere Dame öffnete die Tür und sah ihn mit einem Lächeln an, das Barrington sofort sympathisch war.

Sie war eine kleine, rundliche Person mit schlohweißem Haar, das sie sehr ordentlich mit einer karierten Haube bedeckt trug. Sie war mit einem knöchellangen Kleid und einer rotkarierten Schürze bekleidet, passend zu der Haube auf ihrem Haar.

„Das tut mir sehr leid, Sir, aber ich habe gerade

das letzte freie Zimmer vermietet. Da muss ich Sie enttäuschen. Habe nur noch nicht das kleine Schild vom großen Schild abgehängt", sagte sie höflich.

Barrington überlegte. Irgendwie kam ihm die Dame bekannt vor. Vielleicht, wenn er seinen Namen nennen würde.

„Mein Name ist Brandon, Barrington ..."

Die Dame fing furchtbar an zu lachen. Sofort sah man kleine Tränchen aus den gütigen Augen kullern.

Barrington war verstummt.

„Der Brandon Junge! Das ist ja wunderbar! Komm rein, mein Kind!", rief sie und zog Barrington an seiner Jacke ins Haus. „Schuhe aus!", rief die Dame streng.

Und da kam die Erinnerung wie ein Blitz vom Himmel geschossen. Miss MacGillicully stand vor ihm, seine Englischlehrerin in der ersten Klasse. Inzwischen hatte ihn seine alte Lehrerin bis in die Küche gezogen, natürlich ohne Schuhe, die Barrington mit viel Mühe während des Laufens ausgezogen hatte. Sie standen nun irgendwo im Flur herum. Hoffentlich fiel niemand der Gäste darüber.

„Sie heißen jetzt Mrs Gunn?", fragte Barrington und wurde von der alten Lady auf einen Stuhl gedrückt. Sie setzte sofort den großen Wasserkessel auf und holte aus dem Regal eine geblümte Teekanne und eine Teedose. Sie stellte zwei Tassen auf den Holztisch in der Mitte der Küche und Zucker und Milch dazu.

„Wenn ich mich richtig erinnere, hattest du ständig Hunger", sagte sie und stellte noch einen Teller mit Ingwerkeksen auf den Tisch. Bis das Teewasser kochte, setzte sie sich zu Barrington.

„Der kleine freche Sidney Patrick Barrington Brandon. Was haben sich deine Eltern nur dabei gedacht? Ja, mein Name lautet jetzt Mrs Gunn. Wie würdest du das schreiben?", sagte die alte Dame und sah Barrington streng an.

Ohne nachzudenken, buchstabierte er das Wort Gunn. Erst dann bemerkte er, dass er ja gar nicht mehr in der Schule war. Diese Lehrerin hatte ihn immer gut im Griff gehabt. Aber sie war trotzdem damals sehr beliebt gewesen.

„Guter Junge", sagte sie. Der Wasserkessel summte. Die Dame stand auf, tat ein paar Löffel Tee in die Kanne und goss das Wasser dazu.

Sie hat es immer noch drauf, dachte Barrington grinsend. *Wenn ich das Rick erzähle.*

Sie goss Tee in zwei Becher, gab unaufgefordert Milch und Zucker dazu und setzte sich wieder.

„Du wohnst doch in St Applewood. Habe gehört, du hast einen Pub eröffnet. Warum möchtest du dann ein Zimmer bei mir mieten? Ich hätte eigentlich gedacht, aus dir wird ein passabler Automechaniker oder vielleicht, wenn man etwas Ausgefallenes mag, ein Pappnasenclown. Warst der Kasper der Klasse. Habe es nicht vergessen. Greif doch zu, siehst viel zu dünn aus. Musst mehr essen. Bekommst du in deinem Pub nichts? Oder kannst du nicht kochen? Ich war eine ganze Weile nicht hier, musst du wissen. Ich habe in Lintie gewohnt mit meinem seligen Hamish. Er war Taxifahrer. Hatte nie etwas mit Mathe am Hut. Darum habe ich seine

Bücher geführt. Er hat sich ständig zu Ungunsten des Finanzamtes verrechnet", sagte sie und zwinkerte Barrington verschwörerisch zu. Barrington holte Luft, um etwas zu sagen. Kam aber nicht dazu.

„Nun ist er bereits zwei Jahre nicht mehr bei mir. Das Herz, musst du wissen. Das Haus hier gehörte meinen Eltern, war ziemlich heruntergekommen. Nachdem mein lieber Hamish gestorben war, bin ich zurückgekommen und habe eine Frühstückspension daraus gemacht. Wie findest du das? Ist mir doch wirklich gelungen. Die geblümten Gardinen habe ich selbst geschneidert. Das sieht doch gut aus, oder? Ist ja alles viel zu teuer, wenn man es kaufen muss. Das habe ich mir geschenkt. Im Haus stand noch die alte Nähmaschine von meiner seligen Mutter. Obwohl, alles, was sie für mich genäht hatte, wie ein Kartoffelsack ausgesehen hat. Hab mir Stoff in Lintie gekauft. Die Verkäuferin wollte mir solchen neumodernen Kram aufschwatzen. Du weißt schon, wildgewordene Dreiecke und bunte Schlangen. Aber ich habe die guten alten Blümchen genommen. Tradition muss sein."

Barrington hoffte, dass er irgendwann noch zu Wort kommen würde.

Mrs Gunn trank einen Schluck Tee. Diese seltene Redepause musste er nutzen.

„Mrs Gunn, ich komme nicht, um ein Zimmer zu mieten. Ich interessiere mich für drei Ihrer Gäste. Sie haben vor ein paar Minuten das Haus verlassen. Was wissen Sie von den Herren?"

Die alte Dame winkte ab.

„Das sind keine Herren, mein Junge. Du musst

sie dir nur mal genau ansehen. Am nettesten ist immer noch der jüngere Mann. Aber auch der hat es faustdick hinter den Ohren. Sie wollten ihre Schuhe nicht ausziehen. Na, denen habe ich was erzählt."

Barrington konnte es sich gut ausmalen.

„Jedenfalls habe ich die Zimmer im Voraus bezahlen lassen und des Nachts schließe ich meins gut ab. Ich will ihnen nichts unterstellen, aber sie kommen mir sehr seltsam vor. Zum Angeln sind die wohl nicht hier."

„Haben sie das behauptet?", fragte Barrington.

„Ja sicher. Sind hier mit einer Menge Angelzeug angereist. Brandneu das Zeug. Weißt du, mein Hamish war Angler. Er kam meistens ohne einen noch so kleinen Fisch nach Hause, aber er kannte sich trotzdem damit aus. Und ich sehe genau, wenn mich jemand anlügt."

Auch das glaubte Barrington ihr aufs Wort.

„Was haben sie ausgefressen? Oder sind es etwa Freunde von dir?", fragte Mrs Gunn.

Barrington wollte die alte Dame auf keinen Fall beunruhigen. So wie er seine alte Lehrerin kannte, sollten lieber die drei Kerle beunruhigt sein. Man sah es ihr nicht an, aber sie konnte austeilen.

„Freunde sind es nicht. Wissen Sie, dass einer meiner Freunde verschwunden ist? Er ist noch ein Kind und ich mache mir Sorgen."

Mrs Gunn sah ihn traurig an.

„Aber ja. Davon habe ich natürlich gehört. Unser lieber Postbote, Mr Smith, hat mir alles bei einer guten Tasse Tee erzählt. Wie traurig."

Das durfte Selma Smith niemals erfahren, dass

ihr George, während er eigentlich Post austragen sollte, bei den Leuten Tee trank. Barrington würde es jedenfalls nicht verraten.

„Was machen diese Männer den gesamten Tag, wenn sie nicht angeln wollen?", fragte er die alte Dame.

„Na jedenfalls keine Fische fangen. Ist doch auch gar keine Saison. Aber ich habe ihnen das nicht gesagt. Ich kann Gäste brauchen. Vor allem in dieser Jahreszeit, wo noch keine Touristen hier sind. Komm, wir sehen uns ihre Zimmer an", sagte sie in verschwörerischem Tonfall, rieb sich erwartungsvoll die Hände, griff zu einem Schlüsselbund, der an einem Haken neben der Tür hing, und eilte Barrington bereits voraus.

Barrington riss die Augen weit auf. Das hätte er von seiner überkorrekten alten Lehrerin nicht erwartet. Er folgte ihr schnell.

Die beiden stiegen in die erste Etage hinauf und Mrs Gunn schloss die erste Tür rechts auf.

„Hier logiert der Kleinere mit dem verschlagenen Blick. Nun sieh dir den Boden an!", rief sie. „Der Mann kaut ständig auf irgendwelchen Nüssen herum und die Schalen lässt er einfach liegen. Eine Frechheit."

Barrington versuchte, die Schalen auf dem Boden nicht zu zertreten, sonst könnte der Mann bemerken, dass jemand in seinem Zimmer gewesen war. Er sah unter dem Bett nach und zog einen kleinen braunen Koffer hervor. Nachdem er ihn geöffnet hatte, sah er zerknitterte Hemden, Waschzeug und eine Schachtel. Es waren Patronen für einen Revolver darin. Er schloss den Koffer schnell und schob ihn zurück an seinen Platz. Mrs Gunn, die am Fenster hinter der Gardine stand und aufpasste, dass die Männer nicht plötzlich zurückkamen, musste davon nichts wissen. Das würde sie nur noch mehr beunruhigen.

Nachdem sie das Zimmer verlassen hatten und Mrs Gunn sorgfältig abgeschlossen hatte, sahen sie noch im nächsten Zimmer nach. Hier fand Barrington nur eine volle Schachtel Zigarren und an der Wand eine nagelneue Angel. Er konnte sich denken, wessen Zimmer das war.

Die Durchsuchung brachte nicht viel.

„Gehen wir, Mrs Gunn. Wir wollen das Schicksal nicht herausfordern." Sie nickte ihm verstehend zu.

Als sie an der Treppe nach unten standen, hörten sie ein Auto. Dann schlugen Autotüren zu.

Barrington und Mrs Gunn sahen sich panisch an.

Sie winkte ihm, ihr schnell zu folgen.

„Es gibt einen Hinterausgang. Den nimmst du, wenn du hörst, dass die Männer im Haus sind", flüsterte sie. Die beiden liefen die Treppe hinab. Barrington griff sich schnell seine Schuhe. Mrs Gunn zeigte ihm den Weg zur Hintertreppe. Er zog seine Schuhe an und wartete an der Tür nach draußen.

Mrs Gunn war inzwischen sicher wieder in ihrer Küche gelandet.

Barrington hörte die Vordertür auf und wieder zugehen. Gute alte Türen, die noch ordentlich knarrten, wenn man sie betätigte. Er bemerkte, dass sich die drei Männer stritten. Irgendetwas hatte einer der drei vergessen. Deshalb waren sie so schnell zurückgekommen.

Er öffnete die hintere Tür, lief an der Hinterseite vorbei in Richtung des Waldes, der sich auf beiden Seiten der Straße entlangzog. Nach ein paar Metern überquerte er die enge Hauptstraße. Er lief auf der anderen Seite wieder in den Wald. Zu seinem Wagen war es nicht weit. Als er wieder sicher in seinem Land Rover saß, atmete er auf. Er hoffte für Mrs Gunn, dass die drei Männer bald verschwinden würden. Es war viel zu gefährlich, dieses Trio zu beherbergen. Er nahm sich vor, ein Auge auf die Pension zu haben, bis die drei weg wären.

Am Abend versuchte Barrington sich auf seine Arbeit zu konzentrieren. Aber ständig wechselten seine Gedanken vom Cider zapfen zu Farlan.

Chadwick stand vor dem Tresen. Er half beim Abräumen der Tische und spülte Gläser ab.

„Das Glas ist aber schon lange voll, Barri", sagte er und wies mit der Hand auf die Pfütze, die immer größer wurde und sich ihren Weg vom Tresen auf den Boden bahnte. Barrington fluchte leise. Er griff zu einem Lappen und wischte alles sauber.

„Danke, alter Freund", sagte er und lächelte Chadwick an.

Die Tür zum Gastraum wurde von außen geöffnet und mit einem Schwall kalter Luft erschienen Constable McDonald, eine fremde Dame und Rick. Rick ließ die Tür offen stehen.

Chadwick wollte ihn schon darauf hinweisen, als ein weiterer Besucher hereinkam und die Tür hinter sich ordnungsgemäß schloss. DCI Baxter.

Ein interessanter Abend im Pub

Der Constable kam zum Tresen und sah aus wie frisch gebadet. Barrington bemerkte bereits aus einem halben Meter Entfernung ein etwas aufdringliches Parfüm. Sollte der Constable wirklich auf Freiersfüßen wandeln?

Die Dame neben ihm sah nett aus. Sie war etwa so groß wie der Polizist, hatte ein rundliches Gesicht und wundervolles dunkelbraunes Haar, das in weichen Wellen bis zur Schulter fiel. Sie trug ein grünes Kostüm und lächelte Barrington freundlich an.

„Darf ich vorstellen? Das ist Janet Grant", sagte der Constable und bekam rosa Wangen.

Barrington beruhigte sich. Vor diesem Treffen war er doch etwas nervös gewesen.

Er hatte gehofft, dass es eine nette Dame von der Behörde für Jugendschutz wäre, war aber ängstlich, dass McDonald eine strenge, gesetzestreue Beamtin mitbringen würde.

„Chadwick, kannst du kurze Zeit die Bedienung hier übernehmen?", fragte Barrington seinen alten

Freund. Dabei zapfte er ein Ale für den Constable und Cider für die Dame und Rick. DCI Baxter hatte einen Apfelsaft bestellt. Er stellte alles auf ein Tablett.

„Klar, kein Problem", sagte Chadwick, stellte sich hinter dem Tresen stolz in Position und raunte Barrington aufmunternd zu: „Viel Glück."

Alle setzten sich vor den großen Kamin, in dem ein wärmendes Feuer brannte. Die Abende waren immer noch frisch.

Als alle saßen, sah Barrington gespannt zu DCI Baxter.

„Was führt Sie zu uns, Sir?", fragte er.

„Davon später. Ich denke, die Dame hat vorerst etwas zu sagen. Ich hatte die Gelegenheit, auf der niedlichen kleinen Polizeiwache von St. Applewood mit ihr zu sprechen."

Constable McDonalds Augen weiteten sich.

„Eine niedliche Polizeiwache? Niedlich? Ich muss doch sehr bitten, Gavin!", rief der Constable beleidigt.

Gavin Baxter hob beide Hände und grinste breit.

„Du musst doch zugeben, dass sie niedlich ist. Dein Schreibtisch ist so groß wie eine Pralinenschachtel, der Tresen hat geradeso in den Raum gepasst und die Zimmerdecke hat dir schon einmal das Haar abrasiert. Eben niedlich, alter Freund."

Der Constable beruhigte sich. Baxter hatte ja recht. Aber er war nun einmal sehr stolz auf seine Polizeiwache und seinen Ort.

„Mr Brandon, wie alt, denken Sie, ist der Junge, über den wir reden wollen? Es macht einen Unterschied im Adoptionsrecht. Wenn der Junge bereits achtzehn Jahre alt wäre, würde er nicht mehr zur Adoption freigegeben werden. Das würde kein Gericht akzeptieren. Eine Erwachsenenadoption gibt es hierzulande nicht. Aber sicher geht es in dem Fall des Jungen nicht darum. Sonst wäre ich ja nicht hier", sagte Mrs Grant.

„Bitte nennen Sie mich Barrington. Der Junge hat mir gesagt, er wäre sechzehn. Ich denke, er ist jünger", sagte Barrington.

Sie lächelte verstehend. „Seien wir nicht so förmlich. Ich bin Miss Grant, aber Sie dürfen mich Janet nennen. Wir sind hier nicht auf der Behörde."

„Da kann ich vielleicht helfen", meldete sich DCI Baxter zu Wort. „Aus den Akten weiß ich, dass der Junge jetzt vierzehn Jahre alt ist. Als vor einigen Jahren seine Mutter verunglückte, kam die Akte auf meinen Tisch. Alles, was mit dem Namen Kidd zutun hat, kommt automatisch zu mir."

Janet Grant nickte verstehend.

„Gut, dann ist eine Pflegefamilie die beste Option. Das ist aufgrund seines Alters einfacher zu bewerkstelligen. Vor allem im Hinblick darauf, dass er keine Angehörigen mehr hat, dürfte das nur eine Formsache sein. Ich müsste natürlich vorher mit dem möglichen Paar reden."

Barrington war überrascht.

„Wieso sollte er keine Angehörigen haben? Ich dachte, dieser Corbie und seine Frau Isobel Kidd sind seine letzten Angehörigen", sagte er und sah die betretenen Gesichter der beiden Polizisten.

„Haben wir was verpasst? Ich war doch letztens

erst in diesem Pub *Black Crow* in Greenock und habe die beiden gesehen", stellte Rick überrascht fest und verriet natürlich den ungenehmigten Ausflug nach Greenock.

„Darüber sprechen wir ein anderes Mal, meine beiden Hobbydetektive!", rief Constable McDonald aufgebracht. Rick zog sofort den Kopf ein und nippte an seinem Ciderglas.

„Ist ja nichts passiert", murmelte er und bekam einen Knuff von Barrington.

„Corbie Kidd ist vor ein paar Tagen begraben worden. Ich bin zwar immer noch der Meinung, es war ein ungeklärter Todesfall, aber mein Chef denkt anders darüber. Er meinte, der Totenschein wurde von einem Arzt ausgestellt und fertig. Dieser Arzt ist aber nicht gerade eine Koryphäe auf seinem Gebiet. Und Isobel Kidd? Die ist ihm ziemlich schnell nachgefolgt.

Dieses Mal landete der Fall aber auf meinem Tisch. Sie wurde erdrosselt. Und wie es aussieht, auf sehr heimtückische Art mit ihrer eigenen Kette. Der Rechtsmediziner war sich aufgrund der Male am Hals sicher, dass es eine Art Kette gewesen sein muss. Ihr einziger Angestellter, der sogenannte Ducky, sagte aus, dass die Dame in den letzten Tagen eine dicke Brillantkette getragen hatte. Kurz nach dem Tod ihres Gatten trug sie plötzlich diese Kette, die nun verschwunden ist", sagte DCI Baxter.

„Raubmord?", fragte Barrington.

„Das wissen wir noch nicht. Der Pub ist geschlossen und Ducky hat sich davongemacht. Das hört sich vielleicht verdächtig an, aber ich glaube nicht, dass er die Frau erdrosselt hat. Er schien bei meiner Vernehmung aufgewühlt und den Tränen nah. Ich glaube, er hat sie vergöttert, auf seine kindliche Art."

Barrington dachte nach. Der Satz *die Kidds waren tot; damit wollen wir beginnen,* kam ihm urplötzlich in den Sinn. Er schüttelte den Kopf über seine dummen Assoziationen. *Marleys Geist, Ebenezer Scrooge* und *A Christmas Carol* passten hier nun wirklich nicht.

„Nun sind plötzlich die drei Gauner aus Ihrer Verbrecherkartei in St. Applewood aufgetaucht, Inspector Baxter", sagte er in die Runde.

Mark McDonald sah seinen Freund erstaunt an.

„Wo hast du sie gesehen?", fragte er Barrington.

„Eigentlich hat Rick sie zuerst gesehen. Sie liefen mitten in der Nacht durch den Ort. Ich habe herausbekommen, dass sie in der neuen Pension der Witwe Gunn abgestiegen sind. Ricky, das ist übrigens meine Lehrerin aus der ersten Klasse. Nette Person."

„Hätte ich mir denken können, dass du sofort dorthin fährst und nachsiehst, ob es was zu erfahren gibt", sagte McDonald. Er schüttelte den Kopf über so viel Übermut. „Hat dir das im letzten Jahr noch nicht gereicht?"

„Hier geht es um Farlan. Ich fühle mich verantwortlich und will ihm helfen."

„Wie geht es nun weiter, Gavin? Was wollen diese Typen hier? Suchen die auch nach Farlan?", fragte der Constable. „Ich kann mir irgendwie nicht vorstellen, dass sie nach ihm suchen. Die haben den

147

Jungen sicher nie kennengelernt, sie waren ja im Gefängnis. Er kann keine Gefahr für sie sein, oder?"

Die kleine Gesprächsgruppe verfiel in Schweigen. Barrington allerdings wusste, was er als Nächstes tun würde.

Wie man einen Jungen findet

Barrington saß am nächsten Morgen, wie nun schon so viele Tage vorher, allein in seiner Küche am Tisch, vor seiner Tasse Kaffee und sah aus dem hinteren Fenster in den Obstgarten.

Die ersten Knospen wuchsen an den Apfelbäumen, bereit aufzubrechen und Blüten hervorzubringen. Aber es war noch zu kalt dafür. Hoffentlich wurde es nicht wieder so kalt, dass die Blüten erfroren.

Der gestrige Abend war informativ gewesen. Eines der angenehmsten Ergebnisse war, dass Miss Janet Grant sich für eine Pflegestelle bei den Johns einsetzen würde, wenn es Zeit dafür wäre. Sie hatte gemeint, das sei der beste und schnellste Weg, um den Jungen unterzubringen. In den nächsten Tagen würde sie in den Ort zurückkommen und mit den Johns reden. Man müsse sich ein Bild machen, bevor man eine Empfehlung geben könne. Barringtons Eltern wären doch schon etwas zu alt, hatte sie vorsichtig erklärt. Sie wollte niemanden beleidigen, musste aber an das Beste für Farlan denken.

Er dachte über die vergangenen Tage nach. Alle im Ort wussten von Farlan, außer vielleicht Reverend Clement und seine Frau. Ansonsten hätte Barrington von Mrs Clement erneut Besuch erwarten müssen. Aber alle im Ort hielten sich zurück, die beiden zu informieren. Als hätte es eine geheime Absprache gegeben, nicht über Farlan zu reden. Noch nicht einmal in der christlichen Frauengruppe schien man darüber gesprochen zu haben. Die Schwestern Pullman hatten jedenfalls nichts gesagt. Obwohl die beiden zu gern jedem Tratsch nachgingen. Schließlich zählten sie auf Barringtons Verschwiegenheit in Bezug auf ihren Sherrykonsum.

Und der gute Postbote Mr Smith war in diesem Fall ebenfalls verschwiegen. Er hatte keine guten Erfahrungen mit der Pfarrersfrau, Mrs Clement, gemacht. Immer, wenn er Post zum Pfarrhaus bringen musste, hielt die Dame ihn fest und redete auf ihn ein. Sie hielt ihm ständig Vorträge über Abstinenz und den lieben Gott. Dabei war in Gottesangelegenheiten doch ihr Mann zuständig.

Und Mr Smith war nun wirklich kein großer Trinker. Höchstens am Hogmanay-Tag trank er etwas mehr. Nur weil er ein einziges Mal einen Schluck zu viel hatte und im Kirchenchor das falsche Lied gesungen hatte, redete sie unaufgefordert auf ihn ein.

Anstatt des traditionellen Kirchenliedes hatte er *Molly Malone,* ein Lied aus seiner irischen Heimat, zu Gehör gebracht. Er hätte nie gedacht, dass das Gesicht von Pfarrersfrau Clement so einen tiefen

Rotton annehmen könnte. Er hatte damals den Eindruck gehabt, als wären kleine Rauchwolken aus ihrer Nase gekommen. Seit diesem Tag war Mr Smith kein Mitglied im Kirchenchor mehr. Böse war er deshalb nicht gewesen, erinnerte sich Barrington. Er ärgerte sich höchstens, dass er nicht schon eher falsch gesungen hatte.

Seine Gedanken waren abgeschweift.

Er kam auf das Thema zurück. Wo hatte er noch nicht gesucht? Das fragte sich Barrington an diesem Morgen. Was hatte er übersehen? Hatte er eine wichtige Äußerung überhört, die einen Hinweis auf den Aufenthaltsort des Jungen geben konnte? Farlan musste im Ort einen Mitverschwörer haben.

Barrington ging nochmals alle seine Nachforschungen in Gedanken durch.

Am Ende kam er zu dem Schluss, dass nur drei Orte noch nicht von ihm genug Beachtung erfahren hatten.

Da war erstens das Cottage von Chadwick. Er hatte eigentlich nur sein Wort. Er hatte ihm versichert, die Augen aufzuhalten. Und er hatte ihm mehrmals gesagt, Barrington solle dem Jungen nicht böse sein. Er würde doch wissen, dass Farlan ihn mag. Nun erschien ihm das mit einem Mal verdächtig.

Außerdem kam Chadwick in letzter Zeit immer sehr spät in den Pub. Ansonsten konnte man nach ihm die Uhr stellen. Punkt siebzehn Uhr war er da und trank sein Ale. Seit er von Barrington einen kleinen Lohn erhielt, kam er auch am Vormittag und half bei kleineren Arbeiten. Im Moment erschien er

151

nur gegen Abend. Das war seltsam.

Bevor er weiter Theorien durcharbeiten wollte, stand er auf und schenkte sich Kaffee nach. Er trank einen Schluck und verzog den Mund angewidert.

Kalter Kaffee sollte angeblich schön machen. Davon war er nicht überzeugt. Der überaus bittere Geschmack seines kalten Kaffees bescherte ihm höchstens noch ein paar mehr Falten im Gesicht.

Barrington setzte sich wieder und überlegte weiter. Die alte Chervil fiel ihm ein. Er hatte sie seit Farlans Verschwinden mehrmals getroffen.

Beim ersten Mal hatte sie etwas von einem neuen Hühnchen gefaselt und sich natürlich wieder über ihn lustig gemacht. Beim zweiten Treffen im Laden von Selma Smith hatte sie eine Menge Dinge zu verkaufen gehabt, unter anderem Seife, was Selma Smith erstaunt zu haben schien. Im Gegenzug hatte sie eine Menge Lebensmittel mitnehmen wollen. Er hatte gehört, wie Selma gesagt hatte, es wäre dieses Mal sehr viel, was sie an Lebensmitteln benötigen würde. Er hatte zu diesem Zeitpunkt nicht weiter darüber nachgedacht.

Richard Tabbs, der Maler. Ihm würde Barrington am ehesten zutrauen, den Jungen zu verstecken und niemandem davon zu erzählen. Er fiel nicht auf, war die meiste Zeit in seinem Atelier und galt in St. Applewood als Eigenbrötler.

Aber hätte dann nicht Barringtons Cousin, Fenton John, schon etwas bemerkt und Barrington informiert? Er war in jeder Woche mehrmals bei dem Maler und lernte malen.

Die beiden Cousins verstanden sich sehr gut und

dass Fenton nicht Bauer wie sein Vater, sondern Maler werden wollte, wusste außer Richard Tabbs eigentlich nur Barrington. Würde sein Cousin so etwas vor ihm verheimlichen? Oder wusste er ganz genau, dass Barrington sein Geheimnis niemals verraten würde?

Außerdem hatte Barrington den Kater in der Nähe des Flusses gesehen. Nicht weit vom Haus des Malers entfernt.

Er schüttete den Rest des Kaffees in den Ausguss, schon wieder, griff sich seine Jacke und öffnete die Tür zum Obstgarten. Dann ging er noch kurz zurück zum Kühlschrank, nahm einen Hering von einem Teller und wickelte ihn in ein Stück Papier ein. Vielleicht würde man einen Köder brauchen. Heringen konnte der Kater nicht widerstehen.

Einen Moment überlegte er, ob er die Tür abschließen oder offen lassen sollte. Er entschied sich für das Abschließen. Seit diese drei Kerle aufgetaucht waren, wollte er kein Risiko eingehen.

Er ging zum Vorplatz vor dem Pub. Der Land Rover war zu auffällig. Diese Erkundung musste leise und unauffällig passieren. Also stapfte er los. Sein erstes Ziel war das kleine Cottage von Chadwick, das, eingeklemmt zwischen zwei Häusern, etwa hundert Meter vom River Willow entfernt stand.

Der kleine Vorgarten des Hauses sah genauso trostlos aus wie die Gärten ringsum. Es wurde wirklich Zeit, dass es wärmer wurde.

Barrington ging durch einen schmalen Gang um das Haus herum zur Hintertür. Er hoffte, damit zu vermeiden, dass man ihn zu früh bemerkte. Er hatte Glück. Die Hintertür war offen. Chadwick fegte in seiner winzigen Küche den Boden. Als er Barrington bemerkte, bekam er einen furchtbaren Schreck.

„Willst du mich umbringen? Warum klopfst du nicht an der Vordertür? Das kannst du mit einem alten Mann nicht machen", schimpfte Chadwick und hob seinen Besen vom Boden auf. Er war ihm aus der Hand gefallen.

Barrington sah ihn nachdenklich an.

„Entschuldige, ich weiß einfach nicht weiter. Ich dachte, Farlan wäre vielleicht bei dir untergekrochen. Er hat sich mit dir sehr gut verstanden." Er hatte ein schlechtes Gewissen, dass er den alten Herrn einer Lüge bezichtigte.

„Verstehe ich. Du kannst das gesamte Haus durchsuchen, wenn du mir nicht glauben willst. Ich hätte dem Jungen sofort geholfen, wenn er zu mir gekommen wäre. Aber er hat zu uns beiden wohl nicht genug Vertrauen gehabt oder er wollte uns ebenfalls schützen. Hast du daran einmal gedacht?", sagte Chadwick.

„Das ist richtig. Daran hatte ich schon gedacht. Aber nun liegen die Dinge etwas anders. Vor den Kidds muss Farlan keine Angst mehr haben. Gestern Abend hat mir Detective Inspector Baxter aus Glasgow mitgeteilt, dass das Ehepaar Kidd das Zeitliche gesegnet hat. Zumindest einer der Fälle ist ein Mordfall."

Chadwick stellte seinen Besen an die Wand.

„Ist nicht wahr!", rief er. „Das sind für Farlan gute Nachrichten. Auch wenn es schlimm ist, dass ein Mensch auf diese schreckliche Weise sein Leben verliert."

„Ich denke nicht, dass Farlan sehr traurig sein wird. Die beiden waren keine guten Ersatzeltern für ihn. Ich könnte mir sogar vorstellen, dass es zu Gewalt gegen ihn gekommen ist. Er ist besser ohne sie dran. Nun müsste er sich nicht mehr verstecken und deshalb wage ich eine weitere Suchaktion."

„Soll ich dir helfen?", fragte Chadwick. „Wo willst du noch nachsehen?"

Barrington schüttelte den Kopf.

„Das ist nett. Aber ich denke, es ist besser, wenn ich allein suche. Als Nächstes schleiche ich mich an das Haus vom Maler an. Danach habe ich vor, wenn ich ihn bei Richard Tabbs nicht gefunden habe, in den Wald zu unserer ortseigenen Kräuterhexe zu gehen. Sie hat da letztens etwas gesagt, was mir komisch erschienen ist."

Chadwick musste grinsen.

„Was dir komisch erschienen ist? Was die Alte loslässt, ist alles komisch. Sie versucht doch, jeden mit ihren hauseigenen Flüchen einzuschüchtern. Neulich wollte sie dem kleinen Timmy aus Nummer dreizehn eine Warze auf die Stupsnase fluchen. Der Bengel hatte ihr einen Schneeball hinterhergeworfen. Der konnte plötzlich rennen, sage ich dir. Er hat tagelang rumgeheult. Ich habe es bis in mein Wohnzimmer gehört. Es kam keine Warze, aber die Angst, die er hatte, wird ihn davon abhalten, so etwas wieder zu tun."

„Du scheinst den Jungen nicht zu mögen", sagte Barrington.

„Freches, kleines Kerlchen, sage ich dir. Seine Mutter ist nicht zu beneiden. Der Junge hat mir schon manchmal einen Streich gespielt. Aber das waren alles harmlose Sachen."

Barrington winkte ihm mit der Hand und ging.

„Bis heute Abend, Barri!", rief ihm Chadwick nach. Er schüttelte den Kopf. Es ging ihm im Moment nicht gut. Die alten Beine wollten nicht mehr so. Aber das würde er Barrington auf keinen Fall sagen. Barri hatte genug Sorgen.

Chadwick sah zum Himmel hinauf. „Und du bist natürlich wie immer auch keine Hilfe!"

Barrington näherte sich nach zehn Minuten dem Cottage des Malers. Er war zuerst am Fluss entlanggegangen. Dann ging er weiter links durch dichtes Buschwerk. Es war nicht angenehm, aber so konnte er vermeiden, dass Richard Tabbs ihn sehen würde.

Als er näher kam, sah er den Maler mit seiner Staffelei am Ufer des Flusses stehen. Er schien hochkonzentriert und malte sicher noch an seiner Flusslandschaft.

Barrington machte es genau wie bei Chadwick und ging zur Hintertür. Sie war nicht abgeschlossen. Leise betrat er das Cottage. Es roch nach Ölfarbe und Verdünnung.

Überall an den Wänden des winzigen Flurs standen fertige und halbfertige Leinwände, meistens mit Motiven aus der Umgebung von St. Applewood.

Im Wohnzimmer hing über dem Kamin ein interessantes Bild. Das musste neu sein. Er hatte es noch nicht gesehen. Das Gemälde stellte das Woodlandanwesen im Licht des Mondes dar. Es war eine wunderschöne Komposition. Barrington nickte anerkennend mit seinem Kopf.

Aber deshalb war er nicht hier.

Er ging zur Treppe und nach oben. Es gab ein Bad und zwei Schlafzimmer. Niemand war hier oben. Fehlanzeige.

Als er wieder nach unten kam, sah er durch das Wohnzimmerfenster, dass Richard immer noch malte. Es erschien ihm falsch, einfach wieder zu verschwinden. Also ging er durch die hintere Tür wieder nach draußen und schlenderte zum Fluss und zu dem Maler.

Richard ließ sich nicht stören. Er malte gerade an den Steinen im Flussbett.

„Na, Barri, zufrieden? Hast du den Jungen in meinem Haus gefunden?", fragte er, ohne aufzusehen.

„Woher weißt du das nun wieder?", fragte Barrington. „Es tut mir so leid, dass ich dir nicht vertraut habe. Bitte sei mir nicht böse."

Richard drehte sich zu ihm um und lächelte.

„Vergiss es. Ich verstehe dich sehr gut. Aber ich habe ihn wirklich nicht gesehen. Nun lass mich weitermalen, das Bild muss fertig werden. Ist eine Auftragsarbeit."

Barrington hatte sich schon weggedreht, als ihm noch etwas einfiel. „Das Bild im Wohnzimmer, Woodland Manor im Mondschein, das ist wunderschön. Würdest du es verkaufen?"

„Da musst du deinen Cousin fragen. Er hat es gemalt", sagte der Maler schmunzelnd.

Barrington war einen Moment sprachlos. Dann

157

hatte sein Cousin wohl wirklich seine Bestimmung gefunden. Er sollte das Bild seinen Eltern zeigen. Dann würde selbst Onkel John nicht mehr schimpfen, wenn er die Wahrheit erfahren würde.

Barrington machte sich auf den Weg zurück zur Brücke über den *River Willow*. Es gab nur diesen Weg auf die andere Seite.

Seit Jahren stritten die zuständigen Behörden mit den Bewohnern von St. Applewood wegen des Baus einer zweiten Brücke. Sie sollte in Richtung Brams gebaut werden, lag aber noch auf dem Ortsgebiet von St. Applewood. Es ging im Grunde genommen um einen Stein. Einen sehr großen Stein. Er war, wie man so schön sagte, der Stein des Anstoßes.

Nach Meinung der Bewohner lebten dort Feen und mit denen wollte man es sich nicht verderben. Auch als die Baufirma meinte, man könne um den Stein großzügig drumherum bauen, war man in St. Applewood nicht zufrieden. Denn dort stand dann auch noch ein uralter sogenannter Feenbaum. Aus dem Holz von Feenbäumen wurden, nach Ansicht der Bewohner, früher Zauberstäbe geschnitzt. Wenn man ihn fällen würde, würde das unweigerlich Unglück über die Bewohner bringen.

Schafe würden nicht geboren werden, Häuser einstürzen und Kinder zu Schaden kommen. Man meinte sogar, dass das Bier in den Fässern ungenießbar werden würde. Und das ging nun wirklich zu weit.

Die größte Verfechterin war damals Miss Chervil gewesen. Wer sonst hatte direkten Zugang zum Feenvolk? Sie war eines Tages mit ein paar

Getreuen nach Lintie gefahren und sie hatten mit Transparenten, auf denen stand, rettet das Feenvolk, vor der Verwaltung der Grafschaft demonstriert.

Barrington dachte, während er auf dem Weg zu Miss Chervils Cottage war, über die Dorfbewohner nach. Sie konnten schon ein streitbares Völkchen sein.

Aber die Umbenennung des *Loch Tummel* hatten sie nicht verhindern können. Die Verwaltung hatte den Süßwassersee, an dem der kleine Barrington so oft mit seinem Vater zum Angeln gewesen war, ohne zu fragen in *Loch Whistler* umbenannt. Nur weil es in Schottland noch einen See mit dem Namen *Tummel* gab. Barrington fand den neuen Namen passend, denn an den Ufern des Sees brütete in jedem Jahr der seltene blau-weiß gestreifte *Whistling-Thistlefinch* und diese Finkenart war nun einmal für ihr durchdringendes Pfeifkonzert bekannt.

Er war an Woodland Manor vorbeigegangen, ohne jemanden auf dem Gelände zu sehen. Nun näherte er sich dem Waldweg, der zum Cottage der Kräuterfrau führte. Der Wald wurde nach ein paar Metern dicht und fast undurchdringlich. Viscount Moorland war ein Verfechter der naturbelassenen Wälder. Ein guter Nebeneffekt war, dass man hier keine Fuchsjagden veranstalten konnte. Das Unterholz war dicht und kaum geschaffen für Reiter und Hundemeute.

Der Waldweg wurde schmaler. Heute Morgen hatte es geregnet und auf dem Weg standen Pfützen. Barrington versuchte sie zu umgehen, was ihm nicht immer gelang. Darum ging er eine Weile neben dem

Weg zwischen den Bäumen hindurch und schob sich an dichtem Buschwerk vorbei. Wahrscheinlich hätte er andernfalls das seltsame Paket übersehen, das hinter einem der Büsche lag. Es war unförmig und groß.

Er hatte zwar einen Auftrag, aber seine Neugier siegte. Er krabbelte in das Buschwerk und zog das Paket heraus. Es fühlte sich weich an. Als es auf dem Waldweg lag, wurde er blass. Die Form ähnelte einem Menschen, den man, eingewickelt und verschnürt in eine alte Pferdedecke, hier abgelegt hatte. Es roch nach Verwesung. Barrington wurde furchtbar schlecht. Er begann zu zittern. Tränen liefen aus seinen Augen.

Könnte das Farlan sein? Lag er hier vielleicht schon seit vielen Tagen? Hatte Isobel Kidd doch die drei Männer geschickt, um Farlan auszuschalten?

Er fingerte an der Verschnürung herum, bekam aber vor Nervosität die komplizierten Knoten nicht auf. Schließlich setzte er sich neben das Paket in das Gras und begann unkontrolliert zu weinen.

„Was tust du hier, Junge?", fragte jemand leise.

Barrington blickte auf und sah in das milde, lächelnde Gesicht von Miss Chervil.

Ohne ein Wort zu sagen, wies er mit seiner zitternden Hand auf das Paket.

„Was ist das denn? Wo hast du es gefunden?", fragte sie. Barrington wies hinter sich auf den Busch.

Miss Chervil setzte sich neben Barrington und legte ihm die Hand auf die Schulter. So einfühlsam kannte Barrington die Kräuterfrau nicht.

„Nun beruhige dich mal. Du denkst, der Junge ist da drin, oder?“, fragte sie. Barrington nickte.

„Da müssen wir wohl den Constable rufen. Aber vorher kommst du mit in mein Cottage und trinkst eine gute Tasse Kräutertee. Das wird dich beruhigen. Na, komm schon, steh auf, lass eine alte Frau nicht warten. Das Ding ist nachher auch noch da. Das kann nicht mehr weglaufen. Vielleicht hat ein mieser Mensch einen Tierkadaver abgelegt. Und du denkst nur, es wäre eine menschliche Leiche.“

Barrington liefen sofort erneut Tränen über das Gesicht. Wie konnte sie nur Farlan als Ding bezeichnen? Er war fest davon überzeugt, dass der Junge dort lag.

Das würden seine Mörder bereuen. Das schwor sich Barrington in diesem Moment.

Aber er stand auf und ließ sich bereitwillig von der Kräuterfrau mitziehen. Weg von dem Paket, das wohl mal ein Mensch gewesen war.

Er war sich sicher, dass er die Tatsache, dem Jungen nicht geholfen zu haben, niemals verkraften würde. Wo hatte er versagt? An welchem Punkt war die Sache aus dem Ruder gelaufen?

Er hätte viel mehr tun sollen.

Tee bei einer netten Hexe

Nach ungefähr fünf Minuten hatten die beiden das Cottage erreicht. Der helle Außenanstrich war etwas in die Jahre gekommen, hatte schon eher einen grünlichen Farbton angenommen und passte sich wohl langsam dem Wald ringsum an. Das Dach war mit flauschigem Moos übersät. Die kleinen Fenster und die niedrige Eingangstür waren ebenfalls grün gestrichen. Irgendwann würde das Cottage mit dem Wald verschmolzen sein und niemand würde es mehr finden können. Vielleicht war das die Absicht von Miss Chervil.

Eine Besonderheit hatte das Haus. Ein rundes Türmchen überragte das Vorderhaus und hatte ein Dach, das man ruhigen Gewissens mit einem dieser Hexenhüte zu Halloween vergleichen konnte. Die Spitze neigte sich wie bei diesen Hüten leicht zur Seite.

Vor dem Haus gab es einen von einer Bruchsteinmauer umschlossenen Gemüsegarten.

Im Moment wirkte er noch ziemlich trist. Bis auf

ein paar Kohlstauden war alles abgeerntet.

Miss Chervil öffnete die Haustür und trat ein. Barrington folgte ihr traurig.

„Jetzt setzt du dich hin und trinkst Tee mit uns", sagte sie und griff nach einer Teekanne, die bereits auf dem kleinen Tisch vor dem prasselnden Kaminfeuer stand. Daneben sah Barrington auf einem Holztablett, das wohl aus einem Stück Rinde gemacht worden war, zwei Tassen sowie Zuckerdose und Milchkännchen.

„Haben Sie mich erwartet?", fragte Barrington und wies auf das Tablett. Vielleicht hatte sich die alte Dame auch ein imaginäres weißes Kaninchen als Freund zugelegt, mit dem sie Tee trank.

Wenn man so allein über viele Jahre in diesem abgelegenen Haus wohnte, war es wohl erlaubt, etwas verrückt zu sein und sich einen Kameraden zum Reden zuzulegen. Es könnte in ihren Gedanken durchaus ein großes weißes Kaninchen oder ein Rieseneichhörnchen sein. Warum nicht?

„Dummer Junge", sagte die alte Dame lächelnd. „Alle denken, ich sei etwas plemplem im Kopf. Aber das ist nicht so. Der Schein trügt wie so oft."

Durch die offene Küchentür stolzierte Rufus herein. So als ob es das Normalste von der Welt wäre. Barrington sah den Kater überrascht an.

„Nun hör, auf dich zu schämen!", rief Miss Chervil. „Komm endlich raus! Damit dieser Mensch hier aufhört, wie der Schlosshund von Baskerville zu heulen!"

In der Tür zur Küche erschien das blasse Gesicht von Farlan. Wahrscheinlich dachte er, dass sein

Freund nun schimpfen würde. Aber da irrte er sich gewaltig. Barrington sprang auf, wischte sich die letzten Tränen aus den Augen und stürmte auf den Jungen zu. Er umarmte ihn und klopfte ihm auf den Rücken.

„Farlan, mein Junge, endlich habe ich dich gefunden. Was machst du denn nur für Sachen. Ich bin so froh, dass du nicht schon in London bist!", sagte er und strahlte vor Freude.

„London?", fragte Farlan. „Was soll ich denn in London?"

„Ach, vergiss das. Maureen vermutete so etwas in der Art. Aber ich hatte immer das Gefühl, dass du noch in der Gegend bist. Als ich vor ein paar Tagen Rufus gesehen habe, war ich sicher."

Farlan warf dem Kater einen bösen Blick zu.

„Du alter Rumtreiber!"

Der Kater putzte sich nur sein Fell und dachte nicht daran, zuzuhören. Das betraf ihn auf keinen Fall.

Außerdem gab es wichtigere Dinge, denen ein Kater nachgehen musste. Es duftete nach seinem Lieblingsessen.

Miss Chervil hatte sich in ihren Sessel gesetzt, der mehr bunte Flicken aufwies als eine Patchworkdecke.

„Setzt euch endlich, sonst kann ich sehr ungemütlich werden!", rief sie den beiden zu. Sie ließen sich sofort nieder. Farlan nahm auf dem Boden Platz, da es nur noch einen Stuhl im Zimmer gab. Dann sprang er wieder auf und schenkte Tee ein. Er gab zuerst Miss Chervil eine Tasse mit viel

Zucker und Milch. Sie nickte zufrieden.

Nachdem Barrington seine Tasse hatte, begann sie zu erzählen.

„Ich hatte dir doch gesagt, ich hätte ein neues Hühnchen. Hast mal wieder nicht richtig zugehört, Dummkopf. Jedenfalls lief es so ab. Ich war in meinem Wald unterwegs und da fand ich das Bürschchen. Lag einfach so auf dem nackten Waldboden und schnarchte. Der Kater lag zwar auf der Lauer und fixierte mich ordentlich, aber ich kann gut mit Katzen, musst du wissen."

Das glaubte ihr Barrington aufs Wort.

„Hab mich neben ihn gesetzt und eine Weile zugesehen, wie sein Mund offenstand. Es hätte eine ganze Käferfamilie einziehen können. Dann habe ich ihn geweckt und seine Hand festgehalten. Sonst wäre er weggelaufen."

„Du glaubst ja gar nicht, wie viel Kraft Miss Chervil hat. Das traut man ihr nicht zu", warf Farlan dazwischen und bekam einen bösen Blick von ihr. Er verstummte sofort.

„Ich habe ihn mitgenommen und er hat mir die ganze Geschichte erzählt. Schlimme Sachen sind da passiert in Greenock, Barrington. Das muss er dir selbst erzählen. Ich habe ihn mit einem hübschen, kleinen Fluch hier festgehalten. Du kennst das ja, Barri. Cleveres Kerlchen, dein Freund Farlan, er hat mir geholfen, Seife herzustellen. Er hat gute Ideen. Ich habe mir schon gedacht, dass dir das mit der Seife aufgefallen war."

Barrington war nur glücklich, dass dem Jungen nichts passiert war. Er erzählte den beiden, dass von

Seiten des Ehepaars Kidd keine Gefahr mehr bestehen würde. Die Sache mit der Pflegefamilie behielt er für sich. Das hatte Zeit.

„Wir müssen den Constable verständigen."

Farlan sah Barrington sofort verwirrt an.

„Es geht nicht um dich, Junge. Keine Angst. Der Constable ist eingeweiht. Ich habe da etwas im Wald gefunden. Wer mag der Tote sein?"

„Na, ich habe niemandem einen Todesfluch angehext und ich habe in letzter Zeit keine Menschenseele im Wald gesehen. Ich denke immer noch, dass jemand ein totes Tier entsorgt hat. Die Menschen können gemein sein. Das muss nachts passiert sein. Auch Hexen müssen schlafen. Aber ich habe kein Telefon. Du musst zu Fuß Hilfe holen gehen."

Rufus hatte sich ganz unauffällig immer näher an Barrington herangeschlichen. Nun begann er mit einer der Pfoten an dessen Jackentasche zu klopfen.

„Was soll das denn, Rufus?", fragte Farlan.

Barrington griff in seine Tasche, holte den eingewickelten Hering heraus und legte ihn im Papier vor dem Kater ab.

„Lass es dir schmecken", sagte er und strich leicht über den Kopf des Tieres. „Ich hatte es als Köder für Rufus gedacht. Dann gehe ich jetzt und benachrichtige den Constable." Er stand auf.

„Du bleibst erst einmal hier, Farlan. Ich möchte nicht, dass du der Polizei in die Arme läufst. Sicher ruft McDonald Polizei und Spurensicherung aus Lintie an. Und mit Inspector Marlow ist nicht gut Kirschen essen, seit ich ihm im letzten Jahr dazwischengefunkt habe. Ich werde versuchen, dich und

Miss Chervil aus der Sache rauszuhalten."

Die Kräuterfrau nickte.

„Braver Junge."

Seit einer Stunde wimmelte es im Wald hinter dem Herrenhaus von Polizei und Spurensicherung. Inspector Marlow, wie erwartet nicht sehr erfreut, schon wieder nach St. Applewood gerufen zu werden, stand vor dem Paket und beobachtete den Rechtsmediziner Dr. Jonathan Wallace bei seiner Arbeit. Der gute Doktor sah aus, als wäre er auf dem Weg in die Oper. Auch diese Tatsache war allgemein bekannt. Er würde durchaus sehr gut in die viktorianische Zeit passen mit seinem Zylinder, den schwarzen Lackschuhen und seinem feinen Anzug.

Etwas entfernt, hinter dem Absperrband, standen Barrington, Constable True und McDonald. Der Constable nahm die Aussage auf und unterhielt sich mit Barrington. Sie war sehr nett. Barrington kannte sie bereits von dem letzten Mordfall.

Endlich hatte ein Mitarbeiter des Doktors die komplizierten Knoten des Seils aufbekommen, die um die Decke und den Körper darin gewickelt worden waren.

Barrington verrenkte sich fast den Hals. Wer würde da zum Vorschein kommen?

Vorsichtig ließ Dr. Wallace die Decke entfernen. Es durften keinerlei Spuren verwischt werden. Er hatte sich, entgegen der Handlungsweise vieler seiner Kollegen, zur Routine gemacht, OP-Handschuhe zu tragen und verlangte das natürlich auch von seinen Mitarbeitern.

Nach einer Minute lag der Körper auf dem Waldweg und man sah, dass es sich um einen Mann handelte. Barrington wusste, wer das war.

„Das ist einer der drei Männer, die in der Pension der Mrs Gunn abgestiegen sind. Der Mann war neulich bei mir und hat nach Arbeit gefragt. Richard Prescott hat die drei Männer in Greenock in dem Pub von Corbie Kidd gesehen", raunte er leise Constable McDonald zu. Constable True hatte ihre Befragung vor einer Minute beendet und war zum Tatort gegangen. McDonald nickte Barrington verstehend zu und bückte sich unter dem Absperrband hindurch.

Er ging zu Inspector Marlow und informierte ihn, dass ihm der Tote bekannt war. Außerdem informierte er über die Verbindung zur Polizei Glasgow, wo der Mann in der Verbrecherkartei zu finden war. Barrington erwähnte er lieber nicht. Der Inspector war nicht gut auf ihn zu sprechen.

„Was können Sie mir sagen, Dr. Wallace? Erste Erkenntnisse?", fragte der Inspector.

„*Mors per strangulavit*, mein guter Marlow."

„Verständlich, wenn ich bitten darf!", rief Marlow genervt.

„Strangulation. Es hat ihn kalt erwischt. Wurde wahrscheinlich, aufgrund der Spur am Hals, von hinten angegriffen. Mehr, wenn ich ihn in meinem Wohnzimmer habe. Die Decke, in die er eingewickelt war wie ein Weihnachtspaket, ist nichts Besonderes. Die gibt es hier auf jedem Bauernhof. Eine Pferdedecke. Das Seil ist auch nichts Ausgefallenes", sagte der Rechtsmediziner und wollte sich totlachen. Er gab seinen Kollegen ein Handzeichen, dass sie die Leiche fortschaffen könnten. Dann nahm er seine Tasche und ging in Richtung des Absperrbandes.

„Barrington, wie schön, Sie zu sehen. Dann wird ja der Fall auf jeden Fall gelöst!", rief er und handelte sich einen bösen Blick von Marlow ein.

Der Doktor nahm kurz seinen Zylinder ab, bückte sich unter dem Band hindurch und zwinkerte Barrington zu. Dann ging er zu seinem Wagen.

„Er ärgert ihn unglaublich gern", flüsterte Constable True, die sich wieder zu Barrington gesellt hatte. Barrington grinste.

„Kann ich dann gehen? Es ist schon fast Mittag und ich muss zu meinem Pub zurück", sagte er.

In diesem Moment kam der Inspector auf ihn zu.

„Was hatten Sie hier im Wald zu suchen? Langsam entwickeln Sie sich zum Leichenspürhund! Ich werde in den nächsten Tagen nochmals auf Sie zukommen. Darauf können Sie sich verlassen!", rief er. „Constable True, gehen Sie zu diesem Waldhaus und befragen Sie die alte Frau, von der Constable McDonald erzählt hat."

„Ist sie denn verdächtig? Meinen Sie, eine alte Frau könnte einen Mann wie den erdrosseln?", fragte die Polizistin und wies mit ihrer Hand auf die Leiche, die gerade in einem Sack an ihnen vorbeigetragen wurde.

„Natürlich nicht. Aber wir müssen sie trotzdem befragen, ob sie etwas gesehen hat. Also los", sagte der Inspector. „Mr Brandon, Sie können vorerst gehen. Ich fahre zum Herrenhaus und befrage die

Bewohner." Barrington hoffte, dass niemand Farlan entdecken würde. Aber Miss Chervil würde auf ihn aufpassen. Sie war clever.

Und so hatte sich Billy Pew von dieser Welt verabschiedet. Was er im Wald verloren hatte, war Barrington noch nicht klar. Warum waren diese Männer immer noch hinter Farlan her? Er konnte sich das nicht erklären. Durch den Tod des Ehepaars Kidd hatte sich doch alles erledigt. Oder hatte Barrington etwas übersehen, was überhaupt nicht mit dem Jungen zusammenhing? War es vielleicht nur ein dummer Zufall, dass der Tote in der Nähe von Farlans Unterschlupf entdeckt worden war?

Barrington dachte an Maureen Hastings. Inspector Marlow war nicht für seine Einfühlsamkeit bekannt. Hoffentlich setzte er die Arme nicht zu sehr unter Druck. Obwohl, so, wie er Maureen kannte, konnte sie auch austeilen, wenn jemand ihr dumm kam.

Im Moment war sie allerdings etwas mitgenommen durch die Probleme mit ihrem Onkel Millweard. Barrington sollte sich wirklich um diese Sache etwas intensiver kümmern. Das war er Maureen schuldig. Sie half immer, wenn es darauf ankam.

Jetzt musste er erst einmal in seinen Pub. Vielleicht konnte Chadwick heute Abend wieder kurz den Ausschank übernehmen. Dann könnte er das Woodland-Manor-Problem etwas genauer betrachten.

Vorerst würde er nichts über Farlans Aufenthalt verlauten lassen. Obwohl ihm Rick und Chadwick sicher die Hölle heiß machen würden, weil er sie nicht eingeweiht hatte. Barrington musste es riskieren.

In der Pension *Ben Tee* spielten sich dagegen andere Szenen ab. Jimmy Silver hing mit einer Tasse Tee in der Hand seinen Gedanken nach. Alkohol schenkte die Pensionswirtin nicht aus. Sie hatte ihre Gäste auf den nahen Pub hingewiesen. Dort würden sie genug für ihren Geschmack finden.

Patty Boyle dagegen lief im Salon der Witwe Gunn auf und ab und schimpfte vor sich hin. Dabei flogen Nussschalen aus seiner Tüte, die er wie immer in der Hand trug, auf den Teppich.

Der Fall des toten Billy Pew hatte sich in Windeseile im Dorf herumgesprochen. Der Postbote hatte vor ein paar Minuten Mrs Gunn davon unterrichtet, dass sie nun einen zahlenden Gast weniger hatte.

„Wer zur Hölle hat das Billy angetan? Ich bringe ihn um! Das läuft ja alles wunderbar nach Plan! Deinem Plan, Jimmy. Du Versager!", rief Patty aufgebracht.

„Könntest du leiser reden und dich mal beruhigen? Und höre mit diesen Nüssen auf. Das nervt mich. Wie hätte ich das voraussehen sollen? Wir kommen schon noch dazu, den Plan auszuführen. Lass mich nur machen", sagte er und stellte angewidert die Teetasse auf den Tisch zurück.

„Tee kochen hat die Alte nie gelernt. Ich sitze hier nicht weiter rum. Besuchen wir doch heute Abend den Pub im Ort."

Patty nickte ihm grinsend zu. Die Aussicht auf

einen Whisky gefiel ihm.

„Die Nüsse beruhigen mich aber. Habe schließlich über zehn Jahre keine bekommen", sagte Patty.

Eine Träne weinten die beiden ihrem alten Freund Billy Pew jedenfalls nicht nach.

Ein ganz besonderer Butler

Am Abend übernahm Chadwick den Ausschank und Barrington hatte Zeit, Maureen Hastings aufzusuchen. Deshalb sah er auch nicht, dass Jimmy und Patty kurz dort hinkamen und Whisky tranken.

Er hatte ein schlechtes Gewissen, weil er seinen Freunden nicht erzählt hatte, dass er wusste, wo Farlan sich aufhielt. Bevor dieser neue Mordfall nicht geklärt war, wollte er den Aufenthaltsort des Jungen lieber für sich behalten. Es genügte, dass Constable McDonald informiert war. Der Polizist hatte sogar angeregt, nichts zu sagen, da er sich ebenfalls nicht sicher war, ob der Junge außer Gefahr sein würde. Die gesamte Geschichte war mehr als undurchsichtig. Wer konnte schon wissen, wen das Ehepaar Kidd noch auf den Jungen angesetzt hatte?

DCI Baxter würde am nächsten Tag in Lintie mit seinem Kollegen Marlow über den Fall reden. Danach wollte er nach St. Applewood kommen und mit Barrington sprechen.

Das Tor zum Anwesen der Woodland-Sippe war geschlossen und Barrington musste klingeln. Bing

kam von hinten aus dem Garten mit einer Schubkarre voller Zweige und Gestrüpp. Er stellte sie ab,
schloss das Tor auf und ließ Barrington hinein-
fahren. Barrington parkte den Wagen an der Seite
und stieg aus.

„Hallo, Bing. Lasst ihr neuerdings das Tor immer
fest verschlossen?", fragte er den jungen Mann.

„Anordnung ... vom Boss ... weiß nicht, warum",
sagte Bing mit viel Mühe. An manchen Tagen fiel es
ihm besonders schwer, sein Stottern zu unterdrü-
cken. Das lag nicht zuletzt an dem Boss. Damit
meinte Bing den Butler, der ständig an ihm etwas
auszusetzen fand.

„Mach dir nichts draus. Maureen passt auf dich
auf. Das weißt du doch, oder?"

Bing nickte lächelnd. Er griff zu der Schubkarre
und rollte sie über den Hof zur Scheune.

Barrington sah ihm nach.

Slander wird immer verrückter, dachte er.

Dann überlegte er einen Moment, ob er die
Vordertür nehmen oder lieber gleich nach hinten und
durch den Küchentrakt gehen sollte. Wo war die
Chance am größten, Slander aus dem Weg zu
gehen? Aber jemand nahm ihm die Entscheidung
ab. Maureen kam mit einem riesigen Korb voller
abgeschnittener Zweige aus dem Garten und wollte
sie in die Scheune bringen.

Barrington ging ihr entgegen und nahm ihr den
Korb ab. Die beiden folgten Bing.

„Wie geht es dir, Maureen?", fragte Barrington.
„Hat sich dein Onkel beruhigt?"

„Viel hat sich nicht geändert. Aber ich habe

Neuigkeiten. Lass uns den Korb zur Scheune bringen und dann hineingehen. Ich muss dir etwas zeigen."

Barrington nickte ihr zu.

„Wir gehen durch den Hintereingang", sagte sie, als die beiden die Scheune wieder verließen, in der Bing beschäftigt war, den Baumschnitt in einen großen Anhänger zu laden. Anfang des Jahres gab es immer eine Menge davon, der später von einer Firma abgeholt wurde. So viel konnte man auf dem Gelände nicht brauchen.

Sie gingen nach hinten. Unterwegs zog Maureen ihre Arbeitshandschuhe aus und knöpfte ihre alte Jacke auf, die sie für derlei Arbeiten im *Bootroom* bereit hielt. Sie öffnete die Tür zum Küchentrakt und zog ihre Jacke aus. Neben der Tür befand sich der Raum für alte Gummistiefel, Arbeitsjacken und Handschuhe. An der Wand hingen auch noch ein paar Hundeleinen, die vor langer Zeit gebraucht worden waren, als es noch Hunde auf Woodland-Manor gegeben hatte. Barrington wies auf die alten Leinen.

„Wollt ihr keine Hunde mehr halten?", fragte er.

„Ich hatte schon darüber nachgedacht. Aber das würde Zeit und Geld kosten. Im Moment habe ich andere Dinge zu bedenken, die wichtiger sind."

„Erinnerst du dich an Monsieur Garron?"

Maureen lachte fröhlich.

„Wie kann man diesen Hund vergessen? Groß wie ein Pony, mit dem Gemüt einer alten Gouvernante. Ich habe ihn geliebt. Ich konnte auf ihm reiten, als ich ganz klein war. Er hat auf mich aufgepasst und mich auch einmal aus dem alten Teich gezogen. Weißt du noch? Wir haben zusammen gespielt und ich bin natürlich reingefallen. Bevor du mich retten konntest, war Monsieur Garron im Wasser und zog mich an meiner Jacke raus."

„Ich konnte nichts tun, er hat mich angeknurrt. Als wollte er sagen, ich bin hier verantwortlich für My Lady", sagte Barrington und lachte.

„Schön zu sehen, dass du trotz der Sorgen um Farlan wieder lachen kannst. Komm, wir gehen in mein Büro. Versuchen wir, nicht die Aufmerksamkeit des Butlers zu erregen. Ich bin immer froh, wenn er mal Besorgungen für meinen Onkel machen muss. Das ist auch so gut wie das Einzige, was er tut. Ich habe noch niemals erlebt, dass er Silber geputzt oder uns den Tee serviert hat."

Sofort meldete sich Barringtons Gewissen. Was konnte es schon ausmachen, wenn er Maureen die Wahrheit sagen würde? Aber irgendetwas hielt ihn zurück. Er wollte nichts riskieren, bevor die Sache nicht voll und ganz geklärt wäre.

Die beiden gingen durch den angrenzenden Flur, vorbei an der Küche, aus der heitere Stimmen zu hören waren. Die Köchin und die Hausdame unterhielten sich angeregt. Also war Slander nicht in der Küche, ansonsten wären die beiden Damen nicht so fröhlich.

Maureen stieg vor ihm eine kurze Treppe hinauf, hielt sich dann rechts und öffnete eine Tür zur Rechten. Sie betraten das kleine Büro, in dem ein halbrundes Fenster zum Garten zeigte. Die Mitte des Raumes beherrschte ein großer Schreibtisch mit geschnitzten Figuren an den Seiten. An den Wänden gab es Holzregale voller Aktenordner und Bücher. Barrington sah sich die Bücher an.

„Gartenbau, der barocke Garten in Italien, Pflanzen Schottlands, Vogelwelt der Highlands und wie man Schädlinge bekämpft", las er laut die Titel der Bücher vor. „Hast du das letzte Buch für Slander angeschafft?"

Maureen verzog das Gesicht zu einer Grimasse.

Sie griff nach einem dünnen Hefter.

„Hier, sieh dir die Referenzen von Slander an", sagte sie und ließ sich auf den Schreibtischstuhl fallen.

Barrington öffnete den Hefter. Er war sehr neugierig, was dieser Butler vorweisen konnte.

„Da ist ja gar nichts drin."

„Wie du habe ich auch gestaunt. Ich habe Mrs Partridge befragt. Sie sagte, und man kann ihrem guten Gedächtnis trauen, dass Slander hier zur Bewerbung mit guten Referenzen angekommen war. Sie kann sich ganz genau an Schriftstücke erinnern, die mein Onkel durchgesehen hatte. Es müssen sehr gute Zeugnisse von den vorherigen Dienstherren gewesen sein, denn Onkel Millweard war, nach Aussage unserer lieben Hausdame, begeistert. Er hat ihn sofort eingestellt."

„Das ist mehr als seltsam. Die Referenzen können nur von Slander selbst wieder entfernt worden sein. Dein Onkel hätte sicher kein Interesse daran. Ich glaube, dass Slander sie vernichtet hat. Also muss damit etwas nicht gestimmt haben. Es wäre ihm zuzutrauen, sie selbst geschrieben zu haben. Schließt du dein Büro immer ab?"

Maureen nickte.

„Wir sollten uns in dem Zimmer des Butlers etwas umsehen", flüsterte Barrington, als könnte Slander es mit seinen wachsamen Ohren hören.

„Da müssen wir einen günstigen Moment abpassen, wenn er außer Haus sein sollte. Ich weiß nicht, wann er wieder Besorgungen für Onkel Millweard machen wird." Maureen flüsterte ebenfalls.

Das Telefon auf dem Schreibtisch klingelte.

Die beiden bekamen einen furchtbaren Schreck. Maureen quiekte auf und Barrington musste husten. Sie fühlten sich ertappt.

Sie nahm den Hörer ab und meldete sich.

„Woodland Manor, Maureen Hastings am Apparat?"

„Constable McDonald hier. Ist Barrington bei dir, Maureen?" Der gute Constable duzte alle, denen er schon als Kinder die Ohren langziehen musste, weil sie Unsinn angestellt hatten. Da war Lady Maureen Hastings nicht ausgenommen.

Sie übergab den Hörer an Barrington.

Es knackte in der Leitung. Einen Moment sah er Maureen verwundert an. Da hörte jemand mit.

„Was gibt es, Constable?", fragte er den Polizisten.

„Ich möchte dich hier in der Pension von Mrs Gunn haben. Kannst du gleich kommen?"

„Ich mache mich auf den Weg. Was ist passiert?"

„Komm einfach. Wir reden hier."

Barrington legte den Hörer auf die Gabel zurück.

„Da hat wohl jemand neugierig zugehört. Knackt

es öfter in der Leitung, wenn du telefonierst?"

„Ab und zu", antwortete Maureen. „Ich hatte mir das schon gedacht. Als ich einmal Slander zur Rede gestellt habe, griff sofort mein Onkel ein und behauptete, er hätte zufälligerweise auch den Hörer in seinem Labor abgenommen. Er nimmt ihn einfach ständig in Schutz. Wie wollen wir weiter vorgehen?"

Barrington dachte einen Moment nach.

„Wir machen es so. Wenn Slander wegfährt, meldest du dich sofort bei mir. Unternimm nichts auf eigene Faust. Ich muss leider fort."

Maureen hob ihre Hand wie zum Schwur vor Gericht.

„Versprochen, Euer Ehren."

Barrington schmunzelte. Dann machte er sich auf den Weg zur Pension *Ben Tee*.

Vor der Pension stand Constable McDonald und unterhielt sich mit Constable True. Barrington parkte den Land Rover erneut in dem schmalen Waldweg. Sein Nacken kribbelte. Hoffentlich ging es bei dieser neuen Polizeiaktion nicht um Mrs Gunn.

Er stieg aus, ging langsam zu den Polizisten und nickte ihnen zu.

„Was ist passiert?", fragte er.

„Sie waren vor Kurzem hier und sprachen mit der Pensionswirtin, Mrs Gunn. Ist das richtig, Sir?", fragte die junge Polizistin und schlug den Notizblock auf, den sie in der Hand gehalten hatte.

Oben auf dem Notizblock hatte Barrington einen

Aufkleber mit einer Distel und einem Spruch daneben entdeckt. In der rechten Hand hielt die Polizistin einen gut angespitzten Bleistift mit einer dunkelblauen Ummantelung.

Manchmal verfluchte Barrington seine Gabe, jedes einzelne Detail seines Gegenübers sofort im Kopf zu speichern. Auch wenn es noch so unwichtig erscheinen würde, wie eben dieser Aufkleber.

Sein Freund Rick konnte ein Lied davon singen. Vor ein paar Wochen hatten die beiden Freunde zusammen in Lintie in einem Restaurant gegessen. Dabei war etwas braune Soße auf Ricks Hose gelandet. Barrington hatte gemeint, der Fleck sähe aus wie Afrika. Rick hatte sich zuerst kaputtgelacht.

Als der Fleck dann aber auch Tage später noch nicht herauszubekommen war und sein guter Freund Barrington sich ständig grinsend nach Afrika erkundigt hatte, hatte Rick die Hose ganz weit hinten im Schrank versenkt. Nun kam sie nur noch ans Licht, wenn der Buchhändler etwas im Keller zu reparieren hatte oder im Garten arbeiten musste. Vor allem zog er sie nur noch an, wenn er sicher sein konnte, dass Barrington nicht in der Nähe war.

Es war wie ein Spiel zwischen den beiden Freunden. Sprüche flogen hin und her und jeder versuchte, den anderen mit irgendetwas zu ärgern. Sie waren sich deshalb nicht böse. Im Gegenteil. Richard Prescott hatte einmal gesagt, dass ihr Spiel die kleinen grauen Gehirnzellen am Leben halten würde.

Barrington war eine Weile in Gedanken gewesen.

„Sir? Haben Sie meine Frage gehört?", fragte

Constable True. McDonald stupste Barrington mit dem Finger an.

„Bitte entschuldigen Sie. Ich war kurz in Gedanken", sagte Barrington und erntete dafür verwunderte Blicke von den beiden Polizisten.

„Ich war vor zwei Tagen hier und habe Mrs Gunn besucht. Sie war einmal meine Lehrerin und wir wollten Tee zusammen trinken." Barrington versuchte, einen möglichst neutralen Gesichtsausdruck zustande zu bringen.

„Na klar, mein Junge, und die Queen eröffnet in St. Applewood einen Kleiderladen. Du kannst aufgeben. Wir wissen schon alles", sagte McDonald und grinste.

„Warum bin ich dann hier? Der Witwe Gunn ist doch nichts passiert?", fragte Barrington überrumpelt. Er hatte wirklich Angst. Was war, wenn ihre heimliche Suchaktion in den Zimmern entdeckt worden war und die beiden verbliebenen Herren die Witwe umgebracht hatten? Er machte sich Vorwürfe. Schon wieder war er mit seinen Nachforschungen zu weit gegangen. In Gedanken sah er die beiden Gauner, wie sie die arme Frau in ihrer Küche mit ihrem eigenen Nudelholz erschlugen und mit der Kasse voller Geld verschwanden.

„Mrs Gunn geht es bestens. Sie ist eine zähe Person", sagte der Constable.

„Was können Sie uns über die Männer sagen, die in der Pension abgestiegen waren? Wir haben gehört, dass zwei von ihnen mit Ihnen gesprochen haben. Stimmt das? Was wollten sie?", fragte Constable True weiter und notierte fleißig.

„Ich kann kaum etwas sagen. Der jüngere Mann, den man gestern gefunden hat, wollte bei mir arbeiten und der andere, ein kleiner aufgeregter Zeitgenosse, wollte einfach ein Ale in meinem Pub trinken. War aber noch geschlossen und ich habe ihn wegtreten lassen. Sprechen Sie am besten mit DCI Baxter, der kennt Tick, Trick und Track. Die drei sind in seiner Verbrecherkartei mit einem hübschen Foto", sagte Barrington.

Constable True hatte alles ordnungsgemäß mitgeschrieben. McDonald schüttelte den Kopf. Er wies mit dem Finger auf den Satz mit Dagobert Ducks Neffen und flüsterte der Polizistin etwas zu.

Sie warf Barrington einen zornigen Blick zu und strich die drei falschen Namen schnellstens durch.

„Sir, wenn Sie das noch einmal tun, muss ich Sie mit auf das Revier nehmen!", rief sie erbost.

„Entschuldigung", sagte Barrington kleinlaut.

In diesem Moment erschien Inspector Marlow in der Eingangstür der Pension. Hinter ihm kam DCI Baxter und das beruhigte Barrington. Er hielt eine Menge von Baxter, mehr als von Marlow.

Nach den beiden Kriminalbeamten erschien die Spurensicherung mit einer Trage und einer leblosen Person darauf.

„Wer ist es?", fragte Barrington.

„Sein Name ist Patty Boyle. Das nächste Mitglied der Bande", sagte DCI Baxter, der nun bei Barrington angekommen war. „Ich übernehme ab jetzt offiziell den Fall."

Als hätte Patty seinen Namen gehört, bewegte sich einer der Arme des Toten unter der Plane hervor und Nüsse und deren Schalen ergossen sich aus einer Tüte auf den Weg. Es sah fast so aus, als wollte Patty Boyle winken und sagen, *ich habe die letzten Nüsse geknabbert.*

„Wollt Ihr Eichhörnchen anlocken?", brüllte Inspector Marlow die Leute von der Spurensicherung an. „Hebt das gefälligst auf und ab in eine Tüte!"

Die Männer von der Spurensicherung hätten vor Schreck fast das Gleichgewicht verloren und den Toten von der Trage purzeln lassen. Aber sie waren Profis und fingen sich schnell wieder.

So kannte Barrington Inspector Marlow. Immer für einen Brüller gut.

In der Eingangstür erschien nun auch noch der Rechtsmediziner Dr. Wallace.

Wie immer guter Laune, amüsierte er sich über den Ausbruch des Inspectors königlich. Er setzte seinen Zylinder auf den Kopf, sah kurz zum Himmel nach dem Wetter und stieg die paar Stufen zum Gartenweg herab.

„*Idem ac ultimo tempore*, mein lieber Marlow. Genauso wie bei dem letzten Toten. Tod durch Ersticken, aber dieses Mal hat sich der Täter etwas ausgedacht. Er hat dem armen Mann auf den Kopf geschlagen und das Gesicht vollkommen mit Klebeband umwickelt. Da erstickt man schnell, gibt aber keinen Laut von sich. Kein schönes Bild. Mrs Gunn hat ein Beruhigungsmittel von mir bekommen. Das habe ich als guter Samariter immer dabei. Sie hat ihn gefunden und lag wohl eine Zeit lang neben ihm, einfach in Ohnmacht gefallen, die arme Frau", sagte Dr. Wallace.

„Todeszeitpunkt?", fragte Inspector Marlow mit genervtem Unterton. Alle wussten, dass er es hasste, wenn der Doktor seine Lateinsprüche anbrachte. Natürlich wusste das auch der Doktor ganz genau. Aber er würde es nicht lassen, so wahr er Doktor Jonathan Alistair Wallace hieß.

Der lange Name war den wenigsten bekannt und das war gut so, meinte der Doktor. Seine Mutter hatte es, genau wie bei Barrington, wohl etwas zu gut gemeint. Oder die Dame hatte gedacht, dass er sich seinen Namen dann später aussuchen könne. Was er auch getan hatte und stets mit Jonathan Wallace unterschrieb.

„Todeszeitpunkt? Schwer zu sagen. Ich würde aufgrund der Körpertemperatur vermuten, gestern in der Nacht, vielleicht auch heute Morgen. Muss den guten Mann erst auf dem Tisch haben. Ich werde mit ihm reden. Am Ende verraten mir immer alle Herrschaften, wann sie das Zeitliche gesegnet haben", sagte der Doktor, grinste breit und ging.

„Ich gehe, DCI Baxter. Ich habe unaufgeklärte Fälle genug auf meinem Schreibtisch in Lintie. Viel Vergnügen mit diesem Ort. Alles Verrückte!", rief Inspector Marlow und ging zu seinem Wagen. Er drehte sich noch einmal kurz um. „Na kommen Sie schon, Constable True! Der DCI hat selbst genug Helfer! Nicht trödeln. Sie können den Fall der verschwundenen Schaufensterpuppe übernehmen!"

Er war sichtlich unzufrieden, dass man ihm den Fall aus den Händen genommen hatte. Constable True verdrehte die Augen, klappte ihren Notizblock

184

zu, legte einen Blitzstart hin und stieg zu ihrem Vor-
gesetzten in das Auto. Sie fuhren in Richtung Lintie
davon.

„Sie tut mir leid. Ist eine schlaue Polizistin. Sie
ist nicht am richtigen Platz in Lintie", sagte McDonald zu seinem Freund Baxter.

Als der Wagen außer Sichtweite war, wandte sich
DCI Baxter an Barrington.

„Ich denke, dass Ihr junger Freund nicht mehr in
Gefahr ist. Der dritte Mann ist auf und davon. Mrs
Gunn berichtete, dass er bezahlt hat und mit wehen-
den Fahnen in seinem Auto in Richtung Lintie
davongesaust ist. Wir nehmen an, dass er für die
Morde verantwortlich ist und sich davongemacht
hat, bevor die Polizei eintraf.

Das Motiv ist mir noch nicht ganz klar. Vielleicht
ein Streit unter Gaunern. Kommt doch öfter vor.
Aber sollten die drei wirklich im Auftrag der Kidds
hier gewesen sein, hat sich das durch deren Tod
erledigt. Holen Sie den Jungen aus dem Haus der
Miss Chervil ab."

Barrington warf Constable McDonald einen
bösen Blick zu.

„Der Aufenthaltsort sollte eigentlich unter uns
beiden bleiben. Ich gebe Ihnen in dem Punkt recht,
Inspector, dass Farlan nicht mehr in Gefahr ist.

Allerdings bin ich der Meinung, dass sich hier
etwas abgespielt hat, was sich uns noch nicht
erschlossen hat. Farlan war wahrscheinlich niemals
der Grund für die drei Gauner hier zu sein. Seine
Verwandten sind nicht mehr da, die Gefahr ist für
ihn vorbei. Aber meinen Sie nicht, dass auch die

drei Gauner vom Tod der Kidds gewußt haben? Wären Sie hier wirklich noch erschienen, wenn sie auf keinerlei Bezahlung für den Job hoffen konnten? Ich werde mit Farlan reden, aber glaube, dass er diese drei Männer nicht kennt, nie gesehen hat. Als er damals aus dem Pub fortgelaufen war, saßen die Männer doch noch im Gefängnis. Wenn Farlan in dem Pub in Greenock etwas gesehen hatte, was ihn in Gefahr gebracht hatte, dann betraf das nur das Ehepaar Kidd. Meine Meinung."

Er verabschiedete sich und fuhr in Richtung Wald davon.

Als Barrington etwas später an der Tür des alten Cottage klopfte, öffnete Miss Chervil und lächelte.

„Willst du mir etwa mein neues Hühnchen wegnehmen? Das ist aber nicht sehr nett. Er war mir eine große Hilfe. Eine alte Frau hat schon mal Probleme mit dem Rücken. Da ist es gut, wenn man so einen jungen Hüpfer im Haus hat", sagte sie und ließ ihn eintreten.

„Wir sind Ihnen sehr dankbar, Miss Chervil. Wenn Sie irgendwelche Hilfe brauchen, fragen Sie bitte bei mir im Pub an. Sie sind dort jederzeit willkommen."

„Ist schon recht", sagte die alte Dame. „Ist ein guter Junge, weißt du, Barrington?"

Er nickte verstehend.

Nach zehn Minuten saßen Barrington, Farlan und Rufus im Land Rover und fuhren nach Hause. Unterwegs erzählte Barrington ihm von der Möglichkeit einer Pflegefamilie.

„Natürlich nur, wenn du das willst, Farlan."

„Was meinst du, Rufus?", fragte der Junge seinen Kater. Der hatte nur ein müdes Miau übrig. Was war das für eine Frage?

Als Farlan mit seinem Kater in den Pub zurückkehrte, applaudierten die Anwesenden. Chadwick kam hinter dem Tresen hervor und umarmte den Jungen. Dann gab er ihm eine nicht ernst gemeinte Kopfnuss. „Das machst du nicht noch einmal. Kannst einen alten Mann doch nicht so erschrecken. Wo warst du denn?"

Farlan war es sehr peinlich, plötzlich im Mittelpunkt zu stehen. Er bekam rosarote Wangen und sah betreten zu Boden.

„Im Wald bei Miss Chervil. Sie hat mich nicht mehr weggelassen."

„Nächstes Mal kommst du gleich zu mir. Ich hätte dich gerne am Stuhl festgebunden. Verrücktes Kind!", rief Chadwick und umarmte ihn erneut.

Barrington sah den alten Mann verwundert an. Glänzten da etwa Tränen in den Augen? Chadwick hatte sich seit dem letzten Jahr zu einem unentbehrlichen Mitarbeiter entwickelt. Er kannte sich durch seine ehemalige Arbeit in der Brauerei, mit allem rund ums Zapfen von Getränken bestens aus. Da Barrington nun auch wusste, wie jung Farlan noch war, sollte der Junge nicht unbedingt im Pub Alkohol servieren. Das hatte ihm Miss Grant von der Jugendschutzbehörde klargemacht.

Rufus hatte seinen Fensterplatz bereits wieder vereinnahmt. Er gähnte ausgiebig und rollte sich dann zu einem Fellball zusammen. An seinem wohligen Schnurren erkannte man, dass er froh war, wieder hier zu sein.

Farlan konnte endlich in seine Küche und schnellstens fort von den Gästen des Pubs, die ihm gratulierten und auf die Schulter klopften. Es waren alles Bewohner aus St. Applewood und die Nachricht von Farlans Rückkehr würde sich wie ein Lauffeuer im Ort verbreiten.

Zumal die Schwestern Pullman an einem der Tische saßen. Nachdem sie ihren Sherry ausgetrunken hatten, machten sie sich sofort auf den Weg durch St. Applewood, um auch den letzten Bewohner, ob derjenige wollte oder nicht, über die wunderbaren Neuigkeiten zu informieren.

Der Junge stand in der Küche und begutachtete sein Reich. Barrington kam herein und sah ihn fragend an. Farlan wirkte verstimmt.

„Was hast du denn mit meiner Küche angestellt? Hier sieht es aus wie nach einem Vulkanausbruch. In der Spüle türmt sich Geschirr, der Herd ist voller Flecke und was soll das in dem großen Topf darstellen?", schimpfte er.

„Ich habe eine Suppe gekocht. Sieht man das denn nicht? Irgendwas anderes musste ich doch anbieten als ständig nur belegte Brote. Ich finde sie ganz gelungen", sagte Barrington und lugte in den Topf.

„Das ist keine Suppe, Barri, das ist ein Verkehrsunfall. Darf ich sie entsorgen und etwas wirklich Gutes kochen?", fragte der Junge. Er meinte es nicht böse, aber in der Küche war er der Chef und es gefiel ihm, Barrington etwas zu ärgern.

„Ganz schön frech. Die Suppe ist gut", sagte

Barrington, griff zu einem Löffel und kostete. Er verzog sein Gesicht.

„Igitt. Sofort wegschütten, bitte. Ich glaube, damit könnten wir höchstens die alte Scheune neu anstreichen oder Ratten vertreiben." Er sah den Jungen an und lachte.

„Schön, dass du wieder da bist. Morgen erzählst du mir die ganze schlimme Geschichte, einverstanden?"

Farlan nickte, brachte seinen Rucksack in sein Zimmer und streifte sich seine Kochschürze über. Dann machte er sich an die Arbeit.

Butler, eine unterschätzte Spezies

Dem Butler eines hochherrschaftlichen Haushaltes obliegen ungemein wichtige Aufgaben. Er steht über allen anderen Angestellten, er hat die Obergewalt über die Schlüssel des Hauses und des Weinkellers. Der Butler verwahrt Wertgegenstände und kümmert sich um das kostbare Silber. Kurz gesagt, sollte der Butler stets ein wachsames Auge auf die Bedürfnisse seiner ihm anvertrauten Herrschaften haben. An oberster Stelle steht die Integrität gegenüber der Familie seines Herren.

So in etwa könnte man die wichtigsten Aufgaben eines Butlers beschreiben.

Slander, seit ungefähr sieben Jahren Butler auf Woodland-Manor, war eine ganz eigene Spezies. Kaum zu vergleichen mit den ehrenhaften Butlern, die eine jahrelange Ausbildung hinter sich brachten, um den besonderen Anforderungen dieses Berufsstandes entsprechen zu können.

Der wahre Butler fühlte sich eher privilegiert, diesen Posten auszuüben. Ein Mann, der sich einer kostspieligen Ausbildung zum Butler und somit Vorstand des Hauses unterzogen hatte, würde Slander wohl kaum als einen solchen bezeichnen. Vielleicht würde sich dieser Herr sogar schämen, wenn er sehen würde, was dieser Mann, der sich Butler nannte, im Hause Sir Millweards, des zehnten Viscounts of Woodland, so anstellte. Nämlich eigentlich nur Dinge, die für ihn selbst nützlich waren.

Bis auf sein Verlangen, ständig an Türen zu horchen oder Telefongespräche mitzuhören, tat dieser Mann so gut wie nichts, wenn man von seiner Vorliebe für einen guten Cider oder Whisky absah. Und da er den Schlüssel zum Weinkeller verwahrte, fiel es ihm nicht schwer, Flaschen des guten Saftes für sich abzuzweigen.

Die anderen Dienstboten hatten noch nie erlebt, dass Slander einen Putzlappen oder Staubwedel geschwungen oder Rotwein für das abendliche Dinner dekantiert hätte. Er trank den Wein lieber selbst.

So einen wundervollen Posten in diesem Haus zu bekommen, hatte ihn nur ein paar falsche Referenzen gekostet, die er sich selbst geschrieben hatte. Er war ein Meister des Fälschens. Bereits in jungen Jahren, die er fast ausschließlich in Heimen verbracht hatte, war ihm dieses Talent zugutegekommen. Inzwischen hatte er es zur Meisterschaft gebracht.

Den Posten hier auf Woodland Manor zu bekommen, war bis jetzt sein bester Coup gewesen. In diesem Ort vermutete ihn niemand. Neuer Name, neues Glück.

Schwieriger war es gewesen, wie ein Butler zu agieren. Doch das war sein Talent. Er konnte schon immer mit Leichtigkeit in andere Rollen schlüpfen. Allerdings hätte er nie gedacht, wie anstrengend der Beruf des Butlers war. Und dann kam ihm ein paar Wochen, nachdem er seinen Posten angetreten hatte, der Zufall zu Hilfe. Ab diesem Zeitpunkt konnte er machen, was er wollte, die anderen Dienstboten herumkommandieren und vor allem hatte er den alten Herrn nun voll im Griff.

Dann hatte er sich einen weiteren ehrgeizigen Plan zurechtgelegt. Er wollte Woodland Manor in seinen Besitz bringen. Aber das würde ihm bald gelingen. Wozu war er einer der besten Fälscher in der Geschichte Schottlands? Die Referenzen waren kein Problem gewesen, als er sich damals hier beworben hatte. Niemand hatte ihm in der Vergangenheit etwas nachweisen können. Er war immer wieder mit seinem Talent durch die Maschen der Justiz gerutscht.

Diese wundervolle Sache, die sich kurz nach seiner Ankunft ereignet hatte, hatte ihm fantastische Möglichkeiten eröffnet. Der Viscount würde ihn niemals wieder loswerden. Slander hatte ihn in der Hand. Eigentlich gebührte ihm für diesen Schachzug ein Preis.

Slander lächelte zufrieden, strich über sein schütter werdendes bräunliches Haar und goss sich ein Glas Cider ein. Er setzte sich in einen bequemen Sessel und griff zur Tageszeitung.

Die Zeitung sollte eigentlich in diesem Moment gebügelt und vorschriftsmäßig gefaltet auf einem

Silbertablett dem Viscount präsentiert werden. Aber der alte Herr hatte seit Jahren die Zeitung erst am Abend oder am nächsten Morgen vorgefunden. Natürlich zerknittert. Manchmal fehlten sogar Artikel oder ganze Seiten. Die Zeitung sah dann aus, als hätte eine Mäusefamilie daran geknabbert. Wenn es anderen Butlern eine Ehre war, die Zeitung sorgfältig zu bügeln und dem Herrn des Hauses zu übergeben, hatte Slander nicht vor, dergleichen zu tun. Das würde seinen Schönheitsschlaf stören. Er stand niemals vor zehn Uhr auf.

Die Dienstuniform wurde für den Butler natürlich von der Familie gestellt. Slander war sich dessen bewusst, trug nur die besten Stoffe und ließ bei den besten Schneidern nähen. Noch nicht einmal der Viscount trug so elegante Garderobe.

Aber den absoluten Höhepunkt hatte sich der Butler mit der Auswahl seiner Unterkunft geleistet. Nachdem er auf Woodland Manor angekommen war, hatte er im Dienstbotentrakt die winzige Wohnung seines Vorgängers Porter bezogen. Auf dieser Etage wohnten auch die anderen Dienstboten.

Nach einem halben Jahr war er im Haus in eine andere Unterkunft gezogen. Er residierte nun im linken Flügel in der ehemaligen Suite der Tante des Viscounts. Seit dem Ableben der Dame waren die Räume nicht mehr genutzt worden.

Schamlos hatte er sich in den anderen Räumen des Hauses bedient und Möbel und Dekorationen, die seinem Geschmack entsprachen, in seine Suite gebracht.

Betreten durfte niemand seine Räume. Hier kümmerte er sich seltsamerweise selbst um die Sauberkeit. Die Suite war immer abgeschlossen und Slander verwahrte den Schlüssel in seiner Jacketttasche.

Auch deshalb hatte es damals Streit mit Maureen Hastings gegeben. Sie hatte ihren Onkel darauf hingewiesen, dass es unmöglich richtig wäre, einem Dienstboten derlei Vergünstigungen zu erlauben. Aber wie immer hatte er abgewunken.

Slander würde Maureen, wenn es so weit wäre, als eine der Ersten aus dem Haus jagen.

Er brauchte neue Leute. Die alten Dienstboten würden nur stören. In Erwartung des Geldregens rieb sich der Butler die Hände. Er legte die Zeitung zur Seite und zog seine Jackettjacke über. Sein täglicher Rundgang stand an. Den schleichenden Gang, den er sich zugelegt hatte, damit er jedes Gespräch mithören konnte, hatte ihm schon so manche Information eingebracht.

Nicht zuletzt hatte es ihn nach Greenock in den Pub geführt. Er hatte mit dem dortigen Wirt eine für ihn passende Vereinbarung getroffen. Er bekam von Corbie Kidd Informationen, die zu seinem großen Plan passten, und er gab ihm dafür im Gegenzug ein paar andere Häppchen zu verarbeiten.

Da war ihm die Geschichte mit diesem dummen Jungen Farlan Kidd gerade recht gekommen. Er hatte den Aufenthaltsort des Jungen verraten und Corbie hatte sich mit ihrer Vereinbarung mehr als zufrieden gezeigt. Schade, dass diese Quelle versiegt war. Aber der Wirt war ihm am Ende etwas zu fordernd geworden. Im Grunde genommen war Slander sogar froh, dass Corbie nun auf dem Greenock-Friedhof lag. Er war in der letzten Zeit kaum noch für Informationen gut gewesen und seine Gattin war auch eher ein Ärgernis in Slanders großem Plan gewesen. Schön, dass sich jemand um die beiden gekümmert hatte.

Slander lachte ausgiebig, genehmigte sich noch einen Whisky und schlich davon.

Sein Frühstück nahm er an jedem Morgen im Essraum des Personals ein. Das würde sich ebenfalls bald ändern.

Slander malte sich sein neues Leben im Herrenhaus bereits in leuchtenden Farben aus.

Morgens würde ihm sein eigener Butler das Frühstück am Bett servieren, die Tageszeitung ordnungsmäßig gebügelt. Natürlich im großen Schlafzimmer, in dem zurzeit noch der Viscount wohnte. Danach würde er sich ankleiden lassen, das Haus durchstreifen und die Arbeit der Dienstboten überprüfen. Zu diesem Zweck würde er die weißen Handschuhe überstreifen, die er ansonsten niemals benutzte, und mit dem Finger über die Oberflächen streichen. Er lächelte boshaft. Ein winziges Staubkorn und das Personal wäre geliefert.

Danach würde es Zeit werden, Anweisungen für Lunch und Dinner zu geben und einen kleinen Spaziergang durch den weitläufigen Park zu machen.

Am Abend wären Gäste angenehm. Eine Dinnerparty hier und eine nächtliche Soiree dort würden ihm sehr gefallen. Vielleicht könnte er auch ein paar leichtsinnige Damen zur Unterhaltung einladen.

Es würde wunderbar werden. Slander war so mit seinen fantasievollen Plänen beschäftigt, dass er beinahe überhört hätte, dass es an der Tür geläutet hatte. Obwohl man diesen durchdringenden Ton kaum überhören konnte. Slander ignorierte die Haustürglocke stets. Nun, es war nicht seine Aufgabe, zu öffnen, die Absichten des neuen Gastes herauszubekommen aber schon. Also versteckte er sich in der geheimen Kammer, die er eines Tages bei einer seiner Schnüffeleien entdeckt hatte.

Es gab verschiedene geheime Kämmerchen im ganzen Haus. Er kannte sie alle. Durch das Gemälde des dritten Viscounts im Salon, auf dem zweiten Absatz der Treppe hinter einer Vertäfelung, eine Geheimtür hinter einer der Bücherwände in der Bibliothek und natürlich eine Tür neben dem Kamin im Esszimmer.

Mit leichtem Druck auf eine kleine Platte der Wandvertäfelung, die sich durch den gesamten Bereich der Empfangshalle zog, öffnete sich dahinter eine Nische. Sie war nicht groß, etwa zwei Yards im Quadrat.

In Blickhöhe zog sich ein schmales Bord an den ungeputzten Wänden entlang. Darauf verstaubten mit Spinnweben umwobene, uralte Spielsachen. Eine Holzeisenbahn, ein einbeiniger Teddy, ein paar halb zerfallene Bücher und etwas, das wie ein schwarzer Hund aussah. Irgendeines der Kinder hatte sich hier in der Vergangenheit ein eigenes kleines Reich geschaffen, abseits der Eltern und wahrscheinlich weit weg von Zänkereien.

Slander trat ein und schloss die Tür hinter sich. Keinen Moment zu früh. Mrs Partridge eilte an seinem Spion, den er in Augenhöhe in die Tür eingebaut hatte, vorbei.

Die Hausdame öffnete.

„Wie schön, Sie zu sehen, Sir", hörte Slander die Hausdame sagen. Die Tür wurde wieder geschlossen und der Besucher trat in den Sichtbereich des Butlers.

Edmund Hastings. Richtig. Dieser Mann war ihm vollkommen entfallen. Wie hatte ihm das passieren können? Um den musste sich Slander eigentlich auch noch kümmern.

Schade, dass der Anschlag auf Edwards Leben im vergangenen Jahr schiefgegangen war. Was für ein Dilettant dieser Teddy Rooper gewesen war. Aber diesen Mann war Slander nun los.

Edmund Hastings wäre nach dem Gesetz der nächste Viscount Woodland. Millweard, der jetzige Viscount, stellte kein Problem dar und Maureen, diese verzogene Göre, war nicht erbberechtigt. Slander liebte die britischen Erbgesetze. Er grinste.

Was sollte er also in Bezug auf den wahren Erben unternehmen? Ihm würde schon etwas einfallen. Am Ende wäre die ganze Sache kein Problem. Er musste nur Sir Millweard dazu bringen, ihm sein Vermögen zu überschreiben. Dann könnte Edward sehen, wo er sein Erbe herbekam.

Slander hörte Mrs Partridge und den neuen Gast durch die Halle gehen.

„Was führt Sie her, Sir?", fragte Mrs Partridge in diesem Moment.

„Maureen hatte mir geschrieben, dass es unserem Onkel nicht gut ginge. Ich will mal mit dem alten Herrn ein paar Worte wechseln."

„Das ist sehr schön, Sir. Darf ich Sie zum Lunch einplanen?", fragte die Hausdame. Inzwischen waren sie an der Treppe nach oben angekommen. Die Stimmen entfernten sich langsam, aber Slanders Gehör war sehr gut.

„Das wird nicht nötig sein, Mrs P, ich muss leider bald wieder zurück nach Glasgow fahren." Edward nannte die Hausdame, seit er ein Kind gewesen war, Mrs P. Sie liebte es. Es gab ihr das Gefühl, ein wichtiger Teil der Familie zu sein.

„Wie schade", sagte Mrs Partridge.

Dann wurde es still. Schritte entfernten sich auf der Treppe nach oben in Richtung des Labors, das sich im Nordturm befand.

Slander drückte die Tür auf und trat in die Empfangshalle. Er überlegte kurz. Dann lief er mit großen Schritten, die man ihm gar nicht zugetraut hätte, die Treppe hinauf und machte sich auf den Weg zum Labor.

Er musste auf jeden Fall mitbekommen, was der Neffe des Viscounts zu erzählen hatte.

Vor dem Labor angekommen, legte Slander kurz sein rechtes Ohr an das kühle Holz der Tür. Stimmen waren zu hören, aber die Worte konnte er nicht verstehen. Das Material der Tür war einfach zu gut. Sicher schottische Eiche. Er überlegte. Sollte er einfach hineinplatzen? Dann würde er sicher nichts Wichtiges erfahren. Slander entschied sich, durch die zweite Tür im Turm das Büro zu betreten und von dort zu lauschen.

Vorsichtig drückte er die Klinke und versuchte, die Tür leise zu öffnen. Sie war gut geölt, darauf achtete Slander. Nicht weil es seine Aufgabe als Butler gewesen wäre, sondern weil er knarrende Türen im Haus nicht gebrauchen konnte.

Er schlich zur nächsten Tür. Sie stand die meiste Zeit offen. Warum war sie heute geschlossen? Er würde wieder nichts hören können.

In diesem Moment riss Edward Hastings die Tür auf und stand dem Butler gegenüber.

„Was schleichen Sie hier herum? Haben Sie nichts zu tun? Ich muss mich doch sehr wundern!", rief Edward und verschränkte die Arme vor seiner Brust.

Slander deutete eine Verbeugung an.

„Soeben wollte ich Sir Millweard fragen, ob ich ihm einen Tee servieren kann."

„Und wo ist der Tee?", fragte Edward.

„Ich will keinen Tee!", rief der Viscount aus dem Labor. „Das weiß Slander genau und darum fragt er mich immer erst. Alles in Ordnung, Edward!"

Edwards Gesicht wurde zornesrot. *Maureen hat in ihrem Brief also nicht übertrieben. Es muss dringend etwas unternommen werden*, dachte er.

Er sah seinen Onkel strafend an. Heute würde es keine Lösung dieses Butlerproblems geben. Er musste zuerst mit Maureen darüber reden. Das durfte man nicht auf die lange Bank schieben.

Edward verabschiedete sich von seinem Onkel und erklärte, dass er die Absicht habe, in der nächsten Woche ein paar Tage hier bei seinem Onkel zu verbringen. Der Blick, den Sir Millweard seinem Butler zuwarf, sprach Bände. Angst lag in diesem Blick, blanke, unausgesprochene Angst.

Jimmy

Jimmy Silver brütete, ein Glas Whisky in seiner rechten Hand schwenkend, vor sich hin. Es war heute nicht sein erstes Glas. Er saß in einem alten Sessel und überlegte.

Neben ihm spielte ein etwa zehnjähriges Kind auf dem nicht ganz sauberen Boden des Wohnzimmers mit einer Puppe. Das Kind sprach mit seiner Puppe, ohne einen Laut von sich zu geben. Es lächelte. Die Freundin mit den Schlenkerarmen und dem roten Wollhaar verstand sie. Seit langer Zeit wusste das Mädchen instinktiv, dass man von ihm keinen Laut zu hören wünschte. Das Kind war daran gewöhnt und hatte sich damit abgefunden. Es lebte in seiner eigenen schönen Puppenwelt, in der alles in Ordnung war und es jeden Tag fröhlich zuging.

Aus der angrenzenden Küche hörte man das Poltern von Geschirr.

„Mach nicht solchen Lärm! Ich versuche hier, nachzudenken!", rief Jimmy ungehalten in Richtung der offenen Küchentür. Das Gepolter wurde eher noch lauter. Wutentbrannt sprang er auf und lief in die Küche.

Eine Frau mittleren Alters stand mit dem Rücken zu ihm und kramte in den Hängeschränken. Sie drehte sich um. Taufrisch schien sie nicht mehr zu sein. Ihr blondiertes Haar trug sie auf riesigen Lockenwicklern und die fleckige Haushaltsschürze auf ihrem Körper hatte auch schon bessere Tage gesehen. Im Mundwinkel ihres knallrot geschminkten Mundes hing eine glimmende Zigarette, die aussah, als hielte sie nur etwas Spucke im Mundwinkel fest. Ohne sie aus dem Mund zu nehmen, begann die Frau zu reden. Die Zigarette hüpfte auf und ab.

„Du kannst hier nach mehr als zehn Jahren nicht einfach auftauchen und denken, ich würde dich mit offenen Armen aufnehmen. Wo sind denn die Millionen, die du versprochen hast? Hast du sie etwa im Gefängnis liegen lassen? Oder bei deinem geliebten Pferderennen verzockt? Deine Tochter hast du mit keinem Blick bedacht! Ich musste mich ohne einen Cent von dir durchschlagen! Du bist zu nichts nutze!", schrie sie ihren ehemaligen Liebhaber an.

Jimmy hob die Hand und ballte sie zum Schlag. Aber er ließ von dem Vorhaben ab, ihr etwas anzutun. Er konnte im Moment wirklich keinen Ärger mit der Polizei gebrauchen. Nicht nach dem, was vorgefallen war.

Seine beiden Partner waren tot.

Zuerst Billy.

Dieser Dummkopf hatte gemeint, er wolle einen Abendspaziergang machen. Das war ihm sofort seltsam vorgekommen. Billy war nie ein großer Spaziergänger gewesen. Sogar im Gefängnis hatte er sich an manchen Tagen geweigert, im Hof herumzulaufen. Er hatte immer gesagt, er wäre nicht zum Rumlaufen geboren, er wäre ein Sitzer. Na, da bist du hier richtig, hatte Patty damals gesagt. Ständig hatte Billy in seinen komischen Bilderbüchern gelesen. Comics hatte er sie genannt. Aber für Jimmy waren es Bilderbücher. Patty hatte Billy immer damit aufgezogen. Und als er an jenem Abend nicht zurückgekommen war, dachten sich die beiden Zurückgebliebenen ihren Teil.

Patty, wie immer aggressiv und aufgebracht, hatte sich fürchterlich erregt und gemeint, Billy wäre auf und davon.

Aber Jimmy hatte eine andere Vermutung gehabt. Einen Tag vor seinem Tod war Billy plötzlich aufgekratzt, ja fast fröhlich gewesen. Was nicht zu ihm gepasst hatte.

Als ob er etwas erfahren hätte, das er seinen lieben Freunden vorenthalten wollte. Vielleicht hatte er die Beute entdeckt und selbst einstecken wollen.

So hatte Jimmy Silver gedacht.

Er und Patty hatten in der Pension im Salon gesessen, als der Postbote gekommen war. Ein redseliger Bursche war das. So hatten sie vom Tod Billys erfahren. Sie nahmen sich vor, am nächsten Tag frühzeitig zu verschwinden. Die Polizei würde garantiert in der Pension auftauchen und Fragen stellen wollen. Das konnten sie im Moment nicht gebrauchen.

Nachdem er am gestrigen Morgen Patty Boyle

tot, mit aufgerissenen, verwundert schauenden Augen in dessen Zimmer in der Pension entdeckt hatte, hatte er sofort die Beine in die Hand genommen und war verschwunden.

Die unvermeidliche Tüte mit Nüssen hatte Patty immer noch in seiner toten, verkrampften Hand gehalten. Den Anblick würde Jimmy nicht mehr vergessen. Wie hatte alles nur so schief gehen können?

Den Tipp, den Corbie Kidd ihnen gegeben hatte, dass sie *Whitebeard*, ihren vermissten Bandenchef, in St. Applewood finden würden, hatte sich als falsch herausgestellt.

Oder hatten sie ihn nur nicht gefunden und nun brachte er einen nach dem anderen aus seiner alten Bande *White-Fist* um die Ecke?

Zur Rechenschaft konnte Jimmy weder Corbie noch dessen Gattin Isobel ziehen. Die beiden hatten sich nacheinander einen neuen Schlafplatz auf dem Greenock-Friedhof gesucht. Alles sehr undurchsichtig.

Jimmy hatte am Vortag in St. Applewood seine Sachen in den alten Wagen geworfen und war in Richtung Glasgow davongebraust. Er konnte keine Aufmerksamkeit der Polizei gebrauchen. Man würde ihn doch sofort unter Mordverdacht festnehmen.

Es gab keine andere Möglichkeit. Um nicht aufzufallen, hatte er sich ausgedacht, bei seiner alten Flamme unterzutauchen. Vielleicht konnte er von hier aus noch etwas herausbekommen. Er müsste seine alten Kontakte auffrischen.

Jimmy strich sich mit fahrigen zittrigen Fingern über die Glatze. Dann griff er in seine Jackentasche und zog eine seiner Zigarren heraus.

Seine einstige Flamme, Gina, sah ihn zornig an. Die Zigarette wanderte von einer Seite des Mundes auf die andere.

„Willst du dieses stinkende Ding hier in meiner Wohnung rauchen? Denk an das Kind! Wenigstens einmal könntest du an die kleine Britta denken!", rief sie und paffte eine große Rauchwolke aus.

Jimmy setzte bereits zu einer gesalzenen Widerrede an. Aber er schluckte seine Worte hinunter und verließ ohne ein Wort die Wohnung.

„Einkaufen könntest du auch mal! Ich bin nicht dein Dienstmädchen!", rief Gina ihm nach. Aber da war die Eingangstür bereits krachend ins Schloss gefallen.

Gina warf einen Blick zu ihrer Tochter auf dem Boden des Wohnzimmers. Das Kind schien derlei Auseinandersetzungen gewöhnt zu sein. Sie hatte sich kaum gerührt und weitergespielt. Auch der intensivste Blick auf das kleine zarte Mädchen konnte keine Ähnlichkeit zu Jimmy Silver ableiten. Gina lächelte. Diesem eingebildeten Kerl hatte sie es gegeben. Tauchte hier nach der langen Zeit wieder auf und wollte die alte Beziehung auffrischen.

Sie konnte ja nicht ahnen, dass sie ihren Freund aus Jugendtagen, Jimmy Silver, niemals wiedersehen würde.

Jimmys Schritte führten ihn in die dunkelsten und verrufensten Ecken von Glasgow. Laurieston, ein Stadtbezirk, der fast nur aus den alten Mietshäusern der sogenannten *Gorbals* bestand, lag in der Nähe des Flusses. Es gab hier einige alte Pubs. Seine Schritte führten ihn zu einem ganz bestimmten alten Treffpunkt.

Es gab ihn tatsächlich noch.

The Peaceful Sailor war noch da. Vielleicht etwas heruntergekommener und etwas dunkler als damals, aber es gab ihn noch. Der Wirt, von allen nur Danny genannt, war auch immer noch derselbe hässliche kleine Kerl mit der dicken Narbe quer über dem Gesicht. Sein Haar war nicht mehr ganz so voll und unter den Augen gab es dicke, bläulich verfärbte Ringe, die auf seinen Alkoholkonsum zurückgingen.

Jimmy trat ein und ging zum Tresen.

Danny stand dahinter und versuchte, mit einem ziemlich schmuddeligen Tuch Gläser zu putzen. Es würde ihm nicht gelingen. Aber er bediente das Klischee, das besagte, Wirte haben hinter dem Tresen zu stehen, Gläser zu polieren und sich von den Leuten die Probleme anzuhören. Das erweckte wenigstens den Anschein, dass die Gläser gesäubert wurden.

Jimmy nickte dem Wirt zu und sah sich vorsichtig im Raum um. Es roch nach Qualm und abgestandenem Bier.

In der hinteren Ecke saß eine zusammengewürfelte Gruppe Männer, die sich leise unterhielt. Am Tisch daneben saßen Taxifahrer beim Bier. Man erkannte sie an ihren Mützen. In letzter Zeit gab es eine Menge Aktivitäten von Banden in Glasgow und

Umgebung, die Macht über die Taxibetriebe hatten und sich mit Schutzgelderpressung und Wettbüros beschäftigten.

Jimmy merkte immer mehr, wie sehr sich die Welt nach seinen Jahren im Gefängnis verändert hatte. Mit einer kleinen Bande wie damals die *White-Fist* gab sich heutzutage niemand mehr ab in Verbrecherkreisen. Die Kleinkriminalität überließ man den Kleinkriminellen, die zumeist sowieso auf den Lohnlisten der großen Verbindungen standen.

Dementsprechend arrogant und grinsend sah der Wirt seinem alten Bekannten entgegen.

„Stout", sagte Jimmy und sah sich die andere Seite des Pubs an. Hier saßen vorwiegend Matrosen und Fischer. In einer Ecke schlief jemand seinen Rausch aus und brabbelte wirres Zeug vor sich hin.

Die Jukebox, auch etwas Neues für Jimmy, plärrte in einer anderen Ecke verzerrte Hits aus dem Lautsprecher. Das Ding aus Glas und Chrom war ein wahres Centgrab und so hatte sich der Wirt das auch gedacht. Vor allem Gäste mit erhöhtem Alkoholkonsum waren immer gerne bereit, das bunte Untier für einen kleinen Moment Glückseligkeit in Form eines Songs zu füttern. Neben der Jukebox stand ein junger Mann und sah gelangweilt auf die Liste der Lieder.

Im Moment versuchte Marilyn Miller mit ihrem alten Song *Look for the Silver Lining,* Optimismus zu verbreiten. Aber einen Silberstreif am Horizont sah wohl kaum einer der Anwesenden. Die Schallplatte war in die Jahre gekommen und der Ton ähnelte einem Krächzen.

„Warst lange nicht hier, alter Freund", sagte der Wirt. Er zapfte ein Stout und stellte das bis zum Rand gefüllte Glas dunkles Bier vor Jimmy ab.

„Musst mir nicht um den Bart gehen. Der Boss hat uns betrogen und du weißt das ganz genau", sagte Jimmy leise, trank einen Schluck und stellte das Bier vor dem Wirt ab.

„Gib mir gefälligst ein gutes Bier und nicht diese gepanschte Brühe", sagte Jimmy. „Und dann erzählst du mir, wann du *Whitebeard* das letzte Mal gesehen hast. Er war hier, das weiß ich. Versuch erst gar nicht zu lügen."

Danny wurde blass bis unter die rötliche Narbe.

Er nahm das Glas, sah sich kurz um, ob er von den anderen Gästen beobachtet werden würde, und schüttete den Inhalt ins Waschbecken. Dann ging er nach hinten und kam mit einem neu gefüllten Glas Stout zurück.

Jimmy trank und nickte zufrieden.

„Geht doch. Im Moment ist es mir hier zu voll. Ich komme später noch einmal und dann rate ich dir, zu reden", zischte er zwischen seinen Zähnen hindurch.

Danny sah zu dem Tisch in der Ecke, wo die Gruppe Männer immer noch mit sich selbst beschäftigt war. Von dort würde keine Hilfe kommen.

Der junge Mann an der Jukebox sah kurz zu ihm, aber Danny schüttelte den Kopf.

„Bis später, alter Freund", sagte Jimmy leise und verschwand.

Wirrwarr

Barrington saß in der Küche, trank genussvoll seine erste Tasse tiefschwarzen Kaffees und lächelte stillvergnügt.

Farlan bereitete Porridge zu. Für Barrington, der diesen Brei nicht mochte, hatte er zur Feier des Tages englische Crumpets gebacken. Schon früh am Morgen hatte er aus Hefe, Mehl und Milch einen Teig für die leckeren Pfannkuchen zusammengerührt. Sie hatten fast ein wenig das Aussehen von Scones, wurden aber in einer Pfanne gebraten. Der schottische Crumpet dagegen war ein klein wenig anders.

Dazu hatte er Himbeermarmelade und Butter auf den Tisch gestellt. Barrington konnte nicht genug davon bekommen.

Rufus leckte sich seine Pfoten sauber. Er saß zu Füßen Barringtons und hatte sich soeben an einem Hering satt gegessen. Er sah zufrieden aus, streckte sich und ging dann in den Gastraum, um ein Verdauungsschläfchen zu halten. *Kater sind zu beneiden,* dachte Barrington.

Er beglückwünschte sich zum wiederholten Mal, dass er eine Schwingtür von der Küche aus zum Gastraum eingebaut hatte. Dadurch war es Rufus jederzeit möglich, selbstständig den Standort zu wechseln, ohne großes Miau oder Gekratze an den guten Holztüren.

Barrington überlegte.

Gestern Abend hatten sich noch Constable McDonald und Inspector Baxter im Pub eingefunden. Rick war dazugekommen und man hatte bis in die Nacht versucht, Theorien zusammenzubasteln. Die ganze Sache ergab einfach keinen Sinn, hatte der Inspector gemeint.

Es gab mehrere ungeklärte Probleme.

Zum einen würden ihm ständig die beiden Todesfälle in Greenock durch den Kopf schwirren.

Wie hatten Corbie Kidd und seine Frau Isobel so schnell nacheinander sterben können? Wer war dafür verantwortlich?

Inspector Baxter war der Meinung, dass nicht nur Isobel ermordet worden war, sondern auch ihr Mann. Aber wie war das möglich, wenn Corbie eines natürlichen Todes gestorben war?

Er hatte sich den Arzt vorgenommen, der den Totenschein ausgestellt hatte. Ein zwielichtiger Zeitgenosse, der sich schon nach kurzer Zeit in Widersprüche verwickelt hatte. Aber der Arzt hatte nichts Konkretes zugeben wollen. Baxter hatte ihn wieder freilassen müssen.

„Sollte man die Leiche von Corbie Kidd nicht vorsichtshalber exhumieren und von einem Rechtsmediziner wie Dr. Wallace untersuchen lassen?", hatte Barrington daraufhin gefragt.

„Damit haben Sie vollkommen recht. Aber das geht nicht so schnell. Mein guter Superintendent ist da ganz anderer Meinung. Ich werde versuchen, die Sache zu beschleunigen", hatte Inspector Baxter gesagt.

„Und zweitens?", hatte Rick gefragt.

„Zum anderen sind da diese drei seltsamen Freunde, von denen zwei nun ausradiert wurden. Hier ist es klar, es war Mord. Beide sind auf ähnliche Weise umgekommen. Ihnen ist sozusagen die Luft weggeblieben", hatte der Inspector erwidert.

„Ist das nicht ähnlich der Todesursache von Isobel Kidd?", hatte Barrington gefragt.

„Ja, könnte man annehmen. Aber was haben diese drei Kerle mit den Kidds zu tun gehabt? Hat einer von Ihnen Isobel Kidd umgebracht? Sie hatte eine sehr breite Brillantkette, die sie in ihren letzten Stunden getragen hatte. Nach Dr. Wallaces Meinung könnte das die Tatwaffe gewesen sein. Die Kette ist verschwunden. Der Fall liegt unter Raubmord in den Akten."

„Wäre diese Kette nicht durch die Wucht des Ziehens zerrissen?", hatte Rick gefragt.

„Nicht unbedingt. Aus Zeugenaussagen wissen wir, dass es sich um ein dickes Ding gehandelt hat. Ich kann Euch sogar ein Bild von der Kette zeigen. Ducky, der Mitarbeiter des Pubs, hat sie anhand eines Fotos erkannt." Baxter hatte den Hefter geöffnet, der vor ihm auf dem Tisch lag.

Barrington war erstaunt gewesen.

„Woher haben Sie ein Foto?"

„Aus unserem Polizeiarchiv, mein neugieriger Freund. Es hat sich herausgestellt, dass diese Kette aus dem Raubüberfall stammt, der vor mehr als zehn Jahren auf die Teppichfabrik in Glasgow verübt wurde. Es gibt so einige Fotos von verschwundenem Schmuck. Es ist fast nichts von der Beute wieder aufgetaucht. Unter anderem auch ein sehr teures Gemälde von El Greco.

Den drei Kerlen, Silver, Boyle und Billy Pew, konnte der Raub nachgewiesen werden. Für den Mord hatten die drei ein Alibi. Damals fand man den Geschäftsführer der Fabrik tot in einem Hotelzimmer, wiederum erdrosselt.

Der Vierte war davongekommen, hatte am Tag des Raubes seine Bandenfreunde k.o. geschlagen und den Großteil der Beute für sich abgezweigt. Man hat ihn nie gefunden. Nur zu dumm, dass die Beute an jenem Tag gar nicht so groß ausgefallen war, was das Bargeld anging. Den Schmuck loszuwerden, war sicher nicht einfach, von dem Gemälde ganz zu schweigen.

Der damals untersuchende DCI hatte vermutet, dass der Chef der Bande auf und davon und gar nicht mehr in Großbritannien ist. Er tippte damals auf Südamerika. Da kann man sehr gut eine Weile für wenig Geld untertauchen. Ich halte den vierten Mann auch für den Mörder des Geschäftsführers der Teppichfabrik. Er ist sehr gefährlich.“

„Das mag alles stimmen, Inspector Baxter“, hatte daraufhin Barrington weiter angemerkt. „Aber was haben die drei in St. Applewood gesucht, wenn sie nicht von Corbie wegen des Jungen geschickt worden waren? Kann es nicht sein, dass sie einen Tipp von Corbie erhalten haben, dass sich ihr vermisster Kumpan hier aufgehalten hat? Oder zumindest in der Nähe? Was wollten die Männer ansonsten hier?"

DCI Baxter hatte den Kopf hin und her geneigt.

Er war nicht mit dieser Theorie einverstanden gewesen.

„Ich werde nach Glasgow zurückkehren und erst einmal versuchen die Exhumierung von Corbie Kidd voranzutreiben. Der dritte im Bunde, Silver, ist meiner Meinung nach nicht mehr hier im Ort. Vielleicht hat er auch seine beiden Busenfreunde aus dem Weg geschafft. Es hatte Streit gegeben, weil sie den gesuchten vierten Mann nicht finden konnten. Vielleicht hatte Corbie Kidd ihnen absichtlich falsche Angaben gemacht, um sie loszuwerden. Einfach so. Das ist für mich die glaubhaftere Theorie. Ich werde mich bald wieder hier melden."

Dann waren er und der Constable gegangen.

Rick hatte seinen Freund beobachtet.

„Du bist doch schon wieder im Ermittlungsfieber. Mach nur keine Dummheiten. Da ist jemand sehr Gefährliches unterwegs und bringt Leute um. Auch wenn es bis jetzt immer Verbrecher waren, könnte derjenige oder diejenige, kann ja auch eine Frau sein, plötzlich Geschmack daran finden, einen Menschen einfach so umzubringen. Weil du ihm zu nah kommst. Ich bitte dich, sehr vorsichtig zu sein."

So war das am vorherigen Abend abgelaufen hier in seinem geliebten Pub.

Farlan saß inzwischen ihm gegenüber und schob

sich mit wachsender Begeisterung Porridge in den Mund.

„Was hast du heute vor, Barrington?", fragte er nuschelnd, da er mit einem besonders großen Happen zu kämpfen hatte.

Barrington antwortete nicht. Sein Blick war in weiter Ferne verschwunden.

„Barri?", fragte Farlan etwas lauter.

„Ja! Klar, ich habe dich gehört. Was ich heute machen werde? Zuerst schauen wir, was fehlt. Ich fahre dann einkaufen, muss auch noch nach Lintie zur Bank. Ich werde wahrscheinlich erst zum Nachmittag wieder zurück sein. Was willst du heute kochen?", fragte Barrington.

„Ich werde heute mal wieder meinen berühmt berüchtigten *Shepherd's Pie* machen. Der ist so gut angekommen. Die meisten Zutaten habe ich. Bring bitte nur noch frisches Brot mit", sagte Farlan, so, als wäre er niemals fortgewesen.

Barrington beobachtete den Jungen eine Weile. Er würde ihm nicht sagen, dass er nach Glasgow fahren wollte. Er wollte etwas überprüfen.

Bei dem Wort *Shepherd's Pie* fiel ihm etwas ein.

„Weißt du, vielleicht kannst du heute kurz in den Laden von Raelyn McNeedle *The Fluffy Woolcave* gehen. Sie hatte mir neulich gesagt, dass deine Mütze fertig ist. Die hat sie *Ian's-Shepherd's-Hat* genannt, süß, oder? Wie der Pie. Nur dass man den *Hat* nicht essen kann und den Pie nicht auf den Kopf setzen sollte. Ich gebe dir Geld und du holst sie endlich ab. Dann gehst du gleich noch zu Mrs Smith in den Landwarenladen und holst Brot. Bring für unseren Waschraum auch ein paar Stück von Miss Chervils Seifen mit."

Farlan nickte lächelnd mit dem Kopf.

Als Barrington seine Jacke angezogen hatte, dem Jungen das Geld gegeben und auf dem Weg zur Garage war, sah er zum Himmel hinauf. Dunkle Wolken zogen in Windeseile über einen grauen Himmel. Ein Mäusebussard zog seine Runden und versuchte, bei dem wilden Tanz des Windes mitzuhalten. Einzelne Tropfen fielen zu Boden und es schien Barrington, als würde jemand nicht wollen, dass er wieder einmal auf eigene Faust ermittelte. Aber er musste das tun. Er wollte endlich einen Schlussstrich unter diese leidige Sache setzen und Farlan wirklich in Sicherheit wissen.

Plötzlich fiel ihm etwas ein. Er hatte sich doch eigentlich gestern vorgenommen, mit dem Jungen endlich über seine Vergangenheit zu reden. Er hatte heute Morgen einfach nicht mehr daran gedacht. Barrington nahm sich vor, heute Abend ein Gespräch mit ihm zu führen. Es war wichtig. Es sollte keine Geheimnisse zwischen ihnen geben.

Er machte das Garagentor auf und setzte sich in den Land Rover. Dann machte er sich auf den Weg nach Glasgow. Als er die Brücke über den *Willow* erreichte, kam ihm Chadwick entgegen.

Barrington hielt an und drehte das Fenster herunter.

„Hallo, Chadwick. Willst du zum Pub gehen? Wäre schön. Hab doch bitte ein Auge oder vielleicht sogar zwei auf den Jungen. Ich möchte nicht, dass er so lange allein im Haus ist. Ich bin am Nachmittag zurück."

„Mach ich! Kannst dich auf mich verlassen!", rief der alte Mann und winkte ihm zum Abschied.

Barrington fuhr davon.

In Glasgow angekommen, fragte er jemanden am Straßenrand nach dem Weg. Man wies ihm die Richtung zum Hafen.

Barrington hatte gestern Abend den beiden Polizisten ein letztes Ale serviert und dabei einen Blick in die auf dem Tisch offen daliegende Akte geworfen. Bevor der Inspector die Akte schließen konnte, war ihm ein Name aufgefallen.

Vielleicht hatte es damit zu tun, dass er selbst einen Pub führte. Oder es lag an seinen guten Augen, die schnell Dinge erfassen konnten. Wahrscheinlich lag es vor allem an den vielen Mohrrüben, die er als Kind heimlich in Miss Chervils Garten verputzt hatte. Sein Onkel John hatte ihm gesagt, von Mohrrüben bekomme man gute Augen. Das führte Barrington aber vor allem auf die Tatsache zurück, dass seine Tante ihm hatte Mohrrübensuppe näherbringen wollen, die der kleine Barrington gar nicht gemocht hatte.

Er hatte sich den Namen, den er in diesem kurzen Moment in der Akte gesehen hatte, gemerkt.

The Peaceful Sailor. Glasgow.

The Peaceful Sailor

Barrington stellte seinen Land Rover etwas weiter weg vom *Broomielaw Kai* ab und ging zu Fuß bis zu dem Pub. Er wollte nicht riskieren, dass sein Wagen eventuell bei seiner Rückkehr ohne Räder dastehen würde. Das war in dieser Gegend schon vorgekommen.

Er war von Süden aus in die Stadt gefahren und hatte kurz vor der *King-George-Bridge* geparkt. Der Hafen lag am Nordufer des *River Clyde*. Früher waren da nur Anlegestellen für kleinere Lastkähne gewesen.

Seitdem man den Fluss ausgebaut und vertieft hatte, war es auch für größere Schiffe möglich, bis ins Zentrum von Glasgow zu fahren. Es gab hier nun einige Anlegestellen mehr.

Da sich die *Central-Station* ganz in der Nähe befand, boten sich weitere Möglichkeiten, günstig Waren und Menschen zu transportieren. Denn immer noch erreichten Schiffe voller arbeitswilliger irischer Arbeiter den Hafen. Auf der Suche nach dem bisschen Glück oder zumindest nach besseren Verdienstmöglichkeiten. Oft endete diese Suche bereits hier am Hafen. Entweder fand man einen schlecht bezahlten Job als Hafenarbeiter oder man konnte sich gleich irgendeiner Bande anschließen. Es war ein schweres Leben, denn auch die Unterkünfte waren teuer, überbelegt und nicht gerade sauber. Viele dieser Männer zogen es vor, auf eines der Auswandererschiffe nach Amerika zu gehen.

Barrington erreichte nach zehn Minuten Fußmarsch eine Gasse neben dem Fluss, die er in der Nacht ungern betreten hätte. Zum Glück war es heller Tag, wenn man denn diese Gasse als hell bezeichnen wollte. Die verwahrlosten Häuser, die schmutzige Gasse, die dunklen über den Himmel jagenden grauen Wolken und die stoisch blickenden Männer in den Türeingängen hinterließen bei Barrington nicht gerade den Eindruck, dass es immer noch Vormittag war.

Sein Nacken kribbelte. Er spürte die Blicke der Männer genau. Man sah ihm nach und beurteilte wahrscheinlich gerade in Gedanken, ob sich bei ihm ein Überfall lohnen könnte. Seine Schritte beschleunigten sich.

The Peaceful Sailor kam in Sicht, natürlich ganz am Ende der Gasse. Das Haus war vom Ruß der umliegenden Schornsteine fast schwarz und machte kaum den Eindruck ein Ort für Gesang, Fröhlichkeit und ein gutes Getränk zu sein. Das Schild über dem Eingang war verblasst. Man konnte gerade noch so einen grinsenden Seemann erkennen, der fröhlich auf einem Akkordeon spielte. Dieser Anblick war alles andere als friedlich. Das musste ein wahrer Komiker gewesen sein, der sich den Namen für diesen Pub ausgedacht hatte.

Er öffnete die Tür zum Pub und trat in einen Raum, der genauso dunkel schien wie die Außenfassade. Er sah sich kurz um und ging dann zum Tresen, wo ein schmierig aussehender Mann in einer Zeitung las, die vor ihm aufgeschlagen auf dem Tresen lag.

„Hallo, kann ich einen Tee bekommen?", fragte Barrington und sah sich weiter im Raum um. In der Ecke jammerte eine Jukebox. Ein junger Mann mit einer abgetragenen Lederjacke stand daneben, spielte mit einem Geldstück und versuchte, die Titel der Lieder zu lesen.

Der Pub war momentan nicht besonders gut besucht, was Barrington aufgrund dieses hässlichen Etablissements absolut verständlich fand. Nur in einer Ecke saßen zwei Männer an einem Tisch und unterhielten sich leise. Jimmy Silver, der dritte Mann der Bande, war nicht hier. Aber vielleicht konnte er trotzdem etwas herausbekommen.

„Tee gibt´s hier nicht. Kannst ein Ale haben oder wieder gehen", sagte der schmierige Wirt.

„Soda?", fragte Barrington gelassen.

Der Wirt stützte seine beiden Hände auf dem Tresen ab und sah ihn trotzig an.

„Limonade?"

Endlich kam Bewegung in die Miene des Mannes. Er griff hinter sich zu einem Glas, sah es sich kurz gegen das Licht an, hielt es für einigermaßen sauber und schenkte aus einer offenen Flasche eine orangefarbene Flüssigkeit ein, die einen leichten Stich ins Graubraune aufwies. Barrington schluckte. Er war sich sicher, wenn er davon trank, musste er sofort in die Praxis von Dr. Humbleby nach St. Applewood fahren. Er bezahlte, wunderte sich über den horrenden Preis und nahm sein Glas.

Er setzte sich an einen Tisch in der Nähe des Tresens und wartete ab. Vielleicht ergab sich doch noch etwas. Sein Gefühl sagte ihm, dass er hier richtig war.

Barrington sah auf seine Armbanduhr.

Es war nach elf Uhr. Er saß nun bereits eine Stunde vor seinem vollen Glas Limonade. Der Wirt warf ihm unangenehme Blicke zu.

Die Pubtür ging auf und Jimmy Silver erschien. Er musste es sein, wenn sich Barrington richtig erinnerte. Er hatte ihn nur kurz vor der Pension der Mrs Gunn gesehen. Im Mund hatte der Mann seine unvermeidliche Zigarre. Er konnte sein Glück kaum fassen.

Der Mann ging zum Tresen und da Barrington nicht weit entfernt saß, bekam er ein paar Worte aus dem Gespräch der beiden mit. Silver hatte Barrington niemals gesehen, darum machte er sich auch keine Sorgen, dass man ihn hier erkannte.

Jimmy bestellte ein Bier und wollte etwas über einen gewissen *Whitebeard* wissen. Das könnte der vierte Mann sein, den alle suchten.

„Ich werde nicht noch einmal fragen. Also, wo ist er?", fragte Silver in diesem Moment und trommelte mit den Fingern nervös auf dem Tresen herum.

Danny, der Wirt, war lange nicht so kräftig wie sein Gegenüber. Weil er das wusste und weil er ein schlaues Kerlchen war, begann er zu singen wie ein kleines Vögelchen auf Brautschau. Er sah sich um, ob jemand zuhörte, flüsterte etwas und schob einen Zettel über den Tresen.

„Mehr weiß ich auch nicht. *Whitebeard* war vor einiger Zeit hier und hat danach gefragt. Wo er untergekrochen ist, hat er nie verraten und soll ich dir was sagen? Ich habe auch nicht danach gefragt. Und nun verschwinde", sagte der Wirt und warf einen kurzen Blick zu dem jungen Mann, der immer noch an der Jukebox stand und mit dem Geldstück in seiner Hand spielte. Er kam herüber zum Tresen und legte seinen Unterarm leger auf die Holzplatte. Barrington hätte ihm das nicht empfohlen, denn das Holz sah aus, als würde man daran kleben bleiben.

Der junge Mann sah Jimmy Silver provozierend an. Den Schwinger, der ihn voll im Gesicht traf, hatte er allerdings nicht erwartet. Jimmy rieb sich seine Hand, während der junge Mann am Boden lag.

Danny hatte einen Schritt zurück gemacht.

„Deinen Rausschmeißer solltest du besser aussuchen, Danny!", rief Silver und verließ höhnisch grinsend den Pub.

Barrington war aufgesprungen, während die anderen Gäste sich kaum gerührt hatten. Sie waren derlei Auseinandersetzungen schon gewohnt. Barrington ging zum Tresen und half dem jungen Mann, aufzustehen.

„Das war ja ein böser rechter Haken. Dein Auge wird sicher blau anlaufen. Was wollte der Mann?", fragte er.

„Das geht dich nichts an und nun verschwinde,

du Limonadenbubi!", rief Danny, wieder obenauf, nachdem die Gefahr vorüber war.

Barrington griff in seine Jackentasche und zog ein paar Pfundnoten heraus.

„Wie wäre es, wenn Sie mir den gleichen Zettel geben würden und ich Ihnen diesen unangenehmen Kerl vom Hals schaffe?"

Danny sah mit glänzenden Augen die Pfundnoten in der Hand seines seltsamen Gastes. Er griff nach den drei Pfund, die Barrington auf dem Tresen abgelegt hatte, und sah gierig nach den anderen in der Hand dieses Mannes.

Danny zog einen Block unter dem Tresen hervor, nahm einen Stift und notierte etwas. Er riss den Zettel ab und faltete ihn. Dann schob er ihn Barrington über den Tresen. Direkt durch eine Lache Ale. Barrington griff schnell zu und hielt den Zettel mit zwei Fingern in die Luft. Ein paar Tropfen fielen zurück auf den Tresen. Er sah sich die Notiz an und war zufrieden.

Noch einmal wechselten drei Pfund den Besitzer. Das war ein teurer Pubbesuch, aber Barrington hatte nun eine Information, die ihn weiterbringen konnte.

Ohne Gruß und ohne sich umzusehen, verließ er schnellstens dieses Etablissement und hoffte, hier niemals wieder hingehen zu müssen.

Jimmy Silver war fort, aber Barrington konnte sich denken, wohin der Weg des Gauners führen würde. Er beeilte sich, zu seinem Wagen zu kommen, stieg ein und fuhr davon. Auf dem Zettel hatte die Adresse eines Juweliers in Lintie gestanden.

All die schönen glitzernden Dinge

Barrington erreichte Lintie kurz nach der Lunchzeit. Die Straßen schienen kaum belebt. Die meisten Bewohner waren mit dem Essen beschäftigt oder machten einen Verdauungsspaziergang durch den kleinen Park des Ortes.

In der Mitte von Lintie gab es einen großen Platz mit einer Bank, dem Theater und verschiedenen kleinen Geschäften. Die Adresse, die Barrington auf dem Zettel gelesen hatte, befand sich in einer der Seitenstraßen.

Er parkte seinen Wagen und ging zu Fuß weiter. Das Geschäft des Juweliers war ihm nicht bekannt. Er kannte hier nur die Bank und das Theater.

Die letzte Theateraufführung des Stückes „*Drei Witwen und ein Mordfall*" vor einem Monat war ein voller Erfolg gewesen. Barrington hatte sich das Stück mit Maureen Hastings zusammen angesehen. Es war ein schöner Abend gewesen.

Alle notwendigen Dinge, die es in seinem Ort nicht gab, besorgte er in Brams, dem kleinen Nachbarort von St. Applewood, oder hier in Lintie.

Das Geschäft kam in Sicht. In diesem Moment riss jemand die Tür auf und rannte wie von Hunden gehetzt davon. Barrington erkannte Jimmy Silver. Der Mann verschwand hinter der nächsten Ecke.

Barrington betrat den Juwelierladen. Glasscherben am Boden ließen nichts Gutes ahnen. Er ging vorsichtig weiter und sah sich um. Ein Blick hinter den Verkaufstresen sagte ihm, dass Jimmy wohl nicht sehr zartfühlend vorgegangen war.

Ein Mann lag am Boden. Barrington lief zu ihm und versuchte herauszubekommen, ob er noch am Leben war. Der Mann stöhnte leise und setzte sich schon wieder auf. Barrington half ihm, aufzustehen.

„Was ist passiert?", fragte er mitfühlend. Die Nase des Mannes begann bereits anzuschwellen. Das würde eine hübsche Blaufärbung ergeben. Vielleicht war sie sogar gebrochen.

Der Juwelier Mr Spook, dessen Namen Barrington von dem Zettel kannte, zog sich einen Stuhl heran und setzte sich.

Mr Spook machte seinem Namen alle Ehre.

Barrington konnte sich den Herrn eher in einem Begräbnisinstitut vorstellen als in einem funkelnden Juweliergeschäft. Mr Spook war mager, hatte ein sehr längliches, dünnes Gesicht und seine Gesichtsfarbe sah fast durchscheinend aus. Dazu trug er auch noch einen schwarzen Anzug, der ihn noch blasser erscheinen ließ.

„Ach, so ein frecher Kerl wollte mich überfallen. Das war nichts. Sie brauchen die Polizei nicht zu benachrichtigen", sagte der Herr und damit war Barrington klar, dass es hier nicht nur legale Ware zu kaufen gab.

„Da bin ich aber nicht Ihrer Meinung. Ich werde sofort in der Polizeistation anrufen, die sind in Windeseile hier. Das kann man nicht auf sich beruhen lassen. Wo ist denn Ihr Telefon?"

Barrington schien es, als würde der arme Geprügelte noch blasser werden.

„Ich habe kein Telefon und das ist auch nicht nötig!", rief Mr Spook, zog sein Taschentuch aus seiner Hosentasche und betupfte sein Auge.

„Dann werde ich sofort zur nächsten Telefonzelle gehen!", rief Barrington und war schon auf halbem Weg zur Tür.

„Nein, lassen Sie das gefälligst!", schrie der Juwelier. Schweißtropfen hatten sich auf seiner Stirn gebildet. Er zog ein Taschentuch aus seiner Jackettasche und tupfte sie ab.

Nun hatte ihn Barrington da, wo er ihn haben wollte. Es bedurfte nur noch eines kleinen Anstoßes und der arme gebeutelte Mr Spook würde ihm verraten, was Jimmy hier gewollt hatte.

„Was wollte Jimmy Silver von Ihnen?"

Mr Spook schloss die Augen.

„Sie kennen ihn? Sind Sie etwa von der Polizei?", fragte der Juwelier mit krächzender Stimme und riss die Augen wieder auf. Sofort kam der Schmerz an seiner Nase zurück und er zuckte zusammen.

Barrington schüttelte den Kopf.

„Reden Sie schon."

„Sicher ist es besser, seinen Lebensunterhalt auf legalem Wege zu bestreiten. Aber es können Dinge

224

geschehen, die einen unbescholtenen Mann in eine Situation bringen können, die, sagen wir einmal, nicht sehr legal ist. Ich kann gar nicht mehr sagen, an welchem Punkt ich angefangen habe, für die falsche Seite zu arbeiten. Nachdem man die drei Männer damals wegen des Raubüberfalls verurteilt hatte, dachte ich, ich kann von vorne anfangen.

Ich habe mich getäuscht. Die Schatten der Vergangenheit haben mich wieder eingeholt."

Fast tat der Mann Barrington leid.

„Was wollte Silver?", fragte er erneut.

„Er wollte eine Adresse von mir. Aber die konnte ich ihm nicht geben. Ich weiß auch nicht, wo *Whitebeard* untergekrochen ist. Tatsache ist, dass er vor einiger Zeit hier plötzlich aufgetaucht ist und unsere geschäftliche Vereinbarung erneuern wollte. Aber die Ware, die er mir angeboten hatte, war so heiß, damit hätte man aus den Highlands ein Tropenparadies machen können. Ich habe es abgelehnt. Kennen Sie den Mann?"

Barrington verneinte.

„Man schlägt ihm nichts ab. Er hat mich bedroht. Daraufhin nahm ich einige Stücke in Kommission. Ich traute mich nicht, sie auf den Markt zu bringen. Also habe ich ihm von meinem eigenen Geld immer mal etwas gegeben und in Bezug auf den Verkauf gelogen. Wenn er das herausbekommt, bin ich tot."

„Sie können also nicht sagen, wo dieser Kerl sich aufhält?", fragte Barrington.

Spook schüttelte den Kopf.

„Was haben Sie Silver noch gesagt? Wie sind Sie ihn losgeworden?"

„Ich denke, dass *Whitebeard* in der Gegend sein muss. Wenn er mich anruft und nachfragt, kann er innerhalb einer Viertelstunde hier sein. Aber wo genau er sich befindet? Das weiß ich nicht."

Barrington glaubte dem Mann die Geschichte, auch wenn es so klang, als wolle er sich aus seiner Verantwortung rausreden.

Barrington hatte genug gehört, um langsam ein Bild von dem Mann mit Namen *Whitebeard* zu bekommen. Skrupellos, egoistisch, vielleicht auch eine Spur Narzissmus, aber auch überaus intelligent und talentiert auf seinem Gebiet. Vor allem musste er über die vielen Jahre hinweg ein Meister auf dem Gebiet sein, sich unsichtbar zu machen. Wie sollte er diesen Mann zu fassen kriegen? Die Aufgabe erschien Barrington langsam unlösbar zu sein.

Aber er war ein Brandon und die Brandons gaben nicht auf.

„Beschreiben Sie den Mann", sagte er zu dem Juwelier.

„Größer als ich, volles blondes Haar, einen weißlichen Schnauzbart, elegante Anzüge."

Jimmy Silver war ihm entkommen und wohl auch einen Schritt voraus. Hatte ihm die Aussage des Juweliers den richtigen Anstoß gegeben, um seinen alten Freund aus Bandentagen zu finden? Hier in Lintie war der Gesuchte sicher nicht.

„Versuchen Sie mir genau zu wiederholen, was Sie Jimmy Silver gesagt haben. Es ist wichtig", sagte Barrington und wandte sich erneut an den Juwelier.

Mr Spook überlegte einen Moment.

„Nun, was ich Ihnen schon gesagt habe. Er ist aus dieser Gegend, kommt immer sehr schnell zu mir, wenn wir telefoniert haben, hat einen Wagen, darum kann man nicht sagen, woher genau er kommt", erwiderte der Juwelier.

„Was für einen Wagen? Davon haben Sie noch nichts gesagt", sagte Barrington mit einem Funken Hoffnung in der Stimme.

„Ich habe ihn zufällig beobachtet, als er zu mir kam. Er parkte den Wagen zwar hinter der nächsten Straßenecke, aber ich habe ihn erkannt."

Barrington wurde langsam nervös.

Man musste diesem Mann alles aus der Nase ziehen.

„Was war das für ein Wagen? Haben Sie das Fabrikat erkannt oder vielleicht sogar das Nummernschild?"

Der Juwelier drückte sich erneut sein Taschentuch an die schmerzende Stirn.

„Mein Kopf!", rief er. „Hören Sie mit der Fragerei auf! Wissen Sie, meine Mutter hatte immer diese Migräneanfälle. Ich merke, wie es in mir hochsteigt, der Schmerz erdrückt mich! Was hat meine Mutter immer genommen?" Er stand auf, seltsam schnell und sportlich. Nicht so, als habe man ihn zu Boden geschlagen und schwer verletzt. Der Juwelier lief ins Hinterzimmer. Barrington folgte ihm.

„Sagen Sie es schon. Dann sind Sie mich los. Ich muss es noch einmal sagen. Ich könnte auch ganz schnell die Polizei holen. Kennen Sie zufällig Inspector Marlow?"

Auf dem Gesicht seines Gegenübers erschienen

erneut Schweißperlen. Seine Hände zitterten, während er eine Tablette aus einem Schubfach nahm und sich ein Glas Wasser einschenkte.

„Tun Sie mir das bitte nicht an. Der Inspector war schon oft genug hier in meinem Geschäft. Er ist so furchtbar von sich eingenommen. Ich habe einfach Angst. Wenn *Whitebeard* herausbekommt, dass ich gesungen habe, bringt er mich um." Der Mann nahm die Tablette und stellte das Glas danach auf einen Tisch in der Nähe.

„Wie viel Angst haben Sie? Fürchten Sie sich mehr vor dem Gauner oder vor der Polizei?", fragte Barrington.

Der Juwelier nickte verstehend mit dem Kopf.

„Na gut, ich sage es Ihnen. Ich werde meine Sachen packen und das Geschäft auf unbestimmte Zeit schließen. Hier bleibe ich nicht. Besuche meine Schwester in den Highlands. Je weiter weg, umso besser."

„Das wollte ich nicht wissen!" Barrington war genervt.

Als Spook endlich mitteilte, welche Automarke er gesehen hatte, war es für Barrington, als hätte er es schon lange Zeit gewusst. Er war irgendwie überhaupt nicht überrascht. Wahrscheinlich wüssten sämtliche Leser, die diese verzwickte Geschichte in einem Kriminalroman gelesen hätten, nun auch die Lösung des Rätsels.

Barrington nickte dem Juwelier zu und verließ das Geschäft.

Der Juwelier schloss hinter ihm sofort die Tür, ließ innen einen Metallrollladen herunter, nahm die

Auslagen aus dem Schaufenster und stellte ein Schild hinein, mit dem Aufdruck *Wegen Urlaub geschlossen.* Das Licht im Innenraum wurde gelöscht.

Barrington ging langsam zu seinem Land Rover zurück. Wie sollte er nun vorgehen? Er sah auf seine Armbanduhr. Es war früher Nachmittag.

In Lintie belebten sich langsam nach dem Lunch die Straßen wieder mit Menschen, die in ihre Büros zurückkehrten oder ihren Geschäften nachgingen. Kinder in Schuluniform liefen an ihm fröhlich plaudernd vorbei. Ein Hund bellte, dann ein zweiter und am Ende gab es eine Rauferei, während der sich die zwei Hundehalter bemühten, die beiden kleinen Terrier zu entknoten.

Alles wie immer, dachte Barrington. Bis auf die Tatsache, dass er nun wusste, wer *Whitebeard* war.

Einer der Terrier hatte ein rotes Halsband mit einem kleinen Herz daran. Die ältere Dame, die das aufgeregte Tier fortzuziehen versuchte, hatte einen Hut mit einer grünen Feder daran auf. *Verflucht!*, dachte Barrington. *Das ist doch vollkommen nebensächlich im Moment.*

Sein Talent, sich jede noch so kleine Nebensächlichkeit zu merken, war Fluch und Gabe zugleich.

Er hatte seinen Wagen erreicht, stieg ein und startete den Motor.

St. Applewood war sein Ziel.

Eins, zwei, drei, es ist vorbei

Barrington fuhr zuerst in seinen Pub zurück. Er wollte auf jeden Fall vermeiden, dass irgendjemand ihn vermissen könnte. Die Auflösung des geheimnisvollen Knotens musste noch warten.

Trotzdem machte er sich Sorgen. Er hoffte, dass es auf ein oder zwei Stunden nicht ankommen würde. Was Jimmy Silver betraf, machte er sich keine Gedanken. Der Gauner war selbst für seine Handlungen verantwortlich und woher sollte er wissen, wem dieser Wagen gehörte, mit dem sein vermisster Boss herumfuhr? Aber dann kamen Barrington wieder Zweifel. Was war, wenn Silver es doch wusste? Er war eine Zeit lang hier in St. Applewood gewesen. Vielleicht hatten er oder einer seiner Gaunerkollegen etwas beobachtet. Das war Billy schließlich zum Verhängnis geworden.

Es war früher Nachmittag und der Pub noch ziemlich leer. Gegen siebzehn Uhr würden die ersten Gäste kommen. Es duftete nach Farlans Shepherd's Pie.

Als Barrington die Küche betreten hatte, hatte

der Junge am Herd gestanden und ein Lied vor sich hin gesummt. Auf seinem Kopf saß die nagelneue Mütze von Raelyn McNeedle.

„Tolle Mütze, sie hat sich wieder einmal selbst übertroffen. Wie bekommt sie das nur so fein gestrickt hin?", sagte Barrington und sah sich die Mütze genauer an.

„Ich mag die Farbe", sagte Farlan lächelnd.

„Umrühren, Junge!", rief der alte Chadwick, der am Tisch saß und Kartoffeln schälte. Er hatte sich zu einem wichtigen Mitarbeiter entwickelt.

„Ich sehe, hier läuft alles gut. Ich muss noch einmal kurz zur Post. Da liegt ein Päckchen für mich. Kommt ihr beiden allein zurecht?", fragte Barrington und versuchte, einen möglichst normalen Tonfall zu treffen. Die beiden sollten auf keinen Fall merken, dass er etwas Wichtigeres vorhatte, als ein Päckchen abzuholen.

„Wenn du so weitermachst und so oft unterwegs bist, übernehmen Chadwick und ich gern deinen Pub als Besitzer. Oder, Chadwick?", fragte Farlan und handelte sich einen bösen Blick von Barrington ein.

„Klar. Kann das Geld auf meine alten Tage gut gebrauchen. Barri kann ja bei Ian anfangen und sich um *Little* Erna kümmern", erwiderte der alte Herr und setzte ein verschmitztes Lächeln auf.

„Das könnte euch so passen. Weitermachen!", rief Barrington.

„Antreiber!", rief Chadwick zurück.

Barrington machte sich sofort auf den Weg. Er war

unruhig und machte sich Sorgen. Er würde zu Fuß gehen, um niemanden auf die Idee zu bringen, dass er etwas anderes vorhatte, als zur Post zu gehen.

Als er in der Nähe der Brücke war, hörte er lautes Rufen aus Richtung des *Fluffy Woolcave*. Was war da los?

Er ging die paar Schritte dorthin und sah Ian und Raelyn vor dem Geschäft stehen und nach oben schauen. Er stellte sich daneben und sah zum Himmel.

„Ufos gesichtet?", fragte er.

Raelyn erschrak. Sie hatte ihn nicht kommen sehen.

„Ach, Barri. Hör bloß auf. Von wegen Ufos. Da oben krabbelt *Little* Erna rum!", rief sie und wies mit der Hand zum Dach hinauf.

Nun konnte es Barrington auch sehen. Das kleine Schaf, eine gewiefte Ausbrecherin, stand auf dem Dach des Ladens und blökte seine Besitzer an.

„Wie ist es denn da hochgekommen?", fragte Barrington.

„Du wirst es nicht glauben. Die Schafe waren draußen auf der hinteren Wiese. Sie ist über einen Holzstapel auf das Dach der Werkstatt gesprungen und von dort auf das Wohnhausdach. Dann ist sie nach vorn auf das Dach meines Ladens geklettert. Frag mich nicht, wie sie das gemacht hat. Bonny versucht seit einer halben Stunde, *Little* Erna aus dem Dachfenster heraus mit Futter zu locken", sagte Ian McNeedle. Neben ihm saß völlig entspannt sein Collie *Bluebell* und schien sich keineswegs aufzuregen. Der Hund kannte seine Schutzbefohlenen.

Wahrscheinlich wusste er genau, dass Erna ein schlaues Schäfchen war und nicht herunterfallen würde.

Auf einmal kam Bewegung in das kleine Schaf. Man hörte von der Rückseite des Hauses das laute Blöken der anderen Schafe. Erna lief auf dem gleichen Weg zurück, auf dem sie gekommen war, und nach fünf Minuten stand sie wieder zwischen ihrer Schaffamilie und tat so, als wäre nichts gewesen.

„Dieses Tier ist noch mal mein Untergang", murmelte Ian und pfiff nach *Bluebell*. Die beiden machten sich auf den Weg zur Wiese.

„Arme Erna, für heute ist Schluss mit Ausflügen. Ian wird sie nach der Aufregung in den Stall bringen. Da muss sie intensiv über ihre Ausflüge nachdenken", sagte Raelyn. „Komm danach auf einen Tee herein, Ian!", rief Raelyn ihm nach. Ihr Gatte murmelte etwas Unverständliches in seinen Bart.

„Ich mag das Tier. Es hält euch auf Trab", sagte Barrington, verabschiedete sich und machte sich auf seinen Weg. Kurz sah er noch in der kleinen Polizeistation vorbei, um ein Wort mit Constable McDonald zu wechseln.

Barrington war unterwegs zum Herrenhaus der Woodland-Sippe. Er dachte dabei intensiv darüber nach, wie er am besten vorgehen sollte.

Heute stand das Tor offen. Auf dem Vorplatz war Bing mit einem Korb unterwegs und rupfte Unkraut heraus. Er sah Barrington kommen, winkte ihm zu und kam ihm entgegen.

„Slander ... ist weggefahren. Kannst ... gleich

reingehen ... Miss Maureen hat ... gesagt ... dass du kommst."

Barrington stutzte. Woher sollte Maureen wissen, dass er zu ihr kommen würde? Er war gespannt. War sie jetzt vielleicht, neben ihren vielen Talenten, auch noch hellsichtig geworden?

Er ging zur Eingangstür und öffnete sie. Klingeln wollte er diesmal nicht. Der Lärm dieser Klingel würde ihn verraten.

Die Tür zum Salon stand offen.

„Barrington?", fragte Maureen, die ihm entgegenkam. „Ich dachte, du wolltest zur Post. Ich hatte vor einer viertel Stunde im Pub angerufen. Slander hat das Haus verlassen. Er macht Besorgungen für meinen Onkel, sagte er. Ich denke nicht, dass er das tut. Sicher macht er sich einen schönen Tag in irgendeinem Pub. Es wäre günstig, sein Zimmer zu durchsuchen, dachte ich. Aber Farlan meinte, du seist unterwegs zur Post."

„Gut. Lass uns schnellstens das Zimmer ansehen. Wer weiß, ob er nicht im nächsten Moment vor uns steht. Du weißt ja, wie leise er herumschleichen kann."

„Er hatte zu Anfang ein Zimmer im Dienstbotentrakt in der dritten Etage. Aber irgendwann ist er umgezogen in den Westflügel. Da hat Lady Ursula Woodland bis zu ihrem Tod gewohnt, Onkel Millwards verrückte Tante. Kannst du dich an sie erinnern?", fragte Maureen, während sie über die Treppe nach oben gingen, durch einen weiten Flur mit Ahnenbildern an den Wänden und eine Flügeltür zum Westteil des Hauses öffneten.

„Wer könnte diese Frau schon vergessen? Ich habe mich so vor ihr gegruselt", sagte Barrington leise, als ob die Dame aus einer der Nischen hervorspringen könnte, ihn am Kragen packen, ordentlich durchschütteln und anschreien würde, was er hier zu suchen hätte. Denn das hatte sie mit dem armen kleinen Barrington einst getan.

„Wie die Dame schon aussah, war zum Gruseln. Das lange, weiße Haar, die rabenschwarzen Spitzenkleider und dieser Gehstock mit dem Löwen obenauf. Ich höre noch das Klickklack auf den Holzdielen und ihr wirres Geplapper", sagte er und schüttelte sich.

Maureen kicherte.

„Sie war doch nur eine alte verwirrte Frau. Vielleicht hat mein Onkel das von ihr geerbt?"

Sie erreichten das Zimmer des Butlers.

„Hier wohnt er? Der nimmt sich wirklich eine Menge heraus", sagte Barrington und griff nach der Türklinke. Verschlossen. Natürlich, was sonst?

Barrington griff in seine Jackentasche und zog Dietriche heraus. Er versuchte sofort, die Tür aufzubekommen.

„Ich denke mal nicht, dass du die Schlüssel für diesen Teil des Hauses besitzt."

Maureen schüttelte traurig den Kopf.

„Wie alles, was den Butler stört. Verschwunden."

Nach einer Minute war das Schloss geknackt. Barrington drückte die Klinke und die Tür öffnete sich lautlos.

Maureen blieb in der Tür stehen und bekam ihren Mund nicht mehr zu vor Staunen.

„Das glaube ich jetzt nicht!", rief sie.

Barrington versuchte sie zu überzeugen, leise zu sein. Er hielt seinen Finger an den Mund und trat in das Zimmer. Aber das war nicht nur ein Zimmer. Es war ein großer Salon mit einem Erker, an den sich zwei weitere Zimmer anschlossen.

Auf dem großen Marmorkamin in der Mitte des Raumes stand eine vergoldete Uhr. Über dem Kamin hing ein Gemälde. Vor einem relativ dunkel gehaltenen Hintergrund stand ein ernst blickender junger Mann in einem schwarzen Anzug mit weißer Halskrause. Das Bild wirkte düster. Nur die Hände, das schmale, fast durchscheinend wirkende Gesicht und die Halskrause verliehen dem Gemälde etwas Licht.

„Woher kommt dieses Gemälde? Uns gehört es nicht. Wie kommt ein Mann wie Slander zu einem *El Greco*? Das ist wirklich eine gute Kopie", sagte Maureen und sah sich weiter um.

„Bist du sicher, dass es ein *El Greco* sein könnte?", fragte Barrington. Er stand immer noch vor dem Bild und betrachtete es. Es war wunderschön.

„Ja, ganz sicher. Aber das kann nur eine Kopie sein. Sogar diese ist unbezahlbar. Ich fasse es nicht. Sieh dich doch einmal um. Hier stehen die besten Möbel. Ich hatte mich schon gewundert, wo sie geblieben sind. Slander hat sich im gesamten Haus einfach bedient."

Barrington sah sich einen großen Eichenschrank an. Er öffnete ihn und riss die Augen auf.

„Wie soll Slander diesen Schrank allein hierhergetragen haben?"

„Nein, dieser Schrank stand hier schon immer. Er gehörte Tante Ursula. Ist etwas Interessantes darin?"

„Sieh selbst."

Maureen kam zu Barrington. Sie riss erneut die Augen weit auf. Im Schrank standen Schatullen und verschieden große Kästen. Daneben sah man diverse Perücken und Bärte für verschiedene Verkleidungen auf künstlichen Köpfen. Nun war Barrington auch klar, warum die Beschreibungen der Zeugen so weit auseinanderlagen.

Barrington hatte eine Schatulle geöffnet. Darin lag eine breite Brillantkette, wie sie Maureen noch niemals gesehen hatte. Sie griff danach.

„Lass sie lieber liegen, Maureen. Ich möchte nicht, dass deine Fingerabdrücke daran landen."

Sie sah Barrington fragend an.

„Ich hätte dir gleich sagen sollen, was ich herausgefunden habe. Euer guter Butler Slander hieß früher in Gaunerkreisen *Whitebeard*. Wobei das nicht sein richtiger Name ist. Ich habe die Wahrheit erkannt, als mir heute ein Juwelier in Lintie erzählte, dass er ihn in einem dunkelblauen *Aston Martin* gesehen hatte. Ich dachte sofort an euren Wagen. So viele Sportwagen dieser Marke fahren hier wirklich nicht herum. Er war in der Vergangenheit der Chef einer Bande in Glasgow. Damals trug er vielleicht noch einen weißen Schnauzbart. Daher der Name. Er kam vor zehn Jahren davon. Seine Kumpane mussten eine Strafe absitzen."

„Und das hat seinen lieben Freunden gar nicht gefallen!", rief ein Mann hinter ihrem Rücken. Sie

237

drehten sich langsam um und standen Jimmy Silver gegenüber. Er hatte eine Pistole auf sie gerichtet. Maureen klammerte ihre Hand angstvoll an Barringtons Arm fest.

„Was tun Sie hier? Das ist Privatbesitz!", rief sie mit leicht zitternder Stimme.

„Lady. Das ist mir furchtbar schnuppe. Ich will endlich, was mir zusteht. Dachtest du, ich hätte nicht gemerkt, dass du mir gefolgt bist?", fragte Jimmy an Barrington gewandt.

„Ich musste dir nur noch folgen. Du hast mich zu meinem lieben Freund geführt. Setzt euch doch."

Maureen erstarrte. Barrington, ganz Gentleman, schob sich langsam vor sie, um sie zu schützen.

„Ach, wie süß. Setzen!", rief Jimmy erneut.

Er schob ihnen zwei Stühle hin und sie setzten sich. Immer die Pistole auf die beiden gerichtet, sah er sich im Raum um. Er ging zu einem der Fenster und riss ein dickes Gardinenband herunter. Dann reichte er es Maureen.

„Binde deinen Liebsten fest, mein Schätzchen", sagte er. „Aber richtig, bitte!"

Maureen sah Barrington verzweifelt an. Der nickte nur.

Sie schlang das Band um seine Hände und die Armlehnen der Stühle und sah Jimmy an.

„Die Beinchen auch, oder hältst du mich für dumm?"

Also auch die Beine. Am Ende war Barrington ein hübsches Paket. Nun war Maureen dran. Dafür musste Jimmy die Pistole ablegen und deshalb hatte er verlangt, dass sie zuerst Barrington anbinden sollte. Aber Maureen war auch nicht so leicht zu überrumpeln. Als Jimmy die Pistole auf einem Tisch abgelegt hatte, sprang sie ihm entgegen und biss in seine Hand. Dafür bekam sie einen ordentlichen Boxschlag, der sie auf den Boden warf.

Barrington wurde zornesrot.

„Lassen Sie sie zufrieden!", rief er und zerrte erfolglos an seiner Verschnürung.

Jimmy griff sich Maureen und verfrachtete sie auf den anderen Stuhl. Dann band er sie brutal fest. Von dem Schmerz an ihren Handgelenken wachte sie auf und stöhnte. Aber da war es zu spät, um etwas zu unternehmen. Die beiden alten Freunde waren gut verschnürt. Jimmy prüfte auch nochmals die Fesseln an Barringtons Händen und Füßen. Er grinste breit.

Jimmy drehte sich um, rieb sich die Hände und begann, in dem Schrank zu stöbern. Er griff zu einer Tasche, die neben dem Schrank stand, und öffnete sie. Maureen und Barrington konnten nichts sehen, da sie mit dem Rücken zu ihm saßen.

„Na sieh mal einer an. Noch mehr Verkleidungen. Jetzt braucht man sich nicht mehr zu wundern, dass alle *Whitebeard* anders beschrieben haben. Ausgebuffter Hund." Er stülpte die Tasche um und es fielen Schminkutensilien, falsche Bärte und Perücken heraus. Jimmy begann die Beute einzupacken. Als er die breite Brillantkette, mit der Isobel Kidd erdrosselt worden war, in Händen hielt, glänzten seine Augen im Funkeln der kostbaren Steine.

Aber dann kam ein anderer Ausdruck in seinen

Blick. Es glich eher einem staunenden Kind. Seine Augen wurden groß und ein krächzender Ton entfuhr seinem Mund.

Barrington sah Maureen fragend an. Was passierte da hinter ihrem Rücken? Er versuchte, sich mitsamt dem Stuhl umzudrehen, indem er, so gut es ging, auf- und absprang. Von Jimmy Silver kam kein Wort, dass er das lassen sollte.

Als Barrington endlich sah, was geschehen war, lag Jimmy bereits am Boden. In seiner zuckenden Hand lag immer noch die kostbare Kette. Durch seine Brust hatte jemand einen langen Dolch gestoßen. Es sah eigenartig aus, wie er da am Boden lag und aus seiner Brust der Dolch ragte. Er lebte noch und sah, wer sich nun lächelnd über ihn beugte.

„Du verdammter ...", raunte Jimmy dem Mann zu. Mehr kam nicht aus seinem Mund. Er erstarrte.

Mit einer schnellen Bewegung drehte sich Slander, oder wie er sonst noch heißen mochte, zu den beiden verschnürten Gestalten um. Wie hatte dieser Mann so plötzlich im Zimmer auftauchen können? Durch die Tür war er nicht gekommen.

„Ich liebe die Geheimgänge in diesen alten Gemäuern. Das hat mir einen entscheidenden Vorteil in den letzten Jahren verschafft", sagte er mehr zu sich selbst.

Damit war es Barrington klar, wie dieser Mann das gemacht hatte, zu jeder Zeit irgendwo aufzutauchen, wo man ihn nicht vermutet hatte, und woher er wissen konnte, was im Haus geredet wurde. Er ärgerte sich. Das hätte ihm doch eigentlich viel früher einfallen sollen. In den großen alten Häusern gab es fast immer geheime Türen und Gänge.

„Wie überaus praktisch. Er hat euch gut verschnürt, als Geschenk für seinen alten Chef zurückgelassen. Jimmy war immer mein bester Mitarbeiter. Da habe ich doch gleich viel mehr Zeit, meine Besitztümer in Sicherheit zu bringen", sagte er, griff sich die Tasche und packte weiter die Sachen aus dem großen Schrank ein. Dabei waren auch mehrere Stapel Geldscheine.

Maureen hatte es, als das Spektakel losgegangen war, Barrington nachgemacht und sich mit viel Mühe umgedreht. Ihre Wange schmerzte. Aber sie biss die Zähne zusammen.

„Haben Sie das etwa alles von meinem Onkel erpresst?", fragte sie zornig.

Slander lachte, schüttelte den Kopf und packte weiter seine Schätze ein. Dann ging er zu den beiden verschnürten Freunden und beugte sich ganz nah zu Maureen hinunter.

„Du dummes Kind! Dein Onkel war in meiner Hand. Ich habe damals dem Hausmädchen etwas in den Tee getan. Eigentlich wollte ich nur ausprobieren, wie das Zeug wirkt. Es ging schnell. Danach habe ich dem lieben einfältigen Onkel Millweard eingeredet, dass er die Schuld an ihrem Tod trägt. Ich habe ihm berichtet, wie das neugierige Hausmädchen in seinem Labor war. Sie hätte etwas Giftiges eingeatmet. Zuerst konnte sich dieser senile Dummkopf das nicht erklären, aber ich sagte ihm, dass sein letztes Experiment schiefgegangen war und dass ich bereits sämtliche Beweise entsorgt hätte. Ich habe ihn an seine gute Nichte und seinen Neffen erinnert. Wie sollte Edward als nächster Viscount dastehen, wenn die Geschichte rauskommen sollte?" Slander lachte erneut, während Barrington an seinen Fesseln riss.

„Lassen Sie sie gefälligst in Ruhe! Sie Psychopath!", rief er.

„Vielen Dank für die Lorbeeren. So hat mich noch niemand genannt. Doch irgendwie hast du recht, mein Jungchen. So, ihr Lieben. Es wird für mich Zeit. Du hast doch nichts dagegen, wenn ich den *Aston Martin* nehme, Maureen? Ich habe mich so an ihn gewöhnt. Das Gemälde lasse ich hier. Konnte es nie loswerden. Vielleicht kombiniert die Polizei, dass der vertrottelte Onkel Millweard das Gemälde einem Hehler abgekauft hatte. Oh, das bringt viel Ärger, ihr Lieben." Er kicherte.

„Was wollen Sie nun tun? Bringen Sie uns jetzt auch um?", fragte Barrington.

„Was denkst du denn, mein Freund?", fragte Slander. Er griff zu der Pistole seines alten Kollegen Jimmy Silver und richtete sie auf Barrington.

„Siehst du, der böse Jimmy hat euch beide, mordlustig wie er war, ohne Skrupel erschossen. Die Beute ist dann schon weg und nach ein paar Wochen wird man die Suche nach mir aufgeben. Vielleicht wird man sogar sagen, Jimmy hat den armen Butler Slander ermordet und irgendwo auf dem Anwesen verscharrt. Dann hat der böse Barrington ihm einen Dolch in den Rücken gerammt. Mit letzter Kraft hat er dich erschossen. Da war die kleine Lady bereits tot. Das passt alles wunderbar. Ich verspreche, euch wunderschön auf dem Fußboden neben dem guten Jimmy zu drapieren."

Slander lachte wiederum aus vollem Hals.

„Stellt euch vor, wie das hübsche, gepflegte Anwesen aussehen wird, wenn die Polizei alles umgegraben hat. Das wird ein Spaß. Schade, dass ich das nicht mehr erleben werde."

„Stimmt, das werden Sie nicht mehr erleben", sagte Barrington.

Die Tür zum Salon wurde aufgerissen. Inspector Baxter und Constable McDonald stürmten den Raum mitsamt einem Aufgebot von Polizisten.

Slander war im ersten Moment überrascht. Er hatte einen kurzen Augenblick keinen Blick auf seine beiden Opfer. Barrington hatte endlich seine Fesseln lockern können, zog einen der Füße aus der Schlinge am Stuhlbein, kickte gegen die Beine Slanders und brachte ihn dadurch zu Boden. Die Pistole flog in hohem Bogen davon und wurde von einem der Polizisten sofort gesichert.

Mit der Wendigkeit eines Wiesels sprang Slander auf, griff seine Tasche und rannte in Richtung Kamin.

„Dort ist sicher ein Geheimgang!", rief Maureen den Polizisten zu.

Hätte der Gauner die Tasche nicht mitgenommen, hätte er vielleicht noch eine Chance zur Flucht gehabt. Aber er wollte die Beute nicht aufgeben. Und so wurde er überwältigt. Er warf zornige Blicke zu Barrington.

„Hätte mich viel früher um dich kümmern sollen!", schrie er.

„Sie glauben doch nicht etwa, dass ich ohne Verstärkung hier auftauche. Nicht, nachdem ich herausbekommen hatte, was Sie getrieben haben in Greenock, Glasgow und hier auf Woodland Manor. Keine Chance", sagte Barrington und löste endlich die Verschnürung an Maureens Händen und Füßen.

Maureen fiel ihm um den Hals.

„Du bist der Beste!", rief sie und sah ihn lächelnd an. Dann räusperte sie sich, erschrocken über ihren Gefühlsausbruch, und trat einen Schritt zurück. Barrington bekam tatsächlich rosafarbene Wangen.

Constable McDonald kam zu den beiden herüber und flüsterte Barrington ins Ohr: „Ich erzähle es nicht weiter, versprochen. Vielleicht nur den Pullman-Schwestern."

Barrington bekam einen panischen Blick, der den Constable überaus amüsierte.

DCI Baxter erzählte Barrington, dass nach der Exhumierung von Corbie Kidd eine furchtbare Sache ans Licht gekommen war. Der Rechtsmediziner hatte einwandfrei feststellen können, dass der Wirt des Pubs *Black Crow* an einer Thallium-Vergiftung gestorben war. Hohe Konzentrationen des Giftes fanden sich in den inneren Organen. Schon bei der Begutachtung der Hände und Nägel des Opfers hatte der Doktor die verräterischen mattgrauen Querstreifen, sogenannte Mees-Nagelbänder, auf den Nägeln sehen können.

„Das Gift führt zu Haarausfall, Übelkeit, Halluzinationen und schließlich zum Tod. Dr. Wallace erklärte mir, dass man Thallium aus Rattengift extrahieren kann. Dafür benötigt man aber ein Labor. Isobel muss es von *Whitebeard* bekommen haben. Und der ehemalige Butler hat es wohl hier auf Woodland Manor hergestellt. Tut mir sehr leid, Lady Maureen", sagte Baxter.

„Also hatten Sie recht, Sir. Es war Mord. Corbies eigene Frau hat ihn umgebracht", bemerkte Barrington. „Als Slander dann Isobel ermordet hatte, nahm er die Brillantkette an sich, die ihm wahrscheinlich sowieso gehörte, das heißt, sie stammte aus dem Raub in Glasgow."

Durch die Tür zum Salon kam der Viscount gelaufen. Er trug, wie immer, einen langen weißen Kittel, eine Pilotenbrille auf der weißen Haarpracht und in der Hand hielt er ein Schmetterlingsnetz.

Maureen lief zu ihm.

„Habe ich etwas verpasst? Habe den Lärm in meinem Labor gehört und dachte, könnte nicht schaden, das Netz mitzunehmen. Manche Leute meinen, Schmetterlinge sind nur schön und leise. Aber das stimmt nicht. Wenn sie in Massen auftreten, können sie ganz schön Lärm machen. Maureen? Deine Wange ist ganz rot. Was machst du im Zimmer von Slander? Das ist kompromittierend, mein liebes Kind. Einer Heirat kann ich nicht zustimmen. Das geht nun doch zu weit", sagte der Viscount.

Dann erst sah er das Polizeiaufgebot. Nun kam durch die Tür auch noch die Spurensicherung und begann, an den guten Möbeln herumzupinseln.

„Was ist denn los? Ich habe wieder einmal nichts mitbekommen, ist doch so, oder, Maureen?", sagte Sir Millweard traurig und ließ resigniert sein

Schmetterlingsnetz zu Boden sinken.

„Auf dieses Abenteuer kann man verzichten, lieber Onkel. Slander sind wir endgültig los", sagte Maureen. Sie beugte sich zu ihrem Onkel und flüsterte etwas in sein Ohr. „Du warst es damals nicht. Slander hat das arme Hausmädchen ermordet."

Sir Millweard riss die Augen weit auf.

„Sag nur! Der Mörder war der Butler?"

Barrington verkniff sich das Lachen.

Ein plötzlicher lauter Knall aus Richtung des Labors im Eckturm ließ Maureen erblassen.

Sir Millweard lief wie von Teufeln getrieben davon und man hörte seine trommelnden Schritte auf der Treppe nach oben.

In der offenen Tür zur Suite erschienen Mrs Partridge und die Köchin. Die Hausdame sah dem Viscount mit hochgezogenen Augenbrauen nach.

„Ich sage doch. Er wird uns irgendwann alle mitsamt Woodland Manor in die Luft jagen. Denkt an meine Worte", sagte sie.

Farlans Geschichte

St. Applewood konnte endlich wieder ruhig schlafen. Als Barrington am Abend seinen Freunden die ganze unsägliche Geschichte erzählte, waren sie vor allem froh, dass Maureen und ihm nichts passiert war.

Farlan sagte nicht sehr viel an diesem Abend. Er schien in Gedanken versunken und beteiligte sich kaum an dem Gespräch. Barrington fiel das natürlich auf.

Der letzte Gast hatte vor einer halben Stunde den Pub verlassen und auch Chadwick und Rick machten sich auf den Heimweg.

„Versuch bitte, mal eine Zeit lang ohne die Jagd auf Verbrecher auszukommen. Ich brauche meinen Schönheitsschlaf. Habe nächtelang meine Zimmerdecke angestiert. Sonst hätte ich nie gesehen, in welchem Zustand sie ist. Farbe steht bereit. Kannst mir gern streichen helfen", sagte Richard Prescott noch an der Pubtür zu seinem Freund.

Nachdem Barrington die Tür zum Pub verschlossen hatte, ging er in die Küche. Farlan wusch das letzte Geschirr ab. Er gähnte, band seine Schürze ab, hängte sie an einen Haken und wollte in seinem Zimmer verschwinden. Rufus, sein schwarzer Kater mit dem weißen Kreis um das linke Auge und dem grauen rechts, streckte sich ausgiebig und strich um Barringtons Beine. Einem abendlichen Snack war er wohl nicht abgeneigt.

„Sitz!", rief Barrington und war überrascht, dass Rufus sich setzte und ihn leise schnurrend ansah.

„Wahnsinn. Eigentlich hatte ich deinen Freund Farlan gemeint. Der gute Rufus ist mir wohl dankbar, dass ich euch zurückgeholt habe. Oder was meinst du, mein Junge?", fragte er an Farlan gewandt. „Setz dich einen Moment zu mir und dann erzähle. Fang am besten ganz von vorn an."

Farlan zögerte noch. Aber dann erschien ein Schmunzeln auf seinen Lippen und er zog sich einen Stuhl heran.

Es dauerte fast eine Stunde, bis sich der Junge alles, was ihm in den letzten Jahren passiert war, von der Seele geredet hatte.

„Es begann mit dem Tod meiner Mutter. Sie hat mich von seiner lieben Verwandtschaft stets ferngehalten, da sie wusste, was in Greenock passierte. Meine Mutter hatte lange als Kellnerin im *Black Crow* gearbeitet. Als sie schwanger geworden war, hatte sie Greenock verlassen und war nach Glasgow gezogen. Dann kam dieser Tag." Farlans Augen bekamen einen feuchten Glanz.

„Ich war gerade einmal fünf Jahre alt und begriff nicht, dass meine Mutter nicht zurückkommen würde. Ich glaube, ich habe tagelang nur geweint.

Sie hatte einen furchtbaren Autounfall gehabt und die Jugendbehörde kümmerte sich um mich. Da es keine anderen Verwandten gab, brachte man mich letztendlich nach Greenock zu Tante Isobel und Onkel Corbie. Damit begann es in meinem Leben falsch zu laufen. Ich glaube, als ich sieben Jahre alt war, fing ich an, im Pub zu helfen. Onkel Corbie meinte, ich müsste mir mein Essen verdienen und könnte nicht auf Almosen hoffen. Damals hatte ich ein winziges Zimmer neben dem Lager des Pubs. Ich hörte viel. Die Wände waren dünn." Wieder unterbrach Farlan kurz sein Geständnis. Er atmete tief ein und aus und setzte seinen Bericht fort.

„Ich bekam mit, wie brutal Ducky war, wenn es Corbie verlangte. Kaum eine Woche verging, ohne dass irgendetwas passierte. Eines Tages hörte ich am späten Abend einen Knall. Tante Isobel schickte mich früh ins Bett und schloss mich in meinem Zimmer ein. Eine Vorsichtsmaßnahme, sagte sie, damit mir nichts passieren würde.

Ich schlich mich in der Dunkelheit zum Fenster und schaute hinaus auf den Hinterhof. Ducky schleppte einen Menschen durch die Nacht und warf ihn in einen kleinen Transporter. Ich konnte einen kurzen Blick auf das Gesicht des toten Mannes werfen und erkannte ihn. Der Mann war oft im Pub. Es war dieser Polizist. Corbie bezahlte ihn."

Barrington konnte sich denken, wie furchtbar dieses Erlebnis für ein Kind gewesen sein musste. Er stand auf und setzte Teewasser auf. Das würde länger dauern. Als jeder einen Becher dampfenden Tee vor sich hatte, erzählte Farlan weiter.

„Ducky hatte mich am Fenster entdeckt. Er hat Corbie natürlich erzählt, dass ich etwas gesehen haben könnte. Ich wurde nun ständig beobachtet und abends eingeschlossen. Ich war damals dreizehn Jahre alt und Schule war für mich gelaufen. Ich durfte nicht mehr hingehen. Es kam auch niemand von der Behörde."

„Wann hast du Rufus gefunden?", fragte Barrington, da er fühlte, der Junge brauchte eine Pause.

Aber auch die Geschichte mit dem Kater war eher traurig.

„Ich habe ihn im Hinterhof in einem Abfallbehälter gefunden. Er hatte eine furchtbare Wunde am Bauch. Sicher wäre er gestorben, wenn ich ihn nicht entdeckt hätte. Ich habe ihn verbunden und in meinem Zimmer versteckt. Da sowieso niemand nach mir sah, ging das eine lange Zeit gut. Aber als es Rufus besser ging, bekam Isobel die Sache mit und schimpfte, ich solle diese Flohkiste sofort entsorgen. Sie meinte noch, ob es dem dummen Vieh nicht gereicht hatte, einen Tritt von ihrem Mann zu bekommen." Farlan schwieg. Er rieb sich über seine rechte Wange und Barrington war sicher, dass Isobel ihn damals geschlagen hatte.

„Das war für mich der Auslöser. Ich packte meinen Rucksack, nahm Rufus und sprang nachts aus dem Fenster. Das war ganz schön hoch, aber ich habe es geschafft, weil ich am Abend eine alte Kiste unter mein Fenster gezerrt hatte. Ich würde schon zurechtkommen, dachte ich jedenfalls."

Farlan blickte in seinen Becher Tee und Barrington sah Tränen hineinfallen. Er stand auf und umarmte ihn. Barrington hatte das Gefühl, der Junge brauchte das jetzt. Der Junge wischte sich mit seinem Hemdsärmel über die Augen.

„Entschuldige", raunte er leise.

„Was sollte ich denn entschuldigen? Du bist vierzehn Jahre und hast das Leben eines Dreißigjährigen hinter dir. Ich kann solche Leute nicht verstehen. Wie konnten sie dir das antun?", fragte Barrington. „Dein Tee wird von den Tränen ganz salzig. Gehen wir schlafen. Morgen ist ein neuer Tag und wir alle sind froh, dass du bei uns angekommen bist. Das weißt du doch."

Ein kleines Lächeln kam auf Farlans Gesicht zurück.

„Das ist schon viel besser. In ein paar Wochen werden wir die Behördenangelegenheiten geklärt haben und dann bist du offiziell ein Bewohner von St. Applewood", sagte Barrington.

Farlan griff sich seinen Kater Rufus, nickte seinem guten Freund zu und wollte in sein Zimmer gehen. Er drehte sich nochmals kurz um.

„Hätte ich fast vergessen. Da hat dein Cousin Fenton ein Paket für dich abgegeben. Es steht im Gastraum hinten beim Kamin. Gute Nacht, Barri."

Barrington sah den beiden nach. Rufus blickte über die Schulter des Jungen und irgendwie sah es fast so aus, als würde der Kater ihm zuzwinkern.

Barrington überprüfte noch einmal die Eingangstür im Gastraum.

Dann öffnete er das Paket. Als er es aus dem Packpapier befreit hatte, sah er sich dem Gemälde gegenüber, das Fenton von Woodland Manor gemalt hatte. Es war wunderschön. Er nahm das Bild von der alten Brauerei über dem Kamin herunter und hängte das neue Bild auf. Er trat einen Schritt zurück und lächelte glücklich. Lieb von seinem Cousin Fenton, es ihm zu schenken.

Wenn das Licht gelöscht war, nur der Mond durch die Fenster blasse Strahlen warf, sah sein Pub seltsam geheimnisvoll aus. Es würde ihn nicht wundern, wenn die Elfenkönigin durch den Kamin kommen und um einen nächtlichen Trunk bitten würde. Seit jeher lebten Elfen in den Wäldern ringsum. Tief im Wald sollte es sogar einen Wunschbaum geben, an den man in mondhellen Nächten seine Zettel mit den Wünschen heften könnte. Wer konnte schon wissen, was wahr und was Fantasie war? Die schottische Seele war seit jeher mit seinem Elfenvolk innig verbunden. Er hoffte, dass sich das niemals ändern würde.

Barrington ging zum Tresen, nahm sich ein Glas aus dem Regal und goss sich einen guten Whisky ein. Mit dem Glas setzte er sich an das Fenster, in dem das weiche Kissen von Rufus lag, und blickte hinaus.

Er dachte über die letzten Wochen nach. Was für eine verrückte Geschichte. Vor allem war er froh, dass Maureen und Farlan nichts passiert war. Maureen war etwas ganz Besonderes für ihn. Das würde er ihr wohl niemals sagen können, der Standesunterschied erschien ihm zu groß zu sein. Oder redete er sich etwas ein, um ihr nicht die Wahrheit über seine Gefühle gestehen zu müssen?

Die *Bluebells* blühten im Wald. Bald würde es

Sommer werden. Die ersten Blüten würden an den Apfelbäumen aufbrechen und vielleicht würde es in diesem Jahr eine gute Apfelernte geben.

Barrington hatte mit einem Cider-Produzenten gesprochen. Man müsse die Qualität der Apfelsorten noch prüfen, aber ansonsten würde einer eigenen Produktion von einem guten St. Applewood-Cider nichts im Wege stehen. Man würde gern die Produktion übernehmen.

Im Herbst hatte man ihn zu einem Besuch in der Cider-Brauerei eingeladen. Er freute sich auf die Fahrt an die Küste von *East Lothian* in der Nähe von Edinburgh.

Wenn die Äpfel hoffentlich groß und saftig an den Bäumen hingen, würde die Erntezeit beginnen. Und dann war es nicht mehr weit bis *Samhain*, dem schottischen Halloweenfest.

Wie war doch gleich dieser alte gälische Brauch, dachte Barrington. *Wenn Verliebte an Samhain ins Halloweenfeuer Nüsse legen, konnte man erkennen, ob es eine glückliche Zukunft für das Paar werden würde.*

Er lächelte. Vielleicht sollte er es einfach wagen.

253

Willkommen in St Applewood!

Auf den nächsten Seiten verrät Euch Raelyn McNeedle, die Inhaberin des Wollgeschäftes *THE FLUFFY WOOLCAVE*, wie sie die Mütze für Farlan Kidd gestrickt hat. Ich wünsche Euch viel Spaß beim Nacharbeiten und bis bald in St. Applewood.

Ian´s-Shepherd´s-Hat

Was Ihr benötigt:

2 Knäuel WYS Croft Aran Roving-Wild Shetland
optional eine Bommel
kurze Rundstricknadel Stärke: 4,5
Nadelspiel: 4,5
Schere
Vernähnadel

Anfang:

Der Maschenanschlag sollte elastisch sein. Da
gibt es viele! Und genauso viele Videos bei
Youtube dazu. Ich habe den von *Maschenmarie*
verwendet!

Anschlag:

112 Maschen bei 54-56 cm Kopfumfang
112-120 Maschen bei 58-60 cm Kopfumfang.
Ihr schlagt immer eine gerade Zahl an.

Ab jetzt immer 2 re, 2 li stricken.
Immer fortlaufend!
Nach 8 cm ab Anschlag strickt ihr eine Runde NUR rechts. Das wird die Bruchkante, damit der Umschlag nicht zurückrollt.

Nach 26-28 cm, je nach Größe, folgt die Abnahme: 2 re Maschen und 2 li Maschen immer zusammenstricken.
3. Rd. ohne Abnahme (Achtung: Bei der letzten der 3 Runden aufs Nadelspiel wechseln).

Jetzt wieder eine Abnahmerunde:
Immer 2 re zusammenstricken. 2 Runden ohne Abnahme, ab hier immer fortlaufend 2 Maschen rechts zusammenstricken, bis 14/15 Maschen übrig sind. Diese mit der Vernähnadel zusammen nähen und vernähen.

Fertig ist Ian´s Shepherd´s Hat!
Optional könnt Ihr auch eine Bommel daran befestigen. Ich wünsche Euch ganz viel Spaß beim Nacharbeiten.

Bei Fragen: anjabehrs@gmail.com

Liebe Grüße
Eure *Raelyn McNeedle/Anja Behrs*

Copyright © designed by Anja Behrs

Bücher von A.W. Benedict

<u>In der Barringtonreihe ist bisher erschienen:</u>

Barrington – Mord in St. Applewood

<u>In der Beanstockreihe sind bisher erschienen:</u>

Mord auf Parsley Manor
Das Gänseblümchenkomplott
Die Barke des Teremun
Mörder an Bord
Ein Whisky zu viel
Das Haus der Lady Sherry
Das Geheimnis von Waterhill

Mörderische Teatime
Mord im Paradies
Mord in bester Gesellschaft

Geschichten aus Parsley Manor Band 1

In der Jugendbuchreihe Peter Scott sind
erschienen:

Peter Scott und die Löwen von England
Peter Scott und der chinesische Drache
Peter Scott und die rote Feder

Weitere Infos unter: awbenedict.de